CLASSIQUES & CIE
LYCÉE

Arthur Rimbaud

Poésies

- Les Cahiers de Douai (1870)
- Poésies (1870-1872)
- Lettres dites du voyant (1871)
- Une saison en enfer (1873)
- Illuminations (1886-1895)

Collection dirigée par
Marc Robert

Notes et dossier
Stéphanie Pétrone
agrégée de lettres classiques

Hatier

POÉSIES

LIRE L'ŒUVRE

L'ŒUVRE DANS L'HISTOIRE

Conception graphique de la maquette :
c-album, Jean-Baptiste Taisne, Rachel Pfleger
Principe de couverture : Double
Mise en pages : Chesteroc Ltd
Iconographie : Hatier Illustration
Suivi éditional : Alice De Wolf

ISBN : 978-2-218-95906-6

L'ŒUVRE DANS UN GENRE

VERS L'ÉPREUVE

ARGUMENTER, COMMENTER, RÉDIGER

LES CAHIERS DE DOUAI
(1870)

Les Reparties de Nina

. . . .

LUI – Ta poitrine sur ma poitrine,
Hein ? nous irions,
Ayant de l'air plein la narine,
Aux frais rayons

Du bon matin bleu, qui vous baigne
Du vin de jour ?...
Quand tout le bois frissonnant saigne
Muet d'amour,

De chaque branche, gouttes vertes,
Des bourgeons clairs,
On sent dans les choses ouvertes
Frémir des chairs :

Tu plongerais dans la luzerne
Ton blanc peignoir,
Rosant à l'air ce bleu qui cerne
Ton grand œil noir,

Amoureuse de la campagne,
Semant partout,
Comme une mousse de champagne,
Ton rire fou :

Riant à moi, brutal d'ivresse,
Qui te prendrais
Comme cela, – la belle tresse,
Oh ! – qui boirais

Ton goût de framboise et de fraise,
Ô chair de fleur !
Riant au vent vif qui te baise
Comme un voleur,

Au rose églantier qui t'embête
Aimablement :
Riant surtout, ô folle tête,
À ton amant !...

. . . .

– Ta poitrine sur ma poitrine,
Mêlant nos voix,
Lents, nous gagnerions la ravine,
Puis les grands bois !...

Puis, comme une petite morte,
Le cœur pâmé,
Tu me dirais que je te porte [1],
L'œil mi-fermé...

1. *Tu me dirais que je te porte* : tu me demanderais de te porter.

Je te porterais, palpitante,
Dans le sentier :
L'oiseau filerait son andante[1] :
Au noisetier…

Je te parlerais dans ta bouche :
J'irais, pressant
Ton corps, comme une enfant qu'on couche,
Ivre du sang

Qui coule, bleu, sous ta peau blanche
Aux tons rosés :
Et te parlant la langue franche…
Tiens !… – que tu sais…

Nos grands bois sentiraient la sève
Et le soleil
Sablerait d'or fin leur grand rêve
Vert et vermeil !

. . . .

Le soir ?… Nous reprendrons la route
Blanche qui court,
Flânant, comme un troupeau qui broute,
Tout à l'entour…

Les bons vergers à l'herbe bleue,
Aux pommiers tors[2] !
Comme on les sent toute une lieue
Leurs parfums forts !

1. *Andante* : morceau de musique au tempo modéré, voire assez lent. \ **2.** *Tors* : tordus.

Nous regagnerons le village
Au ciel mi-noir ;
Et ça sentira le laitage
Dans l'air du soir ;

Ça sentira l'étable, pleine
De fumiers chauds,
Pleine d'un lent rythme d'haleine,
Et de grands dos

Blanchissant sous quelque lumière !
Et, tout là-bas,
Une vache fientera, fière,
À chaque pas…

– Les lunettes de la grand'mère
Et son nez long
Dans son missel[1] ; le pot de bière
Cerclé de plomb,

Moussant entre les larges pipes
Qui, crânement,
Fument : les effroyables lippes[2]
Qui, tout fumant,

Happent le jambon aux fourchettes,
Tant, tant et plus :
Le feu qui claire[3] les couchettes
Et les bahuts.

1. *Missel* : livre de messe. \ **2.** *Lippes* : lèvres épaisses. \ **3.** *Claire* : éclaire (forme ancienne et dialectale).

Les fesses luisantes et grasses
D'un gros enfant
Qui fourre, à genoux, dans les tasses,
Son museau blanc

Frôlé par un mufle qui gronde
D'un ton gentil,
Et pourlèche la face ronde
Du cher petit...

. . . .

Que de choses verrons-nous, chère,
Dans ces taudis,
Quand la flamme illumine, claire,
Les carreaux gris !...

– Puis, petite et toute nichée
Dans les lilas
Noirs et frais : la vitre cachée,
Qui rit là-bas...

Tu viendras, tu viendras, je t'aime !
Ce sera beau.
Tu viendras, n'est-ce pas, et même...

Elle – Et mon bureau ?

Vénus anadyomène[1]

Comme d'un cercueil vert en fer blanc[2], une tête
De femme à cheveux bruns fortement pommadés
D'une vieille baignoire émerge, lente et bête,
Avec des déficits[3] assez mal ravaudés ;

Puis le col[4] gras et gris, les larges omoplates
Qui saillent ; le dos court qui rentre et qui ressort ;
Puis les rondeurs des reins semblent prendre l'essor ;
La graisse sous la peau paraît en feuilles plates ;

L'échine est un peu rouge, et le tout sent un goût
Horrible étrangement ; on remarque surtout
Des singularités qu'il faut voir à la loupe…

Les reins portent deux mots gravés : CLARA VÉNUS[5] ;
– Et tout ce corps remue et tend sa large croupe
Belle hideusement d'un ulcère à l'anus.

1. *Anadyomène* : sortie de l'eau, en grec. Vénus-Aphrodite fut engendrée lorsque le sang d'Ouranos tomba sur la mer. Elle est la « femme née des vagues et sortie de l'écume ». \ **2.** *Cercueil vert en fer blanc* : les baignoires à bon marché de l'époque étaient en zinc et peintes en vert. \ **3.** *Déficits* : défauts ou manques. Le corps de la Vénus serait alors squelettique et creux. \ **4.** *Le col* : le cou. \ **5.** *Clara Vénus* : illustre Vénus, en latin.

« … Français de soixante-dix, bonapartistes, républicains, souvenez-vous de vos pères en 92 ; etc. ; »

. . . .

Paul de Cassagnac
Le Pays[1]

Morts[2] de Quatre-vingt-douze et de Quatre-vingt-treize,
Qui, pâles du baiser fort de la liberté,
Calmes, sous vos sabots, brisiez le joug qui pèse
Sur l'âme et sur le front de toute humanité ;

Hommes extasiés et grands dans la tourmente,
Vous dont les cœurs sautaient d'amour sous les haillons,
Ô Soldats que la Mort a semés, noble Amante,
Pour les régénérer, dans tous les vieux sillons[3] ;

Vous dont le sang lavait toute grandeur salie,
Morts de Valmy, Morts de Fleurus, Morts d'Italie[4],
Ô million de Christs aux yeux sombres et doux ;

Nous vous laissions dormir avec la République,
Nous, courbés sous les rois comme sous une trique.
– MESSIEURS DE CASSAGNAC nous reparlent de vous[5] !

Fait à MAZAS[6], 3 septembre 1870.

---

1. *Le Pays* : journal bonapartiste dont le directeur, Paul de Cassagnac (1843-1904), justifie les hostilités avec la Prusse au nom de la tradition révolutionnaire française. \ **2.** *Morts* : défenseurs de la République pendant la révolution française. \ **3.** *Les vieux sillons* : souvenir possible de *La Marseillaise*, ou du mythe de Cadmos, le fondateur de la ville de Thèbes, et des guerriers nés des dents du dragon qu'il avait semées. \ **4.** *Valmy, Fleurus, Italie* : victoires françaises qui ont coûté la vie de nombreux soldats (Valmy : 20 septembre 1792 ; Fleurus : 26 juin 1794 ; campagne d'Italie de Bonaparte : 1796-1797). \ **5.** *Messieurs de Cassagnac nous reparlent de vous !* : il s'agit de Paul de Cassagnac, déjà cité, et son père, Bernard Granier de Cassagnac (1806-1880), polémiste, défenseur de l'absolutisme. L'exclamation est ironique : ce sont des bonapartistes qui, pour faire durer le régime impérial, invoquent l'exemple des morts ! \ **6.** *Mazas* : prison dans laquelle Rimbaud a été incarcéré à la fin du mois d'août 1870.

Première soirée

« – Elle était fort déshabillée
Et de grands arbres indiscrets
Aux vitres jetaient leur feuillée
Malinement, tout près, tout près.

Assise sur ma grande chaise,
Mi-nue, elle joignait les mains,
Sur le plancher frissonnaient d'aise
Ses petits pieds si fins, si fins.

– Je regardai, couleur de cire,
Un petit rayon buissonnier
Papillonner dans son sourire
Et sur son sein, – mouche au rosier !

– Je baisai ses fines chevilles.
Elle eut un doux rire brutal
Qui s'égrenait en claires trilles,
Un joli rire de cristal...

Les petits pieds sous la chemise
Se sauvèrent : « Veux-tu finir ! ».
– La première audace permise,
Le rire feignait de punir !

– Pauvrets palpitants sous ma lèvre,
Je baisai doucement ses yeux :
– Elle jeta sa tête mièvre
En arrière : « Oh ! c'est encor mieux !...

« Monsieur, j'ai deux mots à te dire... »
– Je lui jetai le reste au sein
Dans un baiser, qui la fit rire
D'un bon rire qui voulait bien...

– Elle était fort déshabillée
Et de grands arbres indiscrets
Aux vitres jetaient leur feuillée
Malinement, tout près, tout près.

Sensation

Par les soirs bleus d'été, j'irai dans les sentiers,
Picoté par les blés, fouler l'herbe menue :
Rêveur, j'en sentirai la fraîcheur à mes pieds.
Je laisserai le vent baigner ma tête nue.

Je ne parlerai pas, je penserai rien :
Mais l'amour infini me montera dans l'âme,
Et j'irai loin, bien loin, comme un bohémien,
Par[1] la Nature, – heureux comme avec une femme.

Mars 1870.

1. *Par* : sens latin de « à travers ».

Bal des pendus

Au gibet noir, manchot aimable,
Dansent, dansent les paladins[1],
Les maigres paladins du diable,
Les squelettes de Saladins[2].

Messire Belzebuth[3] tire par la cravate
Ses petits pantins noirs grimaçant sur le ciel,
Et, leur claquant au front un revers de savate,
Les fait danser, danser aux sons d'un vieux Noël !

Et les pantins choqués enlacent leurs bras grêles :
Comme des orgues noirs, les poitrines à jour
Que serraient autrefois les gentes damoiselles,
Se heurtent longuement dans un hideux amour.

Hurrah ! Les gais danseurs, qui n'avez plus de panse !
On peut cabrioler, les tréteaux sont si longs !
Hop ! qu'on ne sache plus si c'est bataille ou danse !
Belzebuth enragé racle ses violons !

Ô durs talons, jamais on n'use sa sandale !
Presque tous ont quitté la chemise de peau :
Le reste est peu gênant et se voit sans scandale.
Sur les crânes, la neige applique un blanc chapeau :

Le corbeau fait panache à ces têtes fêlées,
Un morceau de chair tremble à leur maigre menton.
On dirait, tournoyant dans les sombres mêlées,
Des preux, raides, heurtant armures de carton.

---

1. *Paladins* : chevaliers errants du Moyen Âge. \ **2.** *Saladins* (1138-1193) : sultan d'Égypte célèbre par ses luttes contre les croisés. \ **3.** *Messire Belzebuth* : le Diable.

Hurrah ! La bise siffle au grand bal des squelettes !
Le gibet noir mugit comme un orgue de fer !
Les loups vont répondant des forêts violettes :
À l'horizon, le ciel est d'un rouge d'enfer...

Holà, secouez-moi ces capitans[1] funèbres
Qui défilent, sournois, de leurs gros doigts cassés
Un chapelet d'amour sur leurs pâles vertèbres :
Ce n'est pas un moustier[2] ici, les trépassés !

Oh ! voilà qu'au milieu de la danse macabre
Bondit dans le ciel rouge un grand squelette fou
Emporté par l'élan, comme un cheval se cabre :
Et, se sentant encor la corde raide au cou,

Crispe ses petits doigts sur son fémur qui craque
Avec des cris pareils à des ricanements,
Et, comme un baladin[3] rentre dans la baraque,
Rebondit dans le bal au chant des ossements.

Au gibet noir, manchot aimable,
Dansent, dansent les paladins,
Les maigres paladins du diable,
Les squelettes de Saladins.

1. *Capitans* : le capitan est un personnage fanfaron de la comédie italienne. Le mot désigne, par extension, une personne ridicule qui affecte la bravoure. \ **2.** *Moustier* : monastère. \ **3.** *Baladin* : danseur de ballets, comédien ambulant.

Les Effarés

Noirs dans la neige et dans la brume
Au grand soupirail qui s'allume,
Leurs culs en rond,

À genoux, cinq petits, – misère ! –
Regardent le boulanger faire
Le lourd pain blond...

Ils voient le fort bras blanc qui tourne
La pâte grise, et qui l'enfourne
Dans un trou clair.

Ils écoutent le bon pain cuire.
Le boulanger au gras sourire
Chante un vieil air.

Ils sont blottis, pas un ne bouge,
Au souffle du soupirail rouge,
Chaud comme un sein.

Et quand, pendant que minuit sonne,
Façonné, pétillant et jaune,
On sort le pain ;

Quand, sous les poutres enfumées,
Chantent les croûtes parfumées,
Et les grillons,

Que ce trou chaud souffle la vie
Ils ont leur âme si ravie
Sous leurs haillons,

Ils se ressentent si bien vivre,
Les pauvres petits pleins de givre !
– Qu'ils sont là, tous,

Collant leurs petits museaux roses
Au grillage, chantant des choses,
Entre les trous,

Mais bien bas, – comme une prière…
Repliés vers cette lumière
Du ciel rouvert,

– Si fort, qu'ils crèvent leur culotte,
– Et que leur lange blanc tremblote
Au vent d'hiver…

20 sept[embre 18]70.

Roman [1]

I

On n'est pas sérieux, quand on a dix-sept ans.
– Un beau soir, foin des [2] bocks [3] et de la limonade,
Des cafés tapageurs aux lustres éclatants !
– On va sous les tilleuls verts de la promenade.

1. *Roman* : le titre est tout un programme et place le poème sur le double registre de l'histoire personnelle et de la fiction, mêlant expérience intime et distance ironique. \ **2.** *Foin des* : assez de. \ **3.** *Bocks* : pintes de bière.

Les tilleuls sentent bon dans les bons soirs de juin !
L'air est parfois si doux, qu'on ferme la paupière ;
Le vent chargé de bruits, – la ville n'est pas loin, –
A des parfums de vigne et des parfums de bière...

II

– Voilà qu'on aperçoit un tout petit chiffon
D'azur sombre, encadré d'une petite branche,
Piqué d'une mauvaise étoile, qui se fond
Avec de doux frissons, petite et toute blanche...

Nuit de juin ! Dix-sept ans ! – On se laisse griser.
La sève est du champagne et vous monte à la tête...
On divague ; on se sent aux lèvres un baiser
Qui palpite là, comme une petite bête...

III

Le cœur fou Robinsonne[1] à travers les romans,
– Lorsque, dans la clarté d'un pâle réverbère,
Passe une demoiselle aux petits airs charmants,
Sous l'ombre du faux-col effrayant de son père...

Et, comme elle vous trouve immensément naïf,
Tout en faisant trotter ses petites bottines,
Elle se tourne, alerte et d'un mouvement vif...
– Sur vos lèvres alors meurent les cavatines[2]...

1. *Robinsonne* : verbe créé par Rimbaud qui signifie « qui bat la campagne par désir d'aventure ». Le mot est dérivé du nom du héros de Daniel Defoe, Robinson Crusoé. \ **2.** *Cavatines* : pièces musicales, très mélodiques et légères.

IV

Vous êtes amoureux. Loué jusqu'au mois d'août.
Vous êtes amoureux. – Vos sonnets La font rire.
Tous vos amis s'en vont, vous êtes mauvais goût.
– Puis l'adorée, un soir, a daigné vous écrire... !

– Ce soir-là,... – vous rentrez aux cafés éclatants,
Vous demandez des bocks ou de la limonade...
– On n'est pas sérieux, quand on a dix-sept ans
Et qu'on a des tilleuls verts sur la promenade.

29 sept[embre 18]70.

Rages de Césars

L'Homme pâle[1], le long des pelouses fleuries[2],
Chemine, en habit noir[3], et le cigare aux dents :
L'Homme pâle repense aux fleurs des Tuileries
– Et parfois son œil terne a des regards ardents...

Car l'Empereur est soûl de ses vingt ans d'orgie !
Il s'était dit : « Je vais souffler la Liberté
Bien délicatement, ainsi qu'une bougie ! »
La Liberté revit ! Il se sent éreinté !

1. *L'Homme pâle* : Napoléon III, affaibli par la maladie, par la défaite et par la captivité. \ **2.** *Pelouses fleuries* : celles du château de Wilhelmshöhe, en Prusse, où l'Empereur, fait prisonnier après Sedan, a été conduit. \ **3.** *En habit noir* : en vêtements civils, que Napoléon II a repris.

Il est pris. – Oh ! quel nom sur ses lèvres muettes
Tressaille ? Quel regret implacable le mord ?
On ne le saura pas. L'Empereur a l'œil mort.

Il repense peut-être au Compère en lunettes[1]...
– Et regarde filer de son cigare en feu,
Comme aux soirs de Saint-Cloud[2], un fin nuage bleu.

Le Mal

Tandis que les crachats rouges de la mitraille
Sifflent tout le jour par l'infini du ciel bleu ;
Qu'écarlates ou verts[3], près du Roi qui les raille,
Croulent les bataillons en masse dans le feu ;

Tandis qu'une folie épouvantable broie
Et fait de cent milliers d'hommes un tas fumant ;
– Pauvres morts ! dans l'été, dans l'herbe, dans ta joie,
Nature ! ô toi qui fis ces hommes saintement !... –

– Il est un Dieu, qui rit aux nappes damassées[4]
Des autels, à l'encens, aux grands calices d'or ;
Qui dans le bercement des hosannah[5] s'endort,

Et se réveille, quand des mères, ramassées
Dans l'angoisse, et pleurant sous leur vieux bonnet noir,
Lui donnent un gros sou lié dans leur mouchoir !

1. *Compère en lunettes* : Emile Ollivier (1825-1913), chef du gouvernement qui avait annoncé avec légèreté la déclaration de guerre. \ **2.** *Saint-Cloud* : l'une des résidences impériales avec les Tuileries. \ **3.** *Écarlates ou verts* : couleurs des uniformes des soldats français ou prussiens. \ **4.** *Damassées* : tissées comme le damas, étoffe luxueuse. \ **5.** *Hosannah* : hymne catholique ; chant ou cri de joie.

Ophélie[1]

I

Sur l'onde calme et noire où dorment les étoiles,
La blanche Ophélia flotte comme un grand lys,
Flotte très lentement, couchée en ses longs voiles...
– On entend dans les bois lointains des hallalis[2].

Voici plus de mille ans que la triste Ophélie
Passe, fantôme blanc, sur le long fleuve noir;
Voici plus de mille ans que sa douce folie
Murmure sa romance à la brise du soir...

Le vent baise ses seins et déploie en corolle
Ses grands voiles bercés mollement par les eaux;
Les saules[3] frissonnants pleurent sur son épaule,
Sur son grand front rêveur s'inclinent les roseaux.

Les nénuphars froissés soupirent autour d'elle;
Elle éveille parfois, dans un aune qui dort,
Quelque nid, d'où s'échappe un petit frisson d'aile:
– Un chant mystérieux tombe des astres d'or...

II

Ô pâle Ophélia! belle comme la neige!
Oui tu mourus, enfant, par un fleuve emporté!

1. *Ophélie*: personnage de la tragédie de Shakespeare, *Hamlet*. \ **2.** *Hallalis*: cris de chasse qui annoncent que la bête poursuivie va être mise à mort. \ **3.** *Les saules*: Ophélie est tombée dans l'eau en cherchant à accrocher des guirlandes de fleurs à un saule.

– C'est que les vents tombant des grands monts de
[Norwège[1]
T'avaient parlé tout bas de l'âpre liberté ;

C'est qu'un souffle, tordant ta grande chevelure,
À ton esprit rêveur portait d'étranges bruits ;
Que ton cœur écoutait le chant de la Nature
Dans les plaintes de l'arbre et les soupirs des nuits ;

C'est que la voix des mers folles, immense râle,
Brisait ton sein d'enfant, trop humain et trop doux ;
C'est qu'un matin d'avril, un beau cavalier pâle,
Un pauvre fou[2], s'assit muet à tes genoux !

Ciel ! Amour ! Liberté ! Quel rêve, ô pauvre Folle !
Tu te fondais à lui comme une neige au feu :
Tes grandes visions étranglaient ta parole
– Et l'Infini terrible effara ton œil bleu !

III

– Et le Poète[3] dit qu'aux rayons des étoiles
Tu viens chercher, la nuit, les fleurs que tu cueillis ;
Et qu'il a vu sur l'eau, couchée en ses longs voiles,
La blanche Ophélia flotter, comme un grand lys.

1. *Norwège* : orthographe courante à l'époque de Rimbaud. Celui-ci déplace l'action d'Hamlet qui se situe au Danemark. \ **2.** *Un pauvre fou* : Hamlet, qui simule la folie. \ **3.** *Le Poète* : Shakespeare.

Le Châtiment de Tartufe

Tisonnant, tisonnant son cœur amoureux sous
Sa chaste robe noire, heureux, la main gantée,
Un jour qu'il s'en allait, effroyablement doux,
Jaune, bavant la foi de sa bouche édentée,

Un jour qu'il s'en allait, « Oremus [1], » – un Méchant
Le prit rudement par son oreille benoîte [2]
Et lui jeta des mots affreux, en arrachant
Sa chaste robe noire autour de sa peau moite !

Châtiment !... Ses habits étaient déboutonnés,
Et le long chapelet des péchés pardonnés
S'égrenant dans son cœur, Saint Tartufe était pâle !...

Donc, il se confessait, priait, avec un râle !
L'homme se contenta d'emporter ses rabats [3]...
– Peuh ! Tartufe était nu du haut jusques en bas [4] !

À la musique

Place de la gare, à Charleville.

Sur la place taillée en mesquines pelouses,
Square où tout est correct, les arbres et les fleurs,
Tous les bourgeois poussifs qu'étranglent les chaleurs
Portent, les jeudis soirs, leurs bêtises jalouses.

1. *Oremus* : prions. \ **2.** *Benoîte* : « bénie » au sens étymologique ; emploi ironique signifiant « qui prend un air doucereux ». \ **3.** *Rabats* : larges cravates formant plastron que les religieux ont portées jusqu'au début du XXe siècle. \ **4.** *Nu du haut jusques en bas* : reprise des paroles de Dorine à Tartuffe, dans la comédie de Molière : « Et je vous verrais nu du haut jusques en bas/Que toute votre peau ne me tenterait pas » (III, 2, v. 867-868).

– L'orchestre militaire, au milieu du jardin,
Balance ses schakos[1] dans la Valse des Fifres[2] :
– Autour, aux premiers rangs, parade le gandin[3] ;
Le notaire pend à ses breloques à chiffres[4] ;

Des rentiers à lorgnons soulignent tous les couacs :
Les gros bureaux[5] bouffis traînent leurs grosses dames
Auprès desquelles vont, officieux cornacs[6],
Celles dont les volants ont des airs de réclames ;

Sur les bancs verts, des clubs d'épiciers retraités
Qui tisonnent le sable avec leur canne à pomme,
Fort sérieusement discutent les traités,
Puis prisent en argent[7], et reprennent : « En somme !… »

Épatant sur son banc les rondeurs de ses reins,
Un bourgeois à boutons clairs, bedaine flamande,
Savoure son onnaing[8] d'où le tabac par brins
Déborde – vous savez, c'est de la contrebande ; –

Le long des gazons verts ricanent les voyous ;
Et, rendus amoureux par le chant des trombones,
Très naïfs, et fumant des roses[9], les pioupious[10]
Caressent les bébés pour enjôler les bonnes…

1. *Schakos* : coiffures militaires rigides. \ 2. *La Valse des Fifres* : appelé « Polka des fifres », ce morceau est l'œuvre du compositeur Pascal. \ 3. *Gandin* : jeune élégant raffiné et plus ou moins ridicule. \ 4. *Breloques à chiffres* : objets d'or ou d'argent où était gravé le chiffre (les initiales) du possesseur. \ 5. *Bureaux* : métonymie pour employés de bureau. \ 6. *Cornacs* : le mot désigne celui qui soigne et conduit les éléphants ; ici il s'agit des dames de compagnie de ces « grosses dames ». \ 7. *En argent* : dans des tabatières d'argent. \ 8. *Onnaing* : pipe de qualité supérieure fabriquée dans la ville d'Onnaing, près de Valenciennes. \ 9. *Des roses* : des paquets de cigarettes entourés de papier rose, la couleur de l'emballage étant un indice de leur qualité. Les roses sont d'un coût modéré. \ 10. *Les pioupious* : les soldats d'infanterie.

– Moi, je suis, débraillé comme un étudiant,
Sous les marronniers verts les alertes fillettes :
Elles le savent bien ; et tournent en riant,
Vers moi, leurs yeux tout pleins de choses indiscrètes.

Je ne dis pas un mot : je regarde toujours
La chair de leurs cous blancs brodés de mèches folles :
Je suis, sous le corsage et les frêles atours,
Le dos divin après la courbe des épaules.

J'ai bientôt déniché la bottine, le bas...
– Je reconstruis les corps, brûlé de belles fièvres.
Elles me trouvent drôle et se parlent tout bas...
– Et je sens les baisers qui me viennent aux lèvres...

Le Forgeron

Palais des Tuileries, vers le 10 août [17] 92[1].

Le bras sur un marteau gigantesque, effrayant
D'ivresse et de grandeur, le front vaste, riant
Comme un clairon d'airain, avec toute sa bouche,
Et prenant ce gros-là dans son regard farouche,
Le Forgeron parlait à Louis Seize, un jour
Que le Peuple était là, se tordant tout autour,
Et sur les lambris d'or traînant sa veste sale.
Or le bon roi, debout sur son ventre, était pâle,
Pâle comme un vaincu qu'on prend pour le gibet,

1. *Le 10 août 1792* : dans la réalité, c'est un boucher, Legendre, qui s'adressa à Louis XVI le 20 juin 1792, date de la prise des Tuileries. Le 10 août a lieu la chute de la royauté. Rimbaud place son texte dans la perspective d'une victoire du peuple.

Et, soumis comme un chien, jamais ne regimbait,
Car ce maraud de forge aux énormes épaules
Lui disait de vieux mots et des choses si drôles,
Que cela l'empoignait au front, comme cela !

« Or, tu sais bien, Monsieur, nous chantions tra la la
Et nous piquions les bœufs vers les sillons des autres :
Le Chanoine au soleil filait des patenôtres [1]
Sur des chapelets clairs grenés de pièces d'or.
Le Seigneur, à cheval, passait, sonnant du cor
Et l'un avec la hart [2], l'autre avec la cravache
Nous fouaillaient [3]. – Hébétés comme des yeux de vaches,
Nos yeux ne pleuraient plus ; nous allions, nous allions,
Et quand nous avions mis le pays en sillons,
Quand nous avions laissé dans cette terre noire
Un peu de notre chair... nous avions un pourboire :
On nous faisait flamber nos taudis dans la nuit ;
Nos petits y faisaient un gâteau fort bien cuit !...

... « Oh ! je ne me plains pas. Je te dis mes bêtises,
C'est entre nous. J'admets que tu me contredises.
Or, n'est-ce pas joyeux de voir, au mois de juin,
Dans les granges entrer des voitures de foin
Énormes ? De sentir l'odeur de ce qui pousse,
Des vergers quand il pleut un peu, de l'herbe rousse ?
De voir des blés, des blés, des épis pleins de grain,
De penser que cela prépare bien du pain ?...
Oh ! plus fort, on irait, au fourneau qui s'allume,
Chanter joyeusement en martelant l'enclume,
Si l'on était certain de pouvoir prendre un peu,

1. *Des patenôtres* : des prières, des « Notre-Père ». \ **2.** *La hart* : corde avec laquelle on pendait les condamnés. \ **3.** *Fouaillaient* : battaient de coups de fouet répétés.

Étant homme, à la fin !, de ce que donne Dieu !
– Mais voilà, c'est toujours la même vieille histoire !

« Mais je sais, maintenant ! Moi, je ne peux plus croire,
Quand j'ai deux bonnes mains, mon front[1] et mon
[marteau,
Qu'un homme vienne là, dague sur le manteau,
Et me dise : Mon gars, ensemence ma terre ;
Que l'on arrive encor, quand ce serait la guerre,
Me prendre mon garçon comme cela, chez moi !
– Moi, je serais un homme, et toi, tu serais roi,
Tu me dirais : Je veux !... – Tu vois bien, c'est stupide.
Tu crois que j'aime voir ta baraque splendide,
Tes officiers dorés, tes mille chenapans,
Tes palsembleu[2] bâtards tournant comme des paons :
Ils ont rempli ton nid de l'odeur de nos filles
Et de petits billets[3] pour nous mettre aux Bastilles,
Et nous dirons : C'est bien : les pauvres à genoux !
Nous dorerons ton Louvre en donnant nos gros sous !
Et tu te soûleras, tu feras belle fête.
– Et ces Messieurs riront, les reins sur notre tête !

« Non. Ces saletés-là datent de nos papas !
Oh ! Le Peuple n'est plus une putain. Trois pas
Et, tous, nous avons mis ta Bastille en poussière !
Cette bête suait du sang à chaque pierre
Et c'était dégoûtant, la Bastille debout
Avec ses murs lépreux qui nous racontaient tout

1. *Mon front* : ma pensée. \ **2.** *Palsembleu* : juron qui dérive de « par le sang de Dieu » et dont l'orthographe normale est *palsambleu*. Rimbaud se sert de la contamination avec l'expression « sang bleu » qui désigne une hérédité nobiliaire pour tourner en dérision l'Empereur. \ **3.** *Billets* : lettres de cachet ou d'emprisonnement.

Et, toujours, nous tenaient enfermés dans leur ombre !
– Citoyen ! citoyen ! c'était le passé sombre
Qui croulait, qui râlait [1], quand nous prîmes la tour !
Nous avions quelque chose au cœur comme l'amour.
Nous avions embrassé nos fils sur nos poitrines.
Et, comme des chevaux, en soufflant des narines
Nous allions, fiers et forts, et ça nous battait là...
Nous marchions au soleil, front haut, – comme cela –,
Dans Paris ! On venait devant nos vestes sales.
Enfin ! Nous nous sentions Hommes ! Nous étions pâles,
Sire, nous étions soûls de terribles espoirs :
Et quand nous fûmes là, devant les donjons noirs,
Agitant nos clairons et nos feuilles de chêne [2],
Les piques à la main ; nous n'eûmes pas de haine,
– Nous nous sentions si forts, nous voulions être doux !
....
....

« Et depuis ce jour-là, nous sommes comme fous !
Le tas des ouvriers a monté dans la rue,
Et ces maudits s'en vont, foule toujours accrue
De sombres revenants, aux portes des richards.
Moi, je cours avec eux assommer les mouchards :
Et je vais dans Paris, noir, marteau sur l'épaule,
Farouche, à chaque coin balayant quelque drôle,
Et, si tu me riais au nez, je te tuerais !
– Puis, tu peux y compter, tu te feras des frais
Avec tes hommes noirs, qui prennent nos requêtes
Pour se les renvoyer comme sur des raquettes
Et, tout bas, les malins ! se disent : « Qu'ils sont sots ! »
Pour mitonner des lois, coller de petits pots

1. *Râlait* : agonisait. \ **2.** *Feuilles de chêne* : le peuple avait été incité à se parer de cocardes vert espérance ; ceux qui ne purent arborer de cocardes utilisèrent des feuilles de chêne.

Pleins de jolis décrets roses et de droguailles[1],
S'amuser à couper proprement quelques tailles,
Puis se boucher le nez quand nous marchons près d'eux,
– Nos doux représentants qui nous trouvent crasseux! –
Pour ne rien redouter, rien, que les baïonnettes...,
C'est très bien. Foin de leur tabatière à sornettes!
Nous en avons assez, là, de ces cerveaux plats
Et de ces ventres-dieux[2]. Ah! ce sont là les plats
Que tu nous sers, bourgeois, quand nous sommes féroces,
Quand nous brisons déjà les sceptres et les crosses!... »

. . . .

Il le prend par le bras, arrache le velours
Des rideaux, et lui montre en bas les larges cours
Où fourmille, où fourmille, où se lève la foule,
La foule épouvantable avec des bruits de houle,
Hurlant comme une chienne, hurlant comme une mer,
Avec ses bâtons forts et ses piques de fer,
Ses tambours, ses grands cris de halles et de bouges,
Tas sombre de haillons saignant de bonnets rouges:
L'Homme, par la fenêtre ouverte, montre tout
Au roi pâle et suant qui chancelle debout,
Malade à regarder cela!
« C'est la Crapule,
Sire. Ça bave aux murs, ça monte, ça pullule:
– Puisqu'ils ne mangent pas, Sire, ce sont des gueux!
Je suis un forgeron: ma femme est avec eux,
Folle! Elle croit trouver du pain aux Tuileries!
– On ne veut pas de nous dans les boulangeries.
J'ai trois petits. Je suis crapule. – Je connais
Des vieilles qui s'en vont pleurant sous leurs bonnets
Parce qu'on leur a pris leur garçon ou leur fille:

1. *Droguailles*: dérivé péjoratif de *drogues* pour désigner de mauvais remèdes. \ **2.** *Ventres-dieux*: jurons.

C'est la crapule. – Un homme était à la bastille,
Un autre était forçat : et tous deux, citoyens
Honnêtes. Libérés, ils sont comme des chiens :
On les insulte ! Alors, ils ont là quelque chose
Qui leur fait mal, allez ! C'est terrible, et c'est cause
Que se sentant brisés, que, se sentant damnés,
Ils sont là, maintenant, hurlant sous votre nez !
Crapule. – Là-dedans sont des filles, infâmes
Parce que, – vous saviez que c'est faible, les femmes, –
Messeigneurs de la cour, – que ça veut toujours bien, –
Vous [leur] avez craché sur l'âme, comme rien !
Vos belles, aujourd'hui, sont là. C'est la crapule.
. . . .
« Oh ! tous les Malheureux, tous ceux dont le dos brûle
Sous le soleil féroce, et qui vont, et qui vont,
Qui dans ce travail-là sentent crever leur front...
Chapeau bas, mes bourgeois ! Oh ! ceux-là, sont les
[Hommes !
Nous sommes Ouvriers, Sire ! Ouvriers ! Nous sommes
Pour les grands temps nouveaux où l'on voudra savoir,
Où l'Homme forgera du matin jusqu'au soir,
Chasseur des grands effets, chasseur des grandes causes,
Où, lentement vainqueur, il domptera les choses
Et montera sur Tout, comme sur un cheval !
Oh ! splendides lueurs des forges ! Plus de mal,
Plus ! – Ce qu'on ne sait pas, c'est peut-être terrible :
Nous saurons ! – Nos marteaux en main ; passons au
[crible
Tout que nous savons : puis, Frères, en avant !
Nous faisons quelquefois ce grand rêve émouvant
De vivre simplement, ardemment, sans rien dire
De mauvais, travaillant sous l'auguste sourire
D'une femme qu'on aime avec un noble amour :

Et l'on travaillerait fièrement tout le jour,
Écoutant le Devoir comme un clairon qui sonne :
Et l'on se sentirait très heureux ; et personne,
Oh ! personne, surtout, ne vous ferait ployer !
On aurait un fusil au-dessus du foyer…

. . . .

« Oh ! mais l'air est tout plein d'une odeur de bataille !
Que te disais-je donc ? Je suis de la canaille !
Il reste des mouchards et des accapareurs.
Nous sommes libres, nous ! Nous avons des terreurs
Où nous nous sentons grands, oh ! si grands ! Tout à
[l'heure
Je parlais de devoir calme, d'une demeure…
Regarde donc le ciel ! – C'est trop petit pour nous,
Nous crèverions de chaud, nous serions à genoux !
Regarde donc le ciel ! – Je rentre dans la foule,
Dans la grande canaille effroyable, qui roule,
Sire, tes vieux canons sur les sales pavés :
– Oh ! quand nous serons morts, nous les aurons lavés
– Et si, devant nos cris, devant notre vengeance,
Les pattes des vieux rois mordorés, sur la France
Poussent leurs régiments en habits de gala,
Et bien, n'est-ce pas, vous tous ? Merde à ces chiens-là ! »

. . . .

– Il reprit son marteau sur l'épaule.
La foule
Près de cet homme-là se sentait l'âme soûle,
Et, dans la grande cour, dans les appartements,
Où Paris haletait avec des hurlements,
Un frisson secoua l'immense populace.
Alors, de sa main large et superbe de crasse,
Bien que le roi ventru suât, le Forgeron,
Terrible, lui jeta le bonnet rouge au front !

Soleil et chair

Le Soleil, le foyer de tendresse et de vie,
Verse l'amour brûlant à la terre ravie,
Et, quand on est couché sur la vallée, on sent
Que la terre est nubile et déborde de sang [1] ;
Que son immense sein, soulevé par une âme,
Est d'amour comme dieu, de chair comme la femme,
Et qu'il renferme, gros de sève et de rayons,
Le grand fourmillement de tous les embryons !

Et tout croît, et tout monte !

– Ô Vénus, ô Déesse !
Je regrette les temps de l'antique jeunesse,
Des satyres [2] lascifs, des faunes [3] animaux,
Dieux qui mordaient d'amour l'écorce des rameaux
Et dans les nénufars baisaient la Nymphe blonde !
Je regrette les temps où la sève du monde,
L'eau du fleuve, le sang rose des arbres verts
Dans les veines de Pan [4] mettaient un univers !
Où le sol palpitait, vert, sous ses pieds de chèvre ;
Où, baisant mollement le clair syrinx [5], sa lèvre
Modulait sous le ciel le grand hymne d'amour ;
Où, debout sur la plaine, il entendait autour
Répondre à son appel la Nature vivante ;
Où, les arbres muets, berçant l'oiseau qui chante,
La terre berçant l'homme, et tout l'Océan bleu
Et tous les animaux aimaient, aimaient en Dieu !

1. *De sang* : de sang menstruel. \ **2.** *Satyres* : divinités mythologiques de la terre, à corps humain, à cornes et pieds de chèvre ou de bouc. \ **3.** *Faunes* : divinités champêtres, à l'image de Pan à corps velu, aux longues oreilles pointues, à cornes et pieds de chèvre. \ **4.** *Pan* : dieu des bergers et de la Nature. En grec, *pan* signifie « tout ». \ **5.** *Syrinx* : flûte de Pan (mot habituellement féminin).

Je regrette les temps de la grande Cybèle[1]
Qu'on disait parcourir, gigantesquement belle,
Sur un grand char d'airain, les splendides cités ;
Son double sein versait dans les immensités
Le pur ruissellement de la vie infinie.
L'Homme suçait, heureux, sa mamelle bénie,
Comme un petit enfant, jouant sur ses genoux.
– Parce qu'il était fort, l'Homme était chaste et doux.

Misère ! Maintenant il dit : Je sais les choses,
Et va, les yeux fermés et les oreilles closes.
– Et pourtant, plus de dieux ! plus de dieux ! l'Homme est Roi !
L'Homme est Dieu ! Mais l'Amour, voilà la grande Foi !
Oh ! si l'homme puisait encore à ta mamelle,
Grande mère des dieux et des hommes, Cybèle ;
S'il n'avait pas laissé l'immortelle Astarté[2]
Qui jadis, émergeant dans l'immense clarté
Des flots bleus, fleur de chair que la vague parfume,
Montra son nombril rose où vint neiger l'écume,
Et fit chanter, Déesse aux grands yeux noirs vainqueurs,
Le rossignol aux bois et l'amour dans les cœurs !

II

Je crois en toi ! je crois en toi ! Divine mère,
Aphrodité[3] marine ! – Oh ! la route est amère
Depuis que l'autre Dieu[4] nous attelle à sa croix ;

---

1. *Cybèle* : déesse de Phrygie assimilée par les Grecs à la mère des dieux. Maîtresse de la terre, des cieux et de la mer, elle incarnait l'origine de tout. \ **2.** *Astarté* : déesse phénicienne qui fut confondue avec Vénus. \ **3.** *Aphrodité* : Aphrodite, le nom grec de Vénus, déesse de l'amour. Aphrodité est un calque du grec. \ **4.** *L'autre Dieu* : le Christ.

Chair, Marbre, Fleur, Vénus, c'est en toi que je crois[1] !
– Oui, l'Homme est triste et laid, triste sous le ciel vaste,
Il a des vêtements, parce qu'il n'est plus chaste,
Parce qu'il a sali son fier buste de dieu,
Et qu'il a rabougri, comme une idole au feu,
Son corps Olympien[2] aux servitudes sales !
Oui, même après la mort, dans les squelettes pâles
Il veut vivre, insultant la première beauté !
– Et l'Idole où tu mis tant de virginité,
Où tu divinisas notre argile, la Femme,
Afin que l'Homme pût éclairer sa pauvre âme
Et monter lentement, dans un immense amour,
De la prison terrestre à la beauté du jour,
La Femme ne sait plus même être Courtisane !
– C'est une bonne farce ! et le monde ricane
Au nom doux et sacré de la grande Vénus !

III

Si les temps revenaient, les temps qui sont venus !
– Car l'Homme a fini ! l'Homme a joué tous les rôles !
Au grand jour, fatigué de briser des idoles
Il ressuscitera, libre de tous ses Dieux,
Et, comme il est du ciel, il scrutera les cieux !
L'Idéal, la pensée invincible, éternelle,
Tout le dieu qui vit, sous son argile charnelle,
Montera, montera, brûlera sous son front !
Et quand tu le verras sonder tout l'horizon,
Contempleur des vieux jougs, libre de toute crainte,

1. *C'est en toi que je crois* : d'où le premier titre du poème, « *Credo in unam* ». \ **2.** *Olympien* : divin, du mont Olympe, qui est le séjour des dieux.

Tu viendras lui donner la Rédemption sainte !
– Splendide, radieuse, au sein des grandes mers
Tu surgiras, jetant sur le vaste Univers
L'Amour infini dans un infini sourire !
Le Monde vibrera comme une immense lyre
Dans le frémissement d'un immense baiser !

– Le Monde a soif d'amour : tu viendras l'apaiser.
. . . .

IV

Ô splendeur de la chair ! ô splendeur idéale !
Ô renouveau d'amour, aurore triomphale
où, courbant à leurs pieds les Dieux et les Héros,
Kallipige[1] la blanche et le petit Éros[2]
Effleureront, couverts de la neige des roses,
Les femmes et les fleurs sous leurs beaux pieds écloses !
Ô grande Ariadné[3], qui jettes tes sanglots
Sur la rive, en voyant fuir là-bas sur les flots,
Blanche sous le soleil, la voile de Thésée[4],
Ô douce vierge enfant qu'une nuit a brisée,
Tais-toi ! Sur son char d'or brodé de noirs raisins,
Lysios[5], promené dans les champs Phrygiens[6]
Par les tigres lascifs et les panthères rousses,
Le long des fleuves bleus rougit les sombres mousses.
Zeus, Taureau, sur son cou berce comme une enfant

1. *Kallipige* : épithète traditionnelle de Vénus signifiant « aux belles fesses » (autre orthographe : « callipyge »). \ **2.** *Éros* : divinité de l'amour, chez les Grecs. \ **3.** *Ariadné* : calque grec du nom d'Ariane, la fille du roi de Crète, Minos, que Thésée abandonna sur le rivage de l'île de Naxos ou de Dia. \ **4.** *Thésée* : roi légendaire d'Athènes, célèbre pour ses nombreux exploits dont sa victoire contre le monstre Minotaure. \ **5.** *Lysios* : Dionysos (ou Bacchus) qui va rencontrer Ariane abandonnée. \ **6.** *Dans les champs Phrygiens* : en Asie Mineure.

Le corps nu d'Europé[1], qui jette son bras blanc
Au cou nerveux du Dieu frissonnant dans la vague...
Il tourne lentement vers elle son œil vague;
Elle, laisse traîner sa pâle joue en fleur
Au front de Zeus; ses yeux sont fermés; elle meurt
Dans un divin baiser, et le flot qui murmure
De son écume d'or fleurit sa chevelure.
– Entre le laurier rose et le lotus jaseur
Glisse amoureusement le grand Cygne rêveur
Embrassant la Léda[2] des blancheurs de son aile;
– Et tandis que Cypris[3] passe, étrangement belle,
Et, cambrant les rondeurs splendides de ses reins,
Étale fièrement l'or de ses larges seins
Et son ventre neigeux brodé de mousse noire,
– Héraclès[4], le Dompteur, qui, comme d'une gloire
Fort, ceint son vaste corps de la peau du lion,
S'avance, front terrible et doux, à l'horizon!

Par la lune d'été vaguement éclairée,
Debout, nue, et rêvant dans sa pâleur dorée
Que tache le flot lourd de ses longs cheveux bleus,
Dans la clairière sombre où la mousse s'étoile,
La Dryade[5] regarde au ciel silencieux...
– La blanche Séléné[6] laisse flotter son voile,
Craintive, sur les pieds du bel Endymion[7],
Et lui jette un baiser dans un pâle rayon...
– La Source pleure au loin dans une longue extase...

1. *Europé*: Europe, jeune fille dont s'était épris et qu'enleva Zeus, dieu suprême des Grecs, et qui lui apparut sous la forme d'un taureau blanc. \ **2.** *Léda*: reine de Sparte que Zeus séduisit en se métamorphosant en cygne. \ **3.** *Cypris*: surnom d'Aphrodite, née de l'écume des flots, près de l'île de Chypre.\ **4.** *Héraclès*: nom grec d'Hercule. Fils de Zeus, il est célèbre pour avoir accompli douze travaux d'une difficulté redoutable. \ **5.** *Dryade*: nymphe des bois. \ **6.** *Séléné*: personnification de la Lune. \ **7.** *Endymion*: berger d'une rare beauté, aimé de Séléné qui venait le contempler chaque nuit.

C'est la Nymphe[1] qui rêve, un coude sur son vase,
Au beau jeune homme blanc que son onde a pressé.
– Une brise d'amour dans la nuit a passé,
Et, dans les bois sacrés, dans l'horreur des grands arbres,
Majestueusement debout, les sombres Marbres[2],
Les Dieux, au front desquels le Bouvreuil fait son nid,
– Les Dieux écoutent l'Homme et le Monde infini !

Mai [18]70.

Le Dormeur du val

C'est un trou de verdure où chante une rivière
Accrochant follement aux herbes des haillons
D'argent ; où le soleil, de la montagne fière,
Luit : c'est un petit val qui mousse de rayons.

Un soldat jeune, bouche ouverte, tête nue,
Et la nuque baignant dans le frais cresson bleu,
Dort ; il est étendu dans l'herbe, sous la nue,
Pâle dans son lit vert où la lumière pleut.

Les pieds dans les glaïeuls[3], il dort. Souriant comme
Sourirait un enfant malade, il fait un somme :
Nature, berce-le chaudement : il a froid.

Les parfums ne font pas frissonner sa narine ;
Il dort dans le soleil, la main sur sa poitrine
Tranquille. Il a deux trous rouges au côté droit.

Octobre 1870.

1. *Nymphe* : déesse des bois, des eaux ou des montagnes. \ **2.** *Marbres* : les statues antiques, abandonnées. \ **3.** *Glaïeuls* : glaïeuls d'eau.

Au Cabaret-Vert

cinq heures du soir

Depuis huit jours, j'avais déchiré mes bottines
Aux cailloux des chemins. J'entrais à Charleroi.
– AU CABARET-VERT : je demandai des tartines
De beurre et du jambon qui fût à moitié froid.

Bienheureux, j'allongeai les jambes sous la table
Verte : je contemplai les sujets très naïfs
De la tapisserie. – Et ce fut adorable,
Quand la fille aux tétons énormes, aux yeux vifs,

– Celle-là, ce n'est pas un baiser qui l'épeure[1] ! –
Rieuse, m'apporta des tartines de beurre,
Du jambon tiède, dans un plat colorié,

Du jambon rose et blanc parfumé d'une gousse
D'ail, – Et m'emplit la chope immense, avec sa mousse
Que dorait un rayon de soleil arriéré[2].

Octobre [18]70.

La Maline

Dans la salle à manger brune, que parfumait
Une odeur de vernis et de fruits, à mon aise
Je ramassais un plat de je ne sais quel met[3]
Belge, et je m'épatais[4] dans mon immense chaise.

1. *Épeure* : apeure, fait peur (provincialisme). \ **2.** *Arriéré* : attardé. \ **3.** *Met* : sans *s*, pour la rime. \ **4.** *Je m'épatais* : je m'étalais.

En mangeant, j'écoutais l'horloge, – heureux et coi.
La cuisine s'ouvrit avec une bouffée,
– Et la servante vint, je ne sais pas pourquoi,
Fichu moitié défait, malinement [1] coiffée

Et, tout en promenant son petit doigt tremblant
Sur sa joue, un velours de pêche rose et blanc,
En faisant, de sa lèvre enfantine, une moue,

Elle arrangeait les plats, près de moi, pour m'aiser [2];
– Puis, comme ça, – bien sûr pour avoir un baiser, –
Tout bas : « Sens donc : j'ai pris UNE froid sur la joue... »

Charleroi, octobre [18]70.

L'Éclatante Victoire de Sarrebrück

remportée aux cris de vive l'Empereur !

(Gravure belge brillamment coloriée,
se vend à Charleroi, 35 centimes.)

Au milieu, l'Empereur, dans une apothéose
Bleue et jaune, s'en va, raide, sur son dada
Flamboyant ; très heureux, – car il voit tout en rose,
Féroce comme Zeus et doux comme un papa ;

En bas, les bons Pioupious [3] qui faisaient la sieste
Près des tambours dorés et des rouges canons,
Se lèvent gentiment. Pitou [4] remet sa veste,
Et, tourné vers le Chef, s'étourdit de grands noms !

1. *Malinement* : malignement. \ **2.** *M'aiser* : me mettre à l'aise.\ **3.** *Pioupious* : soldats. \ **4.** *Pitou* : nom du soldat naïf.

À droite, Dumanet[1], appuyé sur la crosse
De son chassepot[2], sent frémir sa nuque en brosse,
Et : « Vive l'Empereur ! » – Son voisin reste coi…

Un schako[3] surgit, comme un soleil noir… – Au centre,
Boquillon[4] rouge et bleu, très naïf, sur son ventre
Se dresse, et, – présentant ses derrières[5] – : « De quoi ?… »

Octobre [18] 70.

Rêvé pour l'hiver

À *** Elle.

L'hiver, nous irons dans un petit wagon rose
Avec des coussins bleus.
Nous serons bien. Un nid de baisers fous repose
Dans chaque coin moelleux.

Tu fermeras l'œil, pour ne point voir, par la glace,
Grimacer les ombres des soirs,
Ces monstruosités hargneuses, populace
De démons noirs et de loups noirs.

Puis tu te sentiras la joue égratignée…
Un petit baiser, comme une folle araignée,
Te courra par le cou…

1. *Dumanet* : nom d'un personnage de vaudeville et lui aussi, type du soldat naïf. \ 2. *Chassepot* : fusil. \ 3. *Schako* : coiffe militaire qui désigne ici, par métonymie, un soldat. \ 4. *Boquillon* : personnage farfelu et ridicule, popularisé par la caricature. \ 5. *Ses derrières* : pluriel épique pour désigner le derrière, ou les soldats situés à l'arrière des troupes.

Et tu me diras : « Cherche ! », en inclinant la tête,
– Et nous prendrons du temps à trouver cette bête
– Qui voyage beaucoup…

En Wagon, le 7 octobre [18]70.

Le Buffet

C'est un large buffet sculpté ; le chêne sombre,
Très vieux, a pris cet air si bon des vieilles gens,
Le buffet est ouvert, et verse dans son ombre
Comme un flot de vin vieux, des parfums engageants ;

Tout plein, c'est un fouillis de vieilles vieilleries,
De linges odorants et jaunes, de chiffons
De femmes ou d'enfants, de dentelles flétries,
De fichus de grand-mère où sont peints des griffons[1] ;

– C'est là qu'on trouverait les médaillons, les mèches
De cheveux blancs ou blonds, les portraits, les fleurs
[sèches
Dont le parfum se mêle à des parfums de fruits.

– Ô buffet du vieux temps, tu sais bien des histoires,
Et tu voudrais conter des contes, et tu bruis
Quand s'ouvrent lentement tes grandes portes noires.

Octobre [18]70.

1. *Griffons* : animal fabuleux, monstre à corps de lion, à tête et à ailes d'aigle.

Ma bohème

(fantaisie)

Je m'en allais, les poings dans mes poches crevées ;
Mon paletot aussi devenait idéal[1] ;
J'allais sous le ciel, Muse ! et j'étais ton féal[2] ;
Oh ! là là ! que d'amours splendides j'ai rêvées !

Mon unique culotte avait un large trou.
– Petit-Poucet rêveur, j'égrenais dans ma course
Des rimes. Mon auberge était à la Grande-Ourse[3],
– Mes étoiles au ciel avaient un doux frou-frou[4]

Et je les écoutais, assis au bord des routes,
Ces bons soirs de septembre où je sentais des gouttes
De rosée à mon front, comme un vin de vigueur[5] ;

Où, rimant au milieu des ombres fantastiques,
Comme des lyres, je tirais les élastiques
De mes souliers blessés, un pied près de mon cœur !

1. *Idéal* : ce mot peut être compris de plusieurs façons : idéal, parce qu'il n'existe qu'en idée, il n'a aucune consistance car il est très élimé, usé ; idéal, parce que tout devient plus beau grâce au charme de l'errance. \ **2.** *Ton féal* : ton fidèle serviteur. \ **3.** *Mon auberge était à la Grande-Ourse* : je dormais à la belle étoile. \ **4.** *Frou-frou* : bruit léger produit par le froissement d'une étoffe soyeuse. \ **5.** *Vin de vigueur* : vin qui rend vigoureux.

POÉSIES
(1870-1871)

Les Corbeaux

Seigneur, quand froide est la prairie,
Quand dans les hameaux abattus,
Les longs angelus se sont tus...
Sur la nature défleurie
Faites s'abattre des grands cieux
Les chers corbeaux délicieux.

Armée étrange aux cris sévères,
Les vents froids attaquent vos nids !
Vous, le long des fleuves jaunis,
Sur les routes aux vieux calvaires,
Sur les fossés et sur les trous
Dispersez-vous, ralliez-vous !

Par milliers, sur les champs de France,
Où dorment des morts d'avant-hier,
Tournoyez, n'est-ce pas, l'hiver,
Pour que chaque passant repense !
Sois donc le crieur du devoir,
Ô notre funèbre oiseau noir !

Mais, saints du ciel, en haut du chêne,
Mât perdu dans le soir charmé,
Laissez les fauvettes de mai
Pour ceux qu'au fond du bois enchaîne
Dans l'herbe d'où l'on ne peut fuir,
La défaite sans avenir.

Les Assis

Noirs de loupes[1], grêlés[2], les yeux cerclés de bagues
Vertes, leurs doigts boulus[3] crispés à leurs fémurs,
Le sinciput[4] plaqué de hargnosités[5] vagues
Comme les floraisons lépreuses des vieux murs ;

Ils ont greffé dans des amours épileptiques
Leur fantasque ossature aux grands squelettes noirs
De leurs chaises ; leurs pieds aux barreaux rachitiques
S'entrelacent pour les matins et pour les soirs !

Ces vieillards ont toujours fait tresse avec leurs sièges,
Sentant les soleils vifs percaliser[6] leur peau,
Ou, les yeux à la vitre où se fanent les neiges,
Tremblant du tremblement douloureux du crapaud.

Et les Sièges leur ont des bontés : culottée
De brun, la paille cède aux angles de leurs reins ;

1. *Loupes* : tumeurs de la peau. \ **2.** *Grêlés* : marqués par la petite vérole. \ **3.** *Boulus* : couverts de boules, comme sous l'effet de l'arthrose (néologisme). \ **4.** *Sinciput* : sommet du crâne. \ **5.** *Hargnosités* : mauvaises humeurs (néologisme). \ **6.** *Percaliser* : transformer en percale, tissu fin et solide dont on se servait pour revêtir les sièges (néologisme).

L'âme des vieux soleils s'allume emmaillotée
Dans ces tresses d'épis où fermentaient les grains.

Et les Assis, genoux aux dents, verts pianistes,
Les dix doigts sous leur siège aux rumeurs de tambour,
S'écoutent clapoter des barcarolles[1] tristes,
Et leurs caboches vont dans des roulis d'amour.

– Oh ! ne les faites pas lever ! C'est le naufrage...
Ils surgissent, grondant comme des chats giflés,
Ouvrant lentement leurs omoplates, ô rage !
Tout leur pantalon bouffe à leurs reins boursouflés.

Et vous les écoutez, cognant leurs têtes chauves
Aux murs sombres, plaquant et plaquant leurs pieds tors,
Et leurs boutons d'habit sont des prunelles fauves
Qui vous accrochent l'œil du fond des corridors !

Puis ils ont une main invisible qui tue :
Au retour, leur regard filtre ce venin noir
Qui charge l'œil souffrant de la chienne battue,
Et vous suez pris dans un atroce entonnoir.

Rassis, les poings noyés dans des manchettes sales,
Ils songent à ceux-là qui les ont fait lever
Et, de l'aurore au soir, des grappes d'amygdales
Sous leurs mentons chétifs s'agitent à crever.

Quand l'austère sommeil a baissé leurs visières,
Ils rêvent sur leur bras de sièges fécondés,

1. *Barcarolles* : chansons des bateliers vénitiens.

De vrais petits amours de chaises en lisière[1]
Par lesquelles de fiers bureaux seront bordés;

Des fleurs d'encre crachant des pollens en virgule
Les bercent, le long des calices[2] accroupis,
Tels qu'au fil des glaïeuls le vol des libellules
– Et leur membre s'agace à des barbes d'épis.

Les Douaniers

Ceux qui disent: Cré Nom[3], ceux qui disent macache[4],
Soldats, marins, débris d'Empire, retraités,
Sont nuls, très nuls, devant les Soldats des Traités[5]
Qui tailladent l'azur frontière[6] à grands coups d'hache.

Pipe aux dents, lame en main, profonds, pas embêtés,
Quand l'ombre bave aux bois comme un mufle de vache,
Ils s'en vont, amenant leurs dogues à l'attache,
Exercer nuitamment leurs terribles gaîtés!

Ils signalent aux lois modernes les faunesses.
Ils empoignent les Fausts et les Diavolos[7]:
« Pas de ça, les anciens! Déposez les ballots! »

1. *Lisière*: cordon d'étoffe au moyen duquel on maintenait debout les bébés qui commencent à marcher. \ **2.** *Calices*: double sens; en anatomie, désigne une partie du bassin, et en botanique une partie de la fleur. \ **3.** *Cré Nom*: juron. \ **4.** *Macache*: juron des soldats d'Afrique signifiant « rien du tout ». \ **5.** *Soldats des Traités*: soldats allemands défendant leur frontière. \ **6.** *L'azur frontière*: après 1871, c'est en bleu que la frontière était dessinée sur les cartes. \ **7.** *Les Fausts et les Diavolos*: personnages d'opéra.

Quand sa sérénité s'approche des jeunesses,
Le Douanier se tient aux appas contrôlés !
Enfer aux Délinquants que sa paume a frôlés !

[L'Orgie parisienne ou] Paris se repeuple[1]

Ô lâches, la voilà ! dégorgez dans les gares !
Le soleil expia de ses poumons ardents
Les boulevards qu'un soir comblèrent les Barbares.
Voilà la Cité belle assise à l'occident !

Allez ! on préviendra les reflux d'incendie,
Voilà les quais ! voilà les boulevards ! voilà,
Sur les maisons, l'azur léger qui s'irradie,
Et qu'un soir la rougeur des bombes étoila.

Cachez les palais morts[2] dans des niches de planches !
L'ancien jour effaré rafraîchit vos regards.
Voici le troupeau roux des tordeuses de hanches[3],
Soyez fous, vous serez drôles, étant hagards !

Tas de chiennes en rut mangeant des cataplasmes,
Le cri des maisons d'or vous réclame. Volez !
Mangez ! voici la nuit de joie aux profonds spasmes
Qui descend dans la rue, ô buveurs désolés,

1. *L'Orgie parisienne ou Paris se repeuple* : le titre désigne le retour des lâches après la Commune. \ **2.** *Les palais morts* : les monuments parisiens en partie détruits après les incendies de la Semaine sanglante (21-28 mai 1871). \ **3.** *Des tordeuses de hanches* : des prostituées.

Buvez. Quand la lumière arrive intense et folle
Fouillant à vos côtés les luxes ruisselants,
Vous n'allez pas baver, sans geste, sans parole,
Dans vos verres, les yeux perdus aux lointains blancs,

Avalez, pour la Reine aux fesses cascadantes !
Écoutez l'action des stupides hoquets
Déchirants. Écoutez sauter aux nuits ardentes
Les idiots râleux[1], vieillards, pantins, laquais !

Ô cœurs de saleté, bouches épouvantables,
Fonctionnez plus fort, bouches de puanteurs !
Un vin pour ces torpeurs ignobles, sur ces tables...
Vos ventres sont fondus de hontes, ô Vainqueurs !

Ouvrez votre narine aux superbes nausées !
Trempez de poisons forts les cordes de vos cous !
Sur vos nuques d'enfants baissant ses mains croisées
Le Poète vous dit : ô lâches, soyez fous !

Parce que vous fouillez le ventre de la Femme
Vous craignez d'elle encore une convulsion
Qui crie, asphyxiant votre nichée infâme
Sur sa poitrine, en une horrible pression.

Syphilitiques, fous, rois, pantins, ventriloques,
Qu'est-ce que ça peut faire à la putain Paris,
Vos âmes et vos corps, vos poisons et vos loques ?
Elle se secouera de vous, hargneux pourris !

1. *Râleux* : qui grognent.

Et quand vous serez bas, geignant sur vos entrailles
Les flancs morts, réclamant votre argent, éperdus,
La rouge courtisane aux seins gros de batailles,
Loin de votre stupeur, tordra ses poings ardus !

Quand tes pieds ont dansé si fort dans les colères,
Paris ! quand tu reçus tant de coups de couteau,
Quand tu gis, retenant dans tes prunelles claires,
Un peu de la bonté du fauve renouveau,

Ô cité douloureuse, ô cité quasi morte,
La tête et les deux seins jetés vers l'Avenir
Ouvrant sur ta pâleur ses milliards de portes,
Cité que le Passé sombre pourrait bénir :

Corps remagnétisé pour les énormes peines,
Tu rebois donc la vie effroyable ! tu sens
Sourdre le flux des vers livides en tes veines,
Et sur ton clair amour rôder les doigts glaçants !

Et ce n'est pas mauvais. Tes vers, tes vers livides
Ne gêneront pas plus ton souffle de Progrès
Que les Stryx [1] n'éteignaient l'œil des Cariatides [2]
Où des pleurs d'or astral tombaient des bleus degrés.

Quoique ce soit affreux de te revoir couverte
Ainsi ; quoiqu'on n'ait fait jamais d'une cité
Ulcère plus puant à la Nature verte,
La Poète te dit « Splendide est ta Beauté ! »

1. *Stryx* : vampires nocturnes. \ **2.** *Cariatides* : statues classiques soutenant une colonne.

L'orage t'a sacrée suprême poésie ;
L'immense remuement des forces te secourt ;
Ton œuvre bout, la mort gronde, Cité choisie !
Amasse les strideurs au cœur du clairon sourd.

Le Poète prendra le sanglot des Infâmes,
La haine des Forçats, la Clameur des maudits ;
Et ses rayons d'amour flagelleront les Femmes.
Ses strophes bondiront, voilà ! voilà ! bandits !

– Société, tout est rétabli : – les orgies
Pleurent leur ancien râle aux anciens lupanars :
Et les gaz en délire aux murailles rougies
Flambent sinistrement vers les azurs blafards !

Mai 1871.

Les Mains de Jeanne-Marie

Jeanne-Marie a des mains fortes,
Mains sombres que l'été tanna,
Mains pâles comme des mains mortes.
– Sont-ce des mains de Juana[1] ?

Ont-elles pris les crèmes brunes
Sur les mares des voluptés ?
Ont-elles trempé dans des lunes
Aux étangs de sérénités ?

1. *Juana* : aventurière, féminin de don Juan.

Ont-elles bu des cieux barbares,
Calmes sur les genoux charmants ?
Ont-elle roulé des cigares
Ou trafiqué des diamants ?

Sur les pieds ardents des Madones
Ont-elle fané des fleurs d'or ?
C'est le sang noir des belladones[1]
Qui dans leur paume éclate et dort.

Mains chasseresses des diptères[2]
Dont bombinent[3] les bleuisons[4]
Aurorales, vers les nectaires[5] ?
Mains décanteuses de poisons ?

Oh ! quel Rêve les a saisies
Dans les pandiculations[6] ?
Un rêve inouï des Asies,
Des Khenghavars[7] ou des Sions[8] ?

– Ces mains n'ont pas vendu d'oranges,
Ni bruni sur les pieds des dieux :
Ces mains n'ont pas lavé les langes
Des lourds petits enfants sans yeux.

Ce ne sont pas mains de cousine
Ni d'ouvrières aux gros fronts
Que brûle, aux bois puant l'usine
Un soleil ivre de goudrons.

1. *Belladones* : plantes vénéneuses ou belles femmes. \ **2.** *Diptères* : insectes à deux ailes. \ **3.** *Bombinent* : bourdonnent en volant. \ **4.** *Bleuisons* : néologisme dérivé de bleuir. \ **5.** *Nectaires* : organes de la fleur qui contiennent le nectar. \ **6.** *Pandiculations* : étirements. \ **7.** *Khenghavars* : Khenghavar est une ville de Perse. \ **8.** *Sions* : Sion est une colline sur laquelle est bâtie Jérusalem et, par extension, désigne Jérusalem elle-même.

Ce sont des ployeuses d'échines,
Des mains qui ne font jamais mal
Plus fatales que des machines,
Plus fortes que tout un cheval !

Remuant comme des fournaises,
Et secouant tous ses frissons
Leur chair chante des Marseillaises
Et jamais les Eleisons[1] !

Ça serrerait vos cous, ô femmes
Mauvaises, ça broierait vos mains,
Femmes nobles, vos mains infâmes
Pleines de blancs et de carmins.

L'éclat de ces mains amoureuses
Tourne le crâne des brebis !
Dans leurs phalanges savoureuses
Le grand soleil met un rubis !

Une tache de populace
Les brunit comme un sein d'hier :
Le dos de ces Mains est la place
Qu'en baisa tout Révolté fier !

Elles ont pâli, merveilleuses,
Au grand soleil d'amour chargé,
Sur le bronze des mitrailleuses
À travers Paris insurgé !

1. *Eleisons* : implorations de pitié, par allusion au « Kyrie eleison » de la liturgie catholique.

Ah ! quelquefois, ô Mains sacrées,
À vos poings, Mains où tremblent nos
Lèvres jamais désenivrées,
Crie une chaîne [1] aux clairs anneaux !

Et c'est un Soubresaut étrange
Dans nos êtres, quand, quelquefois,
On veut vous déhâler, Mains d'ange,
En vous faisant saigner les doigts !

Les Poètes de sept ans

À M. P. Demeny.

Et la Mère, fermant le livre du devoir [2],
S'en allait satisfaite et très fière, sans voir,
Dans les yeux bleus et sous le front plein d'éminences [3],
L'âme de son enfant livrée aux répugnances.

Tout le jour il suait d'obéissance ; très
Intelligent ; pourtant des tics noirs, quelques traits,
Semblaient prouver en lui d'âcres hypocrisies.
Dans l'ombre des couloirs aux tentures moisies,
En passant il tirait la langue, les deux poings
À l'aine, et dans ses yeux fermés voyait des points.
Une porte s'ouvrait sur le soir : à la lampe
On le voyait, là-haut, qui râlait sur la rampe,

1. *Chaîne* : allusion aux arrestations des Communards. \ **2.** *Le livre du devoir* : le cahier d'école ou la Bible. \ **3.** *Plein d'éminences* : indiquant une intelligence exceptionnelle.

Sous un golfe de jour pendant du toit. L'été
Surtout, vaincu, stupide, il était entêté
À se renfermer dans la fraîcheur des latrines :
Il pensait là, tranquille et livrant ses narines.

Quand, lavé des odeurs du jour, le jardinet
Derrière la maison, en hiver, s'illunait[1],
Gisant au pied d'un mur, enterré dans la marne
Et pour des visions écrasant son œil darne[2],
Il écoutait grouiller les galeux espaliers.
Pitié ! Ces enfants seuls étaient ses familiers
Qui, chétifs, fronts nus, œil déteignant sur la joue,
Cachant de maigres doigts jaunes et noirs de boue
Sous des habits puant la foire[3] et tout vieillots,
Conversaient avec la douceur des idiots !
Et si, l'ayant surpris à des pitiés immondes,
Sa mère s'effrayait ; les tendresses profondes
De l'enfant se jetaient sur cet étonnement.
C'était bon. Elle avait le bleu regard, – qui ment !

À sept ans, il faisait des romans sur la vie
Du grand désert, où luit la Liberté ravie,
Forêts, soleils, rives, savanes ! – Il s'aidait
De journaux illustrés où, rouge, il regardait
Des Espagnoles rire et des Italiennes.
Quand venait, l'œil brun, folle, en robes d'indiennes,
– Huit ans, – la fille des ouvriers d'à-côté,
La petite brutale, et qu'elle avait sauté,
Dans un coin, sur son dos, en secouant ses tresses,

1. *S'illunait* : se remplissait de la lumière de la lune (mot forgé par Rimbaud). \ **2.** *Darne* : ardennisme qui signifie « pris de vertige ». \ **3.** *La foire* : les excréments.

Et qu'il était sous elle, il lui mordait les fesses,
Car elle ne portait jamais de pantalons ;
– Et, par elle meurtri des poings et des talons
Remportait les saveurs de sa peau dans sa chambre.

Il craignait les blafards dimanches de décembre,
Où, pommadé, sur un guéridon d'acajou,
Il lisait une Bible à la tranche vert-chou ;
Des rêves l'oppressaient chaque nuit dans l'alcôve.
Il n'aimait pas Dieu ; mais les hommes, qu'au soir fauve,
Noirs, en blouse, il voyait rentrer dans le faubourg
Où les crieurs, en trois roulements de tambour,
Font autour des édits rire et gronder les foules.
– Il rêvait la prairie amoureuse, où des houles
Lumineuses, parfums sains, pubescences d'or,
Font leur remuement calme et prennent leur essor !

Et comme il savourait surtout les sombres choses,
Quand, dans la chambre nue aux persiennes closes,
Haute et bleue, âcrement prise d'humidité,
Il lisait son roman sans cesse médité,
Plein de lourds ciels ocreux et de forêts noyées,
De fleurs de chair aux bois sidérals déployées
Vertige, écroulements, déroutes et pitié !
– Tandis que se faisait la rumeur du quartier,
En bas, – seul, et couché sur des pièces de toile
Écrue, et pressentant violemment la voile !

26 mai 1871.

Les Pauvres à l'église

Parqués entre des bancs de chêne, aux coins d'église
Qu'attiédit puamment[1] leur souffle, tous leurs yeux
Vers le chœur ruisselant d'orrie[2] et la maîtrise[3]
Aux vingt gueules gueulant les cantiques pieux;

Comme un parfum de pain humant l'odeur de cire,
Heureux, humiliés comme des chiens battus,
Les Pauvres au bon Dieu, le patron et le sire,
Tendent leurs oremus[4] risibles et têtus.

Aux femmes, c'est bien bon de faire des bancs lisses,
Après les six jours noirs où Dieu les fait souffrir!
Elles bercent, tordus dans d'étranges pelisses,
Des espèces d'enfants qui pleurent à mourir:

Leurs seins crasseux dehors, ces mangeuses de soupe,
Une prière aux yeux et ne priant jamais,
Regardent parader mauvaisement un groupe
De gamines avec leurs chapeaux déformés.

Dehors, le froid, la faim, l'homme en ribote:
C'est bon. Encore une heure; après, les maux sans noms!
– Cependant, alentour, geint, nasille, chuchote
Une collection de vieilles à fanons;

Ces effarés y sont et ces épileptiques
Dont on se détournait hier aux carrefours;
Et, fringalant du nez dans des missels antiques,
Ces aveugles qu'un chien introduit dans les cours.

1. *Puamment*: adverbe non attesté par les dictionnaires, dérivé de « puer ». \ **2.** *D'orrie*: de dorures. \ **3.** *La maîtrise*: la chorale de l'église. \ **4.** *Oremus*: prières.

Et tous, bavant la foi mendiante et stupide,
Récitent la complainte infinie à Jésus
Qui rêve en haut, jauni par le vitrail livide,
Loin des maigres mauvais et des méchants pansus,

Loin des senteurs de viande et d'étoffes moisies,
Farce prostrée et sombre aux gestes repoussants ;
– Et l'oraison fleurit d'expressions choisies,
Et les mysticités prennent des tons pressants,

Quand, des nefs où périt le soleil, plis de soie
Banals, sourires verts, les Dames des quartiers
Distingués, – ô Jésus ! – les malades du foie
Font baiser leurs longs doigts jaunes aux bénitiers.

1871.

Ce qu'on dit au Poète à propos de fleurs

À Monsieur Théodore de Banville.

I

Ainsi, toujours, vers l'azur noir
Où tremble la mer des topazes,
Fonctionneront dans ton soir
Les Lys [1], ces clystères [2] d'extases !

1. *Lys* : fleur chère à la poésie conventionnelle et parnassienne. \ **2.** *Clystères* : médicaments ou injections faites par voie anale.

À notre époque de sagous [1],
Quand les Plantes sont travailleuses,
Le Lys boira les bleus dégoûts
Dans tes Proses religieuses !

– Le lys de monsieur de Kerdrel [2],
Le Sonnet de mil huit cent trente,
Le Lys qu'on donne au Ménestrel
Avec l'œillet et l'amarante [3] !

Des lys ! Des lys ! On n'en voit pas !
Et dans ton Vers, tel que les manches
Des Pécheresses aux doux pas,
Toujours frissonnent ces fleurs blanches !

Toujours, Cher, quand tu prends un bain,
Ta Chemise aux aisselles blondes
Se gonfle aux brises du matin
Sur les myosotis immondes !

L'amour ne passe à tes octrois
Que les Lilas – ô balançoires !
Et les Violettes du Bois,
Crachats sucrés des Nymphes noires !...

II

Ô Poètes, quand vous auriez
Les Roses, les Roses soufflées,

1. *Sagous* : sortes de farine extraite du palmier. \ **2.** *De Kerdrel* : royaliste, d'où l'association de son nom avec le lys. \ **3.** *L'œillet et l'amaranthe* : ces fleurs récompensaient les lauréats d'un concours de poésie au XIXe siècle.

Rouges sur tiges de lauriers,
Et de mille octaves enflées !

Quand Banville en ferait neiger,
Sanguinolentes, tournoyantes,
Pochant l'œil fou de l'étranger
Aux lectures mal bienveillantes !

De vos forêts et de vos prés,
Ô très-paisibles photographes !
La Flore est diverse à peu près
Comme des bouchons de carafes !

Toujours les végétaux Français,
Hargneux, phtisiques, ridicules,
Où le ventre des chiens bassets
Navigue en paix, aux crépuscules ;

Toujours, après d'affreux dessins
De Lotos bleus ou d'Hélianthes [1],
Estampes roses, sujets saints
Pour de jeunes communiantes !

L'Ode Açoka [2] cadre avec la
Strophe en fenêtre de lorette [3] ;
Et de lourds papillons d'éclat
Fientent sur la Pâquerette.

1. *De Lotos bleus ou d'Hélianthes* : de fleurs exotiques, clichés de la poésie parnassienne. \ **2.** *Açoka* : arbre de l'Inde. Les parnassiens affectionnaient les termes rares. \ **3.** *Lorette* : jeune courtisane.

Vieilles verdures, vieux galons !
Ô croquignoles[1] végétales !
Fleurs fantasques des vieux Salons !
– Aux hannetons, pas aux crotales[2],

Ces poupards[3] végétaux en pleurs
Que Grandville[4] eût mis aux lisières[5],
Et qu'allaitèrent de couleurs
De méchants astres à visières !

Oui, vos bavures de pipeaux
Font de précieuses glucoses !
– Tas d'œufs frits dans de vieux chapeaux,
Lys, Açokas, Lilas et Roses !...

III

Ô blanc Chasseur, qui cours sans bas
À travers le Pâtis panique[6],
Ne peux-tu pas, ne dois-tu pas
Connaître un peu ta botanique ?

Tu ferais succéder, je crains,
Aux Grillons roux les Cantharides[7],
L'or des Rios au bleu des Rhins –,
Bref, aux Norwèges les Florides :

1. *Croquignoles* : pâtisseries faites avec des fleurs. \ **2.** *Crotales* : serpents à sonnettes. \ **3.** *Poupards* : poupons. \ **4.** *Granville* (1803-1847) : dessinateur et caricaturiste qui a donné aux plantes la physionomie, les vices et les passions de l'homme. \ **5.** *Lisières* : cordons destinés à maintenir en équilibre un enfant qui apprend à marcher. \ **6.** *Panique* : du dieu Pan. \ **7.** *Cantharides* : insectes tropicaux.

Mais, Cher, l'Art n'est plus, maintenant,
– C'est la vérité, – de permettre
À l'Eucalyptus étonnant
Des constrictors d'un hexamètre[1] ;

Là !... Comme si les Acajous
Ne servaient, même en nos Guyanes,
Qu'aux cascades des sapajous,
Au lourd délire des lianes !

– En somme, une Fleur, Romarin
ou Lys, vive ou morte, vaut-elle
Un excrément d'oiseau marin ?
Vaut-elle un seul pleur de chandelle ?

– Et j'ai dit ce que je voulais !
Toi, même assis là-bas, dans une
Cabane de bambous, – volets
Clos, tentures de perse brune, –

Tu torcherais des floraisons
Dignes d'Oises extravagantes !...
– Poète ! ce sont des raisons
Non moins risibles qu'arrogantes !...

IV

Dis, non les pampas[2] printaniers
Noirs d'épouvantables révoltes,

1. *Des constrictors d'un hexamètre* : des alexandrins longs comme des boas constrictors. \ **2.** *Pampas* : vastes plaines d'Amérique du Sud.

Mais les tabacs, les cotonniers !
Dis les exotiques récoltes !

Dis, front blanc que Phébus tanna,
De combien de dollars se rente
Pedro Velasquez, Habana[1] ;
Incague[2] la mer de Sorrente

Où vont les Cygnes par milliers ;
Que tes Strophes soient des réclames
Pour l'abatis[3] des mangliers[4]
Fouillés des hydres et des lames !

Ton quatrain plonge aux bois sanglants
Et revient proposer aux Hommes
Divers sujets de sucres blancs,
De pectoraires[5] et de gommes !

Sachons par Toi si les blondeurs
Des Pics neigeux, vers les Tropiques,
Sont ou des insectes pondeurs
Ou des lichens microscopiques !

Trouve, ô Chasseur, nous le voulons,
Quelques garances[6] parfumées
Que la Nature en pantalons
Fasse éclore ! – pour nos Armées !

1. *Habana* : à la Havane. \ **2.** *Incague* : couvre d'excréments. \ **3.** *Abatis* : amas d'arbres pour se défendre. \ **4.** *Mangliers* : palétuviers qu'on trouve sur les plages tropicales. \ **5.** *Pectoraires* : pâtes pectorales. \ **6.** *Garances* : plantes d'où l'on extrait la teinture rouge qui colorait alors les pantalons de l'armée française.

Trouve, aux abords du Bois qui dort,
Les fleurs, pareilles à des mufles,
D'où bavent des pommades d'or
Sur les cheveux sombres des Buffles !

Trouve, aux prés fous, où sur le Bleu
Tremble l'argent des pubescences,
Des Calices pleins d'Œufs de feu
Qui cuisent parmi les essences !

Trouve des Chardons cotonneux
Dont dix ânes aux yeux de braises
Travaillent à filer les nœuds !
Trouve des Fleurs qui soient des chaises !

Oui, trouve au cœur des noirs filons
Des fleurs presque pierres, – fameuses ! –
Qui vers leurs durs ovaires blonds
Aient des amygdales gemmeuses[1] !

Sers-nous, ô Farceur, tu le peux,
Sur un plat de vermeil splendide
Des ragoûts de Lys sirupeux
Mordant nos cuillers Alfénide[2] !

V

Quelqu'un dira le grand Amour,
Voleur des Sombres Indulgences :

1. *Gemmeuses* : comme des pierres précieuses. \ **2.** *Alfénide* : alliage imitant l'argent. Inventé en 1850, il était très utilisé dans la fabrication des couverts.

Mais ni Renan[1], ni le chat Murr[2]
N'ont vu les Bleus Thyrses[3] immenses !

Toi, fais jouer dans nos torpeurs,
Par les parfums les hystéries ;
Exalte-nous vers les candeurs
Plus candides que les Maries...

Commerçant ! colon ! médium !
Ta Rime sourdra, rose ou blanche,
Comme un rayon de sodium,
Comme un caoutchouc qui s'épanche !

De tes noirs Poèmes, – Jongleur !
Blancs, verts, et rouges dioptriques,
Que s'évadent d'étranges fleurs
Et des papillons électriques !

Voilà ! c'est le Siècle d'enfer !
Et les poteaux télégraphiques
Vont orner, – lyre aux chants de fer,
Tes omoplates magnifiques !

Surtout, rime une version
Sur le mal des pommes de terre !
– Et, pour la composition
De Poèmes pleins de mystère

1. *Renan* (1823-1892) : écrivain, historien et philosophe français. \ **2.** *Le chat Murr* : chat inventé par Hoffmann (1798-1874) dans une nouvelle fantastique. \ **3.** *Thyrses* : bâtons du dieu Bacchus.

Qu'on doive lire de Tréguier[1]
À Paramaribo[2], rachète
Des Tomes de Monsieur Figuier[3]
– Illustrés ! – chez Monsieur Hachette !

Alcide Bava[4].

14 juillet 1871. A. R.

Les Chercheuses de poux

Quand le front de l'enfant, plein de rouges tourmentes,
Implore l'essaim blanc des rêves indistincts,
Il vient près de son lit deux grandes sœurs charmantes
Avec de frêles doigts aux ongles argentins.

Elles assoient l'enfant devant une croisée
Grande ouverte où l'air bleu baigne un fouillis de fleurs,
Et dans ses lourds cheveux où tombe la rosée
Promènent leurs doigts fins, terribles et charmeurs.

Il écoute chanter leurs haleines craintives
Qui fleurent de longs miels végétaux et rosés
Et qu'interrompt parfois un sifflement, salives
Reprises sur la lèvre ou désirs de baisers.

1. *Tréguier* : ville natale de Renan située en Bretagne. \ **2.** *Paramaribo* : port de Guyane. \ **3.** *Figuier* (1819-1894) : polygraphe et vulgarisateur, auteur d'une *Histoire des plantes* (1865) publiée chez Hachette. \ **4.** *Alcide Bava* : pseudonyme de Rimbaud qui renverrait à un sonnet de Baudelaire où sont évoqués Hercule et la bave des serpents qu'il étrangle.

Il entend leurs cils noirs battant sous les silences
Parfumés ; et leurs doigts électriques et doux
Font crépiter parmi ses grises indolences
Sous leurs ongles royaux la mort des petits poux.

Voilà que monte en lui le vin de la Paresse,
Soupir d'harmonica qui pourrait délirer ;
L'enfant se sent [1], selon la lenteur des caresses,
Sourdre et mourir sans cesse un désir de pleurer.

L'Homme juste

Le Juste [2] restait droit sur ses hanches solides :
Un rayon lui dorait l'épaule ; des sueurs
Me prirent : « Tu veux voir rutiler les bolides ?
Et, debout, écouter bourdonner les flueurs [3]
D'astres lactés, et les essaims d'astéroïdes ?

« Par des farces de nuit ton front est épié [4],
Ô Juste ! Il faut gagner un toit. Dis ta prière,
La bouche dans ton drap doucement expié ;
Et si quelque égaré choque ton ostiaire [5],
Dis : Frère, va plus loin, je suis estropié ! »

Et le Juste restait debout, dans l'épouvante
Bleuâtre des gazons après le soleil mort :

1. *Se sent* : sent en lui. \ **2.** *Le Juste* : appellation qui s'applique au Christ dans les *Évangiles*, et aux hommes qui seront déclarés dignes du salut lors du Jugement dernier. \ **3.** *Flueurs* : les menstrues, les règles mensuelles. \ **4.** *Épié* : couronné d'épis, ou d'épines. \ **5.** *Ostiaire* : portier.

« Alors, mettrais-tu tes genouillères en vente,
Ô Vieillard ? Pèlerin sacré ! Barde d'Armor[1] !
Pleureur des Oliviers ! Main que la pitié gante !

« Barbe de la famille et poing de la cité,
Croyant très doux : ô cœur tombé dans les calices,
Majestés et vertus, amour et cécité,
Juste ! plus bête et plus dégoûtant que les lices[2] !
Je suis celui qui souffre et qui s'est révolté !

« Et ça me fait pleurer sur mon ventre, ô stupide,
Et bien rire, l'espoir fameux de ton pardon !
Je suis maudit, tu sais ! Je suis soûl, fou, livide,
Ce que tu veux ! Mais va te coucher, voyons donc,
Juste ! Je ne veux rien à ton cerveau torpide[3].

« C'est toi le Juste, enfin, le Juste ! C'est assez !
C'est vrai que ta tendresse et ta raison sereines
Reniflent dans la nuit comme des cétacés !
Que tu te fais proscrire, et dégoises des thrènes[4]
Sur d'effroyables becs de canne fracassés !

« Et c'est toi l'œil de Dieu ! le lâche ! Quand les plantes
Froides des pieds divins passeraient sur mon cou,
Tu es lâche ! Ô ton front qui fourmille de lentes !
Socrates et Jésus, Saints et Justes, dégoût !
Respectez le Maudit suprême aux nuits sanglantes ! »

1. *Barde d'Armor* : tour elliptique ; il faut sous-entendre une comparaison « tel le barde d'Armor », c'est-à-dire Ossian, barde écossais légendaire du IIIe siècle. \ **2.** *Lices* : femelles des chiens de chasse. \ **3.** *Torpide* : engourdi, dans un état de torpeur. \ **4.** *Thrènes* : chants funèbres de la Grèce antique.

J'avais crié cela sur la terre, et la nuit
Calme et blanche occupait les cieux pendant ma fièvre.
Je relevai mon front : le fantôme avait fui,
Emportant l'ironie atroce de ma lèvre...
– Vents nocturnes, venez au Maudit ! Parlez-lui !

Cependant que, silencieux sous les pilastres
D'azur, allongeant les comètes et les nœuds
D'univers, remuement énorme sans désastres,
L'ordre, éternel veilleur, rame aux cieux lumineux
Et de sa drague en feu laisse filer les astres !

Ah ! qu'il s'en aille, lui, la gorge cravatée
De honte, ruminant toujours mon ennui, doux
Comme le sucre sur la denture gâtée.
– Tel que la chienne après l'assaut des fiers toutous,
Léchant son flanc d'où pend une entraille emportée.

Qu'il dise charités crasseuses et progrès...
– J'exècre tous ces yeux de chinois [à be] daines,
Puis qui chante : nana, comme un tas d'enfants près
De mourir, idiots doux aux chansons soudaines :
Ô Justes, nous chierons dans vos ventres de grès !

Tête de faune

Dans la feuillée, écrin vert taché d'or,
Dans la feuillée incertaine et fleurie
De fleurs splendides où le baiser dort,
Vif et crevant l'exquise broderie,

Un faune effaré montre ses deux yeux
Et mord les fleurs rouges de ses dents blanches.
Brunie et sanglante ainsi qu'un vin vieux,
Sa lèvre éclate en rires sous les branches.

Et quand il a fui – tel qu'un écureuil –
Son rire tremble encore à chaque feuille
Et l'on voit épeuré[1] par un bouvreuil
Le Baiser d'or du Bois, qui se recueille.

Voyelles

A noir, E blanc, I rouge, U vert, O bleu[2] : voyelles,
Je dirai quelque jour vos naissances latentes :
A, noir corset velu des mouches éclatantes
Qui bombinent[3] autour des puanteurs cruelles,

Golfes d'ombre ; E, candeurs[4] des vapeurs et des tentes,
Lance des glaciers fiers, rois blancs, frissons d'ombelles[5] ;
I, pourpres, sang craché, rire des lèvres belles
Dans la colère ou les ivresses pénitentes ;

U, cycles, vibrements divins des mers virides[6],
Paix des pâtis semés d'animaux, paix des rides
Que l'alchimie imprime aux grands fronts studieux ;

1. *Épeuré* : apeuré. \ **2.** *U vert, O bleu* : Rimbaud distord ici l'ordre des voyelles, alors qu'il les respecte dans « Alchimie du verbe » (p. 152-159). \ **3.** *Bombinent* : bourdonnent. \ **4.** *Candeurs* : blancheurs, au sens étymologique. \ **5.** *Ombelles* : en botanique, croissance des fleurs sous une forme sphérique. \ **6.** *Virides* : vertes.

O, Suprême Clairon[1] plein des strideurs étranges,
Silences traversés des Mondes et des Anges :
– O l'Oméga[2], rayon violet de Ses Yeux ! –

*   *
*

L'étoile a pleuré rose au cœur de tes oreilles,
L'infini roulé blanc de ta nuque à tes reins,
La mer a perlé rousse à tes mammes[3] vermeilles,
Et l'Homme saigné noir à ton flanc souverain.

Oraison du soir

Je vis assis, tel qu'un ange aux mains d'un barbier,
Empoignant une chope à fortes cannelures,
L'hypogastre[4] et le col cambrés, une Gambier[5]
Aux dents, sous l'air gonflé d'impalpables voilures[6].

Tels que les excréments chauds d'un vieux colombier[7],
Mille Rêves en moi font de douces brûlures :
Puis par instants mon cœur triste est comme un aubier[8]
Qu'ensanglante l'or jeune et sombre des coulures[9].

1. *Suprême Clairon* : ce dernier tercet a une résonance nettement apocalyptique. \ **2.** *L'Oméga* : l'O long en grec, et la dernière lettre de l'alphabet. \ **3.** *Tes mammes* : ta poitrine. \ **4.** *L'hypogastre* : la partie inférieure du ventre. \ **5.** *Une Gambier* : pipe à bon marché. \ **6.** *Voilures* : nuages de fumée échappés de la pipe. \ **7.** *Colombier* : la colombe est un élément traditionnel de l'imagerie parnassienne. \ **8.** *Aubier* : bois blanc qui se trouve entre l'écorce et le cœur de l'arbre. \ **9.** *Coulures* : écoulements de l'arbre.

Puis, quand j'ai ravalé mes rêves avec soin,
Je me tourne, ayant bu trente ou quarante chopes,
Et me recueille, pour lâcher l'âcre besoin :

Doux comme le Seigneur du cèdre et des hysopes[1],
Je pisse vers les cieux bruns, très haut et très loin,
Avec l'assentiment des grands héliotropes[2].

Les Sœurs de charité

Le jeune homme dont l'œil est brillant, la peau brune,
Le beau corps de vingt ans qui devrait aller nu,
Et qu'eût, le front cerclé de cuivre, sous la lune
Adoré, dans la Perse, un Génie inconnu,

Impétueux avec des douceurs virginales
Et noires, fier de ses premiers entêtements,
Pareil aux jeunes mers, pleurs de nuits estivales
Qui se retournent sur des lits de diamants ;

Le jeune homme, devant les laideurs de ce monde,
Tressaille dans son cœur largement irrité,
Et plein de la blessure éternelle et profonde,
Se prend à désirer sa sœur de charité.

Mais, ô Femme, monceau d'entrailles, pitié douce,
Tu n'es jamais la Sœur de charité, jamais,

1. *Hysopes* : arbrisseaux méditerranéens. \ **2.** *Héliotropes* : plantes qui ont la propriété de se tourner vers le soleil tant qu'il est à l'horizon.

Ni regard noir, ni ventre où dort une ombre rousse,
Ni doigts légers, ni seins splendidement formés.

Aveugle irréveillée aux immenses prunelles,
Tout notre embrassement n'est qu'une question :
C'est toi qui pends à nous, porteuse de mamelles ;
Nous te berçons, charmante et grave Passion.

Tes haines, tes torpeurs fixes, tes défaillances
Et les brutalités souffertes autrefois,
Tu nous rends tout, ô Nuit pourtant sans malveillances,
Comme un excès de sang épanché tous les mois.

– Quand la femme, portée un instant, l'épouvante,
Amour, appel de vie et chanson d'action,
Viennent la Muse verte [1] et la Justice ardente
Le déchirer de leur auguste obsession.

Ah ! sans cesse altéré des splendeurs et des calmes,
Délaissé des deux Sœurs implacables, geignant
Avec tendresse après la science aux bras almes [2],
Il porte à la nature en fleur son front saignant.

Mais la noire alchimie et les saintes études
Répugnent au blessé, sombre savant d'orgueil ;
Il sent marcher sur lui d'atroces solitudes.
Alors, et toujours beau, sans dégoût du cercueil,

Qu'il croie aux vastes fins, Rêves ou Promenades
Immenses, à travers les nuits de Vérité,

1. *La Muse verte* : allégorie du printemps ou de l'espérance. \ **2.** *Almes* : nourriciers.

Et t'appelle en son âme et ses membres malades,
Ô Mort mystérieuse, ô Sœur de charité.

Juin 1871.

Les Premières Communions

I

Vraiment, c'est bête, ces églises des villages
Où quinze laids marmots, encrassant les piliers,
Écoutent, grasseyant [1] les divins babillages,
Un noir [2] grotesque dont fermentent les souliers :
Mais le soleil éveille, à travers des feuillages,
Les vieilles couleurs des vitraux irréguliers.

La pierre sent toujours la terre maternelle.
Vous verrez des monceaux de ces cailloux terreux
Dans la campagne en rut qui frémit solennelle
Portant près des blés lourds, dans les sentiers ocreux,
Ces arbrisseaux brûlés où bleuit la prunelle,
Des nœuds de mûriers noirs et de rosiers fuireux [3].

Tous les cent ans on rend ces granges respectables
Par un badigeon d'eau bleue et de lait caillé :
Si des mysticités grotesques sont notables
Près de la Notre-Dame ou du Saint empaillé,
Des mouches sentant bon l'auberge et les étables
Se gorgent de cire au plancher ensoleillé.

---

1. *Grasseyant* : qui prononcent mal la lettre *r*. \ 2. *Un noir* : un curé. \ 3. *Fuireux* : foireux, brun-roux, couleur de rouille ou d'excrément.

L'enfant se doit surtout à la maison, famille
Des soins naïfs, des bons travaux abrutissants ;
Ils sortent, oubliant que la peau leur fourmille
Où le Prêtre du Christ plaqua ses doigts puissants.
On paie au Prêtre un toit ombré d'une charmille
Pour qu'il laisse au soleil tous ces fronts brunissants.

Le premier habit noir, le plus beau jour de tartes,
Sous le Napoléon ou le Petit Tambour [1],
Quelque enluminure où les Josephs et les Marthes [2]
Tirent la langue avec un excessif amour
Et que joindront, au jour de science, deux cartes,
Ces seuls doux souvenirs lui restent du grand Jour.

Les filles vont toujours à l'église, contentes
De s'entendre appeler garces par les garçons
Qui font du genre après messe ou vêpres chantantes.
Eux qui sont destinés au chic des garnisons,
Ils narguent au café les maisons importantes,
Blousés neuf, et gueulant d'effroyables chansons.

Cependant le Curé choisit pour les enfances
Des dessins ; dans son clos, les vêpres dites, quand
L'air s'emplit du lointain nasillement des danses,
Il se sent, en dépit des célestes défenses,
Les doigts de pied ravis et le mollet marquant,

– La Nuit vient, noir pirate aux cieux d'or débarquant.

---

1. *Le Petit Tambour* : Joseph Bara, figure de l'idéologie républicaine, mort durant les guerres de Vendée. \ **2.** *Les Josephs et les Marthes* : les saints.

II

Le Prêtre a distingué parmi les catéchistes,
Congrégés[1] des Faubourgs ou des Riches Quartiers,
Cette petite fille inconnue, aux yeux tristes,
Front jaune. Les parents semblent de doux portiers.
« Au grand Jour, le marquant parmi les Catéchistes,
Dieu fera sur ce front neiger ses bénitiers. »

III

La veille du grand Jour, l'enfant se fait malade.
Mieux qu'à l'Église haute aux funèbres rumeurs,
D'abord le frisson vient, – le lit n'étant pas fade –
Un frisson surhumain qui retourne : « Je meurs… »

Et, comme un vol d'amour fait à ses sœurs stupides,
Elle compte, abattue et les mains sur son cœur,
Les Anges, les Jésus et ses Vierges nitides[2]
Et, calmement, son âme a bu tout son vainqueur.

Adonaï[3] !… – Dans les terminaisons latines,
Des cieux moirés de vert baignent les Fronts vermeils,
Et tachés du sang pur des célestes poitrines,
De grands linges neigeux tombent sur les soleils !

– Pour ses virginités présentes et futures
Elle mord aux fraîcheurs de ta Rémission,

1. *Congrégés* : rassemblés. \ **2.** *Nitides* : brillants (adjectif formé sur le latin nitidus). \ **3.** *Adonaï* : nom donné à Dieu dans l'*Ancien Testament*.

Mais plus que les lys d'eau, plus que les confitures,
Tes pardons sont glacés, ô Reine de Sion[1] !

IV

Puis la Vierge n'est plus que la vierge du livre.
Les mystiques élans se cassent quelquefois...
Et vient la pauvreté des images, que cuivre
L'ennui, l'enluminure atroce et les vieux bois ;

Des curiosités vaguement impudiques
Épouvantent le rêve aux chastes bleuités[2]
Qui s'est surpris autour des célestes tuniques,
Du linge dont Jésus voile ses nudités.

Elle veut, elle veut, pourtant, l'âme en détresse,
Le front dans l'oreiller creusé par les cris sourds,
Prolonger les éclairs suprêmes de tendresse,
Et bave... – L'ombre emplit les maisons et les cours.

Et l'enfant ne peut plus. Elle s'agite, cambre
Les reins et d'une main ouvre le rideau bleu
Pour amener un peu la fraîcheur de la chambre
Sous le drap, vers son ventre et sa poitrine en feu...

V

À son réveil, – minuit, – la fenêtre était blanche.
Devant le sommeil bleu des rideaux illunés[3],

1. *Reine de Sion* : nom d'invocation de la Vierge dans les litanies. \ **2.** *Bleuités* : couleurs bleues. \ **3.** *Illunés* : éclairés par la lune.

La vision la prit des candeurs du dimanche ;
Elle avait rêvé rouge. Elle saigna du nez,

Et se sentant bien chaste et pleine de faiblesse
Pour savourer en Dieu son amour revenant,
Elle eut soif de la nuit où s'exalte et s'abaisse
Le cœur, sous l'œil des cieux doux, en les devinant ;

De la nuit, Vierge-Mère impalpable, qui baigne
Tous les jeunes émois de ses silences gris,
Elle eut soif de la nuit forte où le cœur qui saigne
Écoule sans témoin sa révolte sans cris.

Et faisant la Victime et la petite épouse,
Son étoile la vit, une chandelle aux doigts,
Descendre dans la cour où séchait une blouse,
Spectre blanc, et lever les spectres noirs des toits.

VI

Elle passa sa nuit sainte dans des latrines.
Vers la chandelle, aux trous du toit coulait l'air blanc,
Et quelque vigne folle aux noirceurs purpurines,
En deçà d'une cour voisine s'écroulant.

La lucarne faisait un cœur de lueur vive
Dans la cour où les cieux bas plaquaient d'ors vermeils
Les vitres ; les pavés puant l'eau de lessive
Souffraient l'ombre des murs bondés de noirs sommeils.

. . . .

VII

Qui dira ces langueurs et ces pitiés immondes,
Et ce qu'il lui viendra de haine, ô sales fous,
Dont le travail divin déforme encor les mondes,
Quand la lèpre à la fin mangera ce corps doux ?
. . . .

VIII

Et quand, ayant rentré tous ses nœuds d'hystéries,
Elle verra, sous les tristesses du bonheur,
L'amant rêver au blanc million des Maries,
Au matin de la nuit d'amour, avec douleur :

« Sais-tu que je t'ai fait mourir ? J'ai pris ta bouche,
Ton cœur, tout ce qu'on a, tout ce que vous avez ;
Et moi, je suis malade : Oh ! je veux qu'on me couche
Parmi les Morts des eaux nocturnes abreuvés !

« J'étais bien jeune, et Christ a souillé mes haleines.
Il me bonda jusqu'à la gorge de dégoûts !
Tu baisais mes cheveux profonds comme les laines
Et je me laissais faire… ah ! va, c'est bon pour vous,

« Hommes ! qui songez peu que la plus amoureuse
Est, sous sa conscience aux ignobles terreurs,
La plus prostituée et la plus douloureuse,
Et que tous nos élans vers Vous sont des erreurs !

« Car ma Communion première est bien passée !
Tes baisers, je ne puis jamais les avoir sus :

Et mon cœur et ma chair par ta chair embrassée
Fourmillent du baiser putride de Jésus ! »

IX

Alors l'âme pourrie et l'âme désolée
Sentiront ruisseler tes malédictions.
– Ils auront couché sur ta Haine inviolée,
Échappés, pour la mort, des justes passions.

Christ ! ô Christ ! éternel voleur des énergies,
Dieu qui pour deux mille ans vouas à ta pâleur,
Cloués au sol, de honte et de céphalalgies [1],
Ou renversés, les fronts des femmes de douleur.

Juillet 1871.

Le Bateau ivre

Comme je descendais des Fleuves impassibles,
Je ne me sentis plus guidé par les haleurs [2] :
Des Peaux-rouges criards les avaient pris pour cibles
Les ayant cloués nus aux poteaux de couleurs.

J'étais insoucieux de tous les équipages,
Porteur de blés flamands ou de cotons anglais.
Quand avec mes haleurs ont fini ces tapages
Les Fleuves m'ont laissé descendre où je voulais.

1. *Céphalalgies* : douleurs de tête. \ **2.** *Haleurs* : hommes qui tirent les bateaux le long des cours d'eau.

Dans les clapotements furieux des marées,
Moi, l'autre hiver, plus sourd que les cerveaux d'enfants,
Je courus ! Et les Péninsules démarrées [1]
N'ont pas subi tohu-bohus plus triomphants.

La tempête a béni mes éveils maritimes.
Plus léger qu'un bouchon j'ai dansé sur les flots
Qu'on appelle rouleurs éternels de victimes,
Dix nuits, sans regretter l'œil niais des falots !

Plus douce qu'aux enfants la chair des pommes sures
L'eau verte pénétra ma coque de sapin
Et des taches de vins bleus et des vomissures
Me lava, dispersant gouvernail et grappin.

Et dès lors, je me suis baigné dans le Poème
De la Mer, infusé d'astres, et lactescent [2],
Dévorant les azurs verts ; où, flottaison blême
Et ravie, un noyé pensif parfois descend ;

Où, teignant tout à coup les bleuités [3], délires
Et rhythmes [4] lents sous les rutilements [5] du jour,
Plus fortes que l'alcool, plus vastes que nos lyres,
Fermentent les rousseurs amères de l'amour !

Je sais les cieux crevant en éclairs, et les trombes
Et les ressacs et les courants : je sais le soir,
L'Aube exaltée ainsi qu'un peuple de colombes,
Et j'ai vu quelquefois ce que l'homme a cru voir.

1. *Démarrées* : qui ont rompu les amarres. \ **2.** *Lactescent* : prenant une blancheur laiteuse. \ **3.** *Bleuités* : couleurs bleues. \ **4.** Orthographe courante au XIXe siècle. \ **5.** *Rutilements* : lueurs.

J'ai vu le soleil bas, taché d'horreurs[1] mystiques,
Illuminant de longs figements violets,
Pareils à des acteurs de drames très-antiques
Les flots roulant au loin leurs frissons de volets !

J'ai rêvé la nuit verte aux neiges éblouies,
Baiser montant aux yeux des mers avec lenteurs,
La circulation des sèves inouïes,
Et l'éveil jaune et bleu des phosphores chanteurs !

J'ai suivi, des mois pleins, pareille aux vacheries
Hystériques, la houle à l'assaut des récifs,
Sans songer que les pieds lumineux des Maries[2]
Pussent forcer le mufle aux Océans poussifs !

J'ai heurté, savez-vous, d'incroyables Florides
Mêlant aux fleurs des yeux de panthères à peaux
D'hommes ! Des arcs-en-ciel tendus comme des brides
Sous l'horizon des mers, à de glauques troupeaux !

J'ai vu fermenter les marais énormes, nasses
Où pourrit dans les joncs tout un Léviathan[3] !
Des écroulements d'eaux au milieu des bonaces[4]
Et les lointains vers les gouffres cataractant[5] !

Glaciers, soleils d'argent, flots nacreux[6], cieux de braises,
Échouages hideux au fond des golfes bruns
Où les serpents géants dévorés des punaises
Choient, des arbres tordus, avec de noirs parfums !

1. *Horreurs* : frisson sacré, au sens latin. \ **2.** *Maries* : allusion possible à sainte Marie, protectrice des mers. \ **3.** *Léviathan* : monstre marin évoqué dans la Bible. \ **4.** *Bonaces* : calmes plats des mers. \ **5.** *Cataractant* : s'écroulant comme des cataractes. \ **6.** *Nacreux* : couleur de nacre (néologisme).

J'aurais voulu montrer aux enfants ces dorades
Du flot bleu, ces poissons d'or, ces poissons chantants.
– Des écumes de fleurs ont bercé mes dérades [1]
Et d'ineffables vents m'ont ailé par instants.

Parfois, martyr lassé des pôles et des zones,
La mer dont le sanglot faisait mon roulis doux
Montait vers moi ses fleurs d'ombre aux ventouses jaunes
Et je restais, ainsi qu'une femme à genoux...

Presque île, ballottant sur mes bords les querelles
Et les fientes d'oiseaux clabaudeurs aux yeux blonds,
Et je voguais, lorsqu'à travers mes liens frêles
Des noyés descendaient dormir, à reculons !

Or moi, bateau perdu sous les cheveux des anses [2],
Jeté par l'ouragan dans l'éther sans oiseau,
Moi dont les Monitors [3] et les voiliers des Hanses [4]
N'auraient pas repêché la carcasse ivre d'eau ;

Libre, fumant, monté de brumes violettes,
Moi qui trouais le ciel rougeoyant comme un mur,
Qui porte, confiture exquise aux bons poètes,
Des lichens de soleil et des morves d'azur,

Qui courais, taché de lunules [5] électriques,
Planche folle, escorté des hippocampes noirs,
Quand les juillets faisaient crouler à coups de triques
Les cieux ultramarins aux ardents entonnoirs ;

1. *Dérades* : nom formé sur le verbe « dérader », qui signifie quitter la rade. \ **2.** *Les cheveux des anses* : la végétation luxuriante des petites baies. \ **3.** *Monitors* : navires cuirassés servant de garde-côtes. \ **4.** *Hanses* : ligues de marchands. \ **5.** *Lunules* : brillances.

Moi qui tremblais, sentant geindre à cinquante lieues
Le rut des Behemots[1] et les Maelstroms[2] épais,
Fileur éternel des immobilités bleues,
Je regrette l'Europe aux anciens parapets !

J'ai vu des archipels sidéraux ! et des îles
Dont les cieux délirants sont ouverts au vogueur :
– Est-ce en ces nuits sans fonds que tu dors et t'exiles,
Million d'oiseaux d'or, ô future Vigueur ? –

Mais, vrai, j'ai trop pleuré ! Les Aubes sont navrantes,
Toute lune est atroce et tout soleil amer :
L'âcre amour m'a gonflé de torpeurs enivrantes.
Ô que ma quille éclate ! Ô que j'aille à la mer !

Si je désire une eau d'Europe, c'est la flache[3]
Noire et froide où vers le crépuscule embaumé
Un enfant accroupi plein de tristesses, lâche
Un bateau frêle comme un papillon de mai.

Je ne puis plus, baigné de vos langueurs, ô lames,
Enlever leur sillage aux porteurs de cotons,
Ni traverser l'orgueil des drapeaux et des flammes,
Ni nager sous les yeux horribles des pontons[4] !

1. *Behemots* : monstres bibliques du *Livre de Job*. \ **2.** *Maelstroms* : courants tourbillonnaires marins. \ **3.** *Flache* : mare. \ **4.** *Pontons* : navires où l'on gardait les déportés.

LETTRES
DITES DU VOYANT
(1871)

À Georges Izambard

Charleville, [13] mai 1871.

Cher Monsieur !

Vous revoilà professeur. On se doit à la Société, m'avez-vous dit ; vous faites partie des corps enseignants : vous roulez dans la bonne ornière. – Moi aussi, je suis le principe : je me fais cyniquement *entretenir* ; je déterre d'anciens imbéciles de collège : tout ce que je puis inventer de bête, de sale, de mauvais, en action et en paroles, je le leur livre : on me paie en bocks et en filles. *Stat mater dolorosa, dum pendet filius* [1], – Je me dois à la Société, c'est juste ; – et j'ai raison. – Vous aussi, vous avez raison, pour aujourd'hui. Au fond, vous ne voyez en votre principe que poésie subjective : votre obstination à regagner le râtelier universitaire – pardon ! – le prouve. Mais vous finirez toujours comme un satisfait qui n'a rien fait, n'ayant rien voulu faire. Sans compter que votre poésie subjective sera toujours horriblement fadasse. Un jour, j'espère, – bien d'autres espèrent la même chose, – je verrai dans votre principe la poésie objective, je la verrai plus

1. *Stat mater dolorosa, dum pendet filius* : liturgie du 15 septembre, d'après Jean : « La mère de douleur se tenait debout près de la croix quand son fils y était pendu » (XIX, 25).

sincèrement que vous ne le feriez ! – Je serai un travailleur : c'est l'idée qui me retient, quand les colères folles me poussent vers la bataille de Paris, – où tant de travailleurs meurent pourtant encore tandis que je vous écris ! Travailler maintenant, jamais, jamais ; je suis en grève.

Maintenant, je m'encrapule[1] le plus possible. Pourquoi ? Je veux être poète, et je travaille à me rendre *Voyant* : vous ne comprendrez pas du tout, et je ne saurais presque vous expliquer. Il s'agit d'arriver à l'inconnu par le dérèglement de *tous les sens*. Les souffrances sont énormes, mais il faut être fort, être né poète, et je me suis reconnu poète. Ce n'est pas du tout ma faute. C'est faux de dire : Je pense : on devrait dire on me pense. – Pardon du jeu de mots.

Je est un autre. Tant pis pour le bois qui se trouve violon, et Nargue[2] aux inconscients, qui ergotent sur ce qu'ils ignorent tout à fait !

Vous n'êtes pas *Enseignant* pour moi. Je vous donne ceci : est-ce de la satire, comme vous diriez ? Est-ce de la poésie ? C'est de la fantaisie, toujours. – Mais je vous en supplie, ne soulignez ni du crayon, ni trop de la pensée :

LE CŒUR SUPPLICIÉ

Mon triste cœur bave à la poupe…
Mon cœur est plein de caporal[3] !
Ils y lancent des jets de soupe,
Mon triste cœur bave à la poupe…
Sous les quolibets de la troupe
Qui lance un rire général,

1. *Je m'encrapule* : je me débauche (verbe forgé par Rimbaud). \ **2.** *Nargue* : ici, tant pis pour. \ **3.** *Caporal* : tabac de mauvaise qualité.

Mon triste cœur bave à la poupe,
Mon cœur est plein de caporal!

Ithyphalliques[1] et pioupiesques[2]
Leurs insultes l'ont dépravé;
À la vesprée, ils font des fresques
Ithyphalliques et pioupiesques;
Ô flots abracadabrantesques[3],
Prenez mon cœur, qu'il soit sauvé!
Ithyphalliques et pioupiesques
Leurs insultes l'ont dépravé!

Quand ils auront tari leurs chiques,
Comment agir, ô cœur volé?
Ce seront des refrains bachiques
Quand ils auront tari leurs chiques!
J'aurai des sursauts stomachiques,
Si mon cœur triste est ravalé!
Quand ils auront tari leurs chiques
Comment agir, ô cœur volé?

Ça ne veut pas rien dire. – RÉPONDEZ-MOI: chez Mr Deverrière, pour A. R. Bonjour de cœur,

1. *Ithyphalliques*: dont le sexe est en érection. \ **2.** *Pioupiesques*: propres au soldat (au pioupiou). \ **3.** *Abracadabrantesques*: néologisme de Rimbaud à partir de la formule magique « abracadabra » censée éloigner certaines maladies.

À Paul Demeny

Charleville, 15 mai 1871.

J'ai résolu de vous donner une heure de littérature nouvelle ; je commence tout de suite par un psaume d'actualité :

CHANT DE GUERRE PARISIEN

Le Printemps est évident, car
Du cœur des Propriétés vertes,
Le vol de Thiers et de Picard[1]
Tient ses splendeurs grandes ouvertes !

Ô Mai ! quels délirants cul-nus[2] !
Sèvres, Meudon, Bagneux, Asnières,
Écoutez donc les bienvenus
Semer les choses printanières !

Ils ont schako, sabre et tam-tam
Non la vieille boîte à bougies[3]
Et des yoles qui n'ont jam, jam[4]...
Fendent le lac aux eaux rougies !

Quelles rimes ! ô quelles rimes !

Plus que jamais nous bambochons
Quand arrivent sur nos tanières
Crouler les jaunes cabochons[5]
Dans les aubes particulières !

1. *Picard* : ministre de l'Intérieur sous le gouvernement de Thiers. \ 2. *Cul-nus* : statues de stuc ornant les façades. \ 3. *La vieille boîte à bougies* : le trombone à pistons ou une pièce d'armement. \ 4. *Jam, jam* : allusion à la chanson du *Petit Navire* : « qui n'avaient ja-ja-jamais navigué ». \ 5. *Cabochons* : obus.

Thiers et Picard sont des Éros[1],
Des enleveurs d'héliotropes,
Au pétrole ils font des Corots[2] :
Voici hannetonner leurs tropes[3]...

Ils sont familiers du grand Truc[4] !...
Et couché dans les glaïeuls, Favre[5]
Fait son cillement aqueduc,
Et ses reniflements à poivre !

La Grand ville a le pavé chaud,
Malgré vos douches de pétrole,
Et décidément, il nous faut
Vous secouer dans votre rôle...

Et les Ruraux[6] qui se prélassent
Dans de longs accroupissements,
Entendront des rameaux qui cassent
Parmi les rouges froissements !

A. RIMBAUD.

– Voici de la prose sur l'avenir de la poésie –

Toute poésie antique aboutit à la poésie grecque, Vie harmonieuse. – De la Grèce au mouvement romantique, – moyen âge, – il y a des lettrés, des versificateurs. D'Ennius[7] à Theroldus[8], de Theroldus à Casimir Delavigne[9], tout est prose rimée, un jeu,

1. *Des Éros* : si l'on fait la liaison, on lit : *des zéros*. \ **2.** *Des Corots* : les incendies provoqués par les bombes confèrent au paysage les rougeurs d'un tableau de Corot (1796-1875). \ **3.** *Tropes* : jeu de mots sur *trope*, figure de rhétorique, et *trope*, vieux mot français pour « troupe ». \ **4.** *Grand Truc* : monde de la politique qui est un monde de dupes. \ **5.** *Favre* : homme politique que Rimbaud dit rendu à l'ennemi. Son larmoiement était un sujet de moquerie. \ **6.** *Les Ruraux* : les propriétaires terriens. \ **7.** *Ennius* (239-169 av. J.-C.) : poète latin. \ **8.** *Theroldus* : Turoldus, auteur présumé de *La Chanson de Roland*. \ **9.** *Casimir Delavigne* (1793-1843) : auteur de tragédies et de poèmes patriotiques, représentant de l'art académique.

avachissement et gloire d'innombrables générations idiotes : Racine est le pur, le fort, le grand. – On eût soufflé sur ses rimes, brouillé ses hémistiches, que le Divin Sot serait aujourd'hui aussi ignoré que le premier venu auteur d'*Origines*. – Après Racine, le jeu moisit. Il a duré deux mille ans.

Ni plaisanterie, ni paradoxe. La raison m'inspire plus de certitudes sur le sujet que n'aurait jamais eu de colères un Jeune-France[1]. Du reste, libre aux *nouveaux* ! d'exécrer les ancêtres : on est chez soi et l'on a le temps.

On n'a jamais bien jugé le romantisme. Qui l'aurait jugé ? Les critiques !! Les romantiques, qui prouvent si bien que la chanson est si peu souvent l'œuvre, c'est-à-dire la pensée chantée *et comprise* du chanteur ?

Car JE est un autre. Si le cuivre s'éveille clairon, il n'y a rien de sa faute. Cela m'est évident : j'assiste à l'éclosion de ma pensée : je la regarde, je l'écoute : je lance un coup d'archet : la symphonie fait son remuement dans les profondeurs, ou vient d'un bond sur la scène.

Si les vieux imbéciles n'avaient pas trouvé du moi que la signification fausse, nous n'aurions pas à balayer ces millions de squelettes qui, depuis un temps infini, ont accumulé les produits de leur intelligence borgnesse, en s'en clamant les auteurs !

En Grèce, ai-je dit, vers et lyres *rythment l'Action*. Après, musique et rimes sont jeux, délassements. L'étude de ce passé charme les curieux : plusieurs s'éjouissent à renouveler ces antiquités : – c'est pour eux. L'intelligence universelle a toujours jeté ses idées, naturellement ; les hommes ramassaient une partie de ces fruits du cerveau : on agissait par, on en écrivait des livres : telle allait la marche, l'homme ne se travaillant pas, n'étant pas

1. *Jeune-France* : les Jeunes-France désignent la jeunesse de 1830 qui avait soutenu les idées romantiques.

encore éveillé, ou pas encore dans la plénitude du grand songe. Des fonctionnaires, des écrivains : auteur, créateur, poète, cet homme n'a jamais existé !

La première étude de l'homme qui veut être poète est sa propre connaissance, entière ; il cherche son âme, il l'inspecte, il la tente, l'apprend. Dès qu'il la sait, il doit la cultiver ; cela semble simple : en tout cerveau s'accomplit un développement naturel ; tant d'*égoïstes* se proclament auteurs ; il en est bien d'autres qui s'attribuent leur progrès intellectuel ! – Mais il s'agit de faire l'âme monstrueuse : à l'instar des comprachicos [1], quoi ! Imaginez un homme s'implantant et se cultivant des verrues sur le visage.

Je dis qu'il faut être *voyant*, se faire *voyant*.

Le Poète se fait *voyant* par un long, immense et raisonné *dérèglement* de *tous les sens*. Toutes les formes d'amour, de souffrance, de folie ; il cherche lui-même, il épuise en lui tous les poisons, pour n'en garder que les quintessences. Ineffable torture où il a besoin de toute la foi, de toute la force surhumaine, où il devient entre tous le grand malade, le grand criminel, le grand maudit, – et le suprême Savant ! – Car il arrive à l'*inconnu* ! Puisqu'il a cultivé son âme, déjà riche, plus qu'aucun ! Il arrive à l'inconnu, et quand, affolé, il finirait par perdre l'intelligence de ses visions, il les a vues ! Qu'il crève dans son bondissement par les choses inouïes et innommables : viendront d'autres horribles travailleurs ; ils commenceront par les horizons où l'autre s'est affaissé !

1. *Comprachicos* : mot emprunté à *L'Homme qui rit* (1869) de Victor Hugo, désignant des voleurs d'enfants.

– La suite à six minutes –

Ici j'intercale un second psaume *hors du texte* : veuillez tendre une oreille complaisante, – et tout le monde sera charmé. – J'ai l'archet en main, je commence :

MES PETITES AMOUREUSES

Un hydrolat lacrymal [1] lave
Les cieux vert-chou :
Sous l'arbre tendronnier [2] qui bave,
Vos caoutchoucs [3]

Blancs de lunes particulières
Aux pialats [4] ronds
Entrechoquez vos genouillères,
Mes laiderons !

Nous nous aimions à cette époque,
Bleu laideron !
On mangeait des œufs à la coque
Et du mouron !

Un soir, tu me sacras poète,
Blond laideron :
Descends ici, que je te fouette
En mon giron ;

1. *Un hydrolat lacrymal* : la pluie. \ **2.** *L'arbre tendronnier* : jeu de mot sur « tendron », jeune arbre et arbre qui abrite des « jeunes filles ». \ **3.** *Caoutchoucs* : chaussures en caoutchouc. \ **4.** *Pialats* : mot populaire inconnu des dictionnaires : à en croire les critiques, il désigne peut-être des traces (ou des gouttes ou des larmes) de pluie.

Quelles rimes ! ô quelles rimes !

J'ai dégueulé ta bandoline [1],
Noir laideron ;
Tu couperais ma mandoline
Au fil du front.

Pouah ! mes salives desséchées,
Roux laideron
Infectent encor les tranchées
De ton sein rond !

Ô mes petites amoureuses,
Que je vous hais !
Plaquez de fouffes [2] douloureuses
Vos tétons laids !

Piétinez mes vieilles terrines
De sentiment ;
– Hop donc ! Soyez-moi ballerines
Pour un moment !...

Vos omoplates se déboîtent,
Ô mes amours !
Une étoile à vos reins qui boitent,
Tournez vos tours !

Et c'est pourtant pour ces éclanches [3]
Que j'ai rimé !
Je voudrais vous casser les hanches
D'avoir aimé !

---

1. *Bandoline* : pommade pour les cheveux. \ 2. *Fouffes* : chiffons pour rembourrer une poitrine plate, dans les parlers du Nord. \ 3. *Éclanches* : épaules de mouton (terme de boucherie).

Fade amas d'étoiles ratées,
Comblez les coins !
– Vous crèverez en Dieu, bâtées[1]
D'ignobles soins !

Sous les lunes particulières
Aux pialats ronds,
Entrechoquez vos genouillères,
Mes laiderons !

A. R.

Voilà. Et remarquez bien que, si je ne craignais de vous faire débourser plus de 60 c. de port, – moi pauvre effaré qui, depuis sept mois, n'ai pas tenu un seul rond de bronze ! – je vous livrerais encore mes *Amants de Paris*, cent hexamètres, Monsieur, et ma *Mort de Paris*, deux cents hexamètres ! –

Je reprends :

Donc le poète est vraiment voleur de feu.

Il est chargé de l'humanité, des *animaux* même ; il devra faire sentir, palper, écouter ses inventions ; si ce qu'il rapporte de *là-bas* a forme, il donne forme ; si c'est informe, il donne de l'informe. Trouver une langue ;

– Du reste, toute parole étant idée, le temps d'un langage universel viendra ! Il faut être académicien, – plus mort qu'un fossile, – pour parfaire un dictionnaire, de quelque langue que ce soit. Des faibles se mettraient *à penser* sur la première lettre de l'alphabet, qui pourraient vite ruer dans la folie ! –

Cette langue sera de l'âme pour l'âme, résumant tout, parfums, sons, couleurs, de la pensée accrochant la pensée et tirant. Le poète définirait la quantité d'inconnu s'éveillant en son temps dans l'âme universelle : il donnerait plus – que la

1. *Bâtées* : usées, asservies.

formule de sa pensée, que la notation *de sa marche au Progrès*! Énormité devenant norme, absorbée par tous, il serait vraiment *un multiplicateur de progrès !*

Cet avenir sera matérialiste, vous le voyez; – Toujours pleins du *Nombre* et de l'*Harmonie*, ces poèmes seront faits pour rester. – Au fond, ce serait encore un peu la Poésie grecque.

L'art éternel aurait ses fonctions, comme les poètes sont citoyens. La Poésie ne rythmera plus l'action; elle *sera en avant*.

Ces poètes seront! Quand sera brisé l'infini servage de la femme, quand elle vivra pour elle et par elle, l'homme, – jusqu'ici abominable, – lui ayant donné son renvoi, elle sera poète, elle aussi! La femme trouvera de l'inconnu! Ses mondes d'idées différeront-ils des nôtres? – Elle trouvera des choses étranges, insondables, repoussantes, délicieuses; nous les prendrons, nous les comprendrons.

En attendant, demandons aux *poètes* du *nouveau*, – idées et formes. Tous les habiles croiraient bientôt avoir satisfait à cette demande. – Ce n'est pas cela!

Les premiers romantiques ont été *voyants* sans trop bien s'en rendre compte: la culture de leurs âmes s'est commencée aux accidents: locomotives abandonnées, mais brûlantes, que prennent quelque temps les rails. – Lamartine est quelquefois voyant, mais étranglé par la forme vieille. – Hugo, *trop cabochard*, a bien du VU dans les derniers volumes: *Les Misérables* sont un vrai *poème*. J'ai *Les Châtiments* sous main; *Stella* donne à peu près la mesure de la *vue* de Hugo. Trop de Belmontet [1] et de Lamennais [2], de Jehovahs et de colonnes, vieilles énormités crevées.

Musset est quatorze fois exécrable pour nous, générations douloureuses et prises de visions, – que sa paresse d'ange a insultées! Ô! les contes et les proverbes fadasses! ô les nuits!

1. *Belmontet* (1799-1879): auteur d'un style néo-classique académique. \ **2.** *Lamennais* (1782-1854): penseur politique français.

ô Rolla[1], ô Namouna, ô la Coupe ! tout est français, c'est-à-dire haïssable au suprême degré ; français, pas parisien ! Encore une œuvre de cet odieux génie qui a inspiré Rabelais, Voltaire, Jean La Fontaine, commenté par M. Taine ! Printanier, l'esprit de Musset ! Charmant, son amour ! En voilà, de la peinture à l'émail, de la poésie solide ! On savourera longtemps la poésie *française*, mais en France. Tout garçon épicier est en mesure de débobiner une apostrophe Rollaque ; tout séminariste en porte les cinq cents rimes dans le secret d'un carnet. À quinze ans, ces élans de passion mettent les jeunes en rut ; à seize ans, ils se contentent déjà de les réciter avec *cœur* ; à dix-huit ans, à dix-sept même tout collégien qui a le moyen fait le Rolla, écrit un Rolla ! Quelques-uns en meurent peut-être encore, Musset n'a rien su faire : il y avait des visions derrière la gaze des rideaux : il a fermé les yeux. Français, panadif[2], traîné de l'estaminet au pupitre de collège, le beau mort est mort, et, désormais, ne nous donnons même plus la peine de le réveiller par nos abominations !

Les seconds romantiques sont très *voyants* : Th. Gautier, Lec[onte] de Lisle, Th. de Banville. Mais inspecter l'invisible et entendre l'inouï étant autre chose que reprendre l'esprit des choses mortes, Baudelaire est le premier voyant, roi des poètes, *un vrai Dieu*. Encore a-t-il vécu dans un milieu trop artiste ; et la forme si vantée en lui est mesquine : les inventions d'inconnu réclament des formes nouvelles.

Rompue aux formes vieilles, parmi les innocents, A. Renaud, – a fait son Rolla ; – L. Grandet, – a fait son Rolla ; – Les gaulois et les Musset, G. Lafenestre, Coran, Cl. Popelin, Soulary, L. Salles ; Les écoliers, Marc, Aicard, Theuriet ; les morts et les imbéciles, Autran, Barbier, L. Pichat, Lemoyne, les Deschamps, les Desessarts ; Les journalistes, L. Cladel,

1. *Rolla* : héros d'un poème de Musset. \ **2.** *Panadif* : mot forgé par Rimbaud d'après *panade* qui a pour sens figuré « qui est sans énergie, sans consistance ».

Robert Luzarches, X. de Ricard ; les fantaisistes, C. Mendès[1] ; les bohèmes ; les femmes ; les talents, Léon Dierx, Sully-Prudhomme, Coppée, – la nouvelle école, dite parnassienne, a deux voyants, Albert Mérat[2] et Paul Verlaine, un vrai poète. – Voilà. Ainsi je travaille à me rendre *voyant*. – Et finissons par un chant pieux.

ACCROUPISSEMENTS

Bien tard, quand il se sent l'estomac écœuré,
Le frère Milotus, un œil à la lucarne
D'où le soleil, clair comme un chaudron récuré,
Lui darde une migraine et fait son regard darne[3],
Déplace dans les draps son ventre de curé.

Il se démène sous sa couverture grise
Et descend, ses genoux à son ventre tremblant,
Effaré comme un vieux qui mangerait sa prise,
Car il lui faut, le poing à l'anse d'un pot blanc,
À ses reins largement retrousser sa chemise !

Or, il s'est accroupi, frileux, les doigts de pied
Repliés, grelottant au clair soleil qui plaque
Des jaunes de brioche aux vitres de papier ;
Et le nez du bonhomme où s'allume la laque
Renifle aux rayons, tel qu'un charnel polypier[4].
. . . .
Le bonhomme mijote au feu, bras tordus, lippe
Au ventre : il sent glisser ses cuisses dans le feu,

Quelles rimes ! ô quelles rimes !

1. *C. Mendès* : Catulle Mendès dirigeait depuis 1861 *La Revue fantaisiste*. \ 2. *Albert Mérat* (1840-1909) : poète qui avait collaboré au *Parnasse contemporain*. \ 3. *Darne* : ardennisme qui signifie « pris de vertige ». \ 4. *Polypier* : habitation des polypes, animaux à corps mou, enroulé ou cylindrique.

Et ses chausses roussir, et s'éteindre sa pipe ;
Quelque chose comme un oiseau remue un peu
À son ventre serein comme un monceau de tripe !

Autour, dort un fouillis de meubles abrutis
Dans des haillons de crasse et sur de sales ventres ;
Des escabeaux, crapauds étranges, sont blottis
Aux coins noirs : des buffets ont des gueules de chantres
Qu'entrouvre un sommeil plein d'horribles appétits.

L'écœurante chaleur gorge la chambre étroite ;
Le cerveau du bonhomme est bourré de chiffons.
Il écoute les poils pousser dans sa peau moite,
Et, parfois, en hoquets fort gravement bouffons
S'échappe, secouant son escabeau qui boite...
. . . .
Et le soir, aux rayons de lune, qui lui font
Aux contours du cul des bavures de lumière,
Une ombre avec détails s'accroupit, sur un fond
De neige rose ainsi qu'une rose trémière...
Fantasque, un nez poursuit Vénus au ciel profond.

Vous seriez exécrable de ne pas répondre : vite car dans huit jours, je serai à Paris, peut-être.

Au revoir.

POÉSIES
(1872)

* *
*

Qu'est-ce pour nous, mon cœur, que les nappes de sang
Et de braise, et mille meurtres, et les longs cris
De rage, sanglots de tout enfer renversant
Tout ordre ; et l'Aquilon[1] encor sur les débris

Et toute vengeance ? Rien !... – Mais si, toute encor,
Nous la voulons ! Industriels, princes, sénats,
Périssez ! puissance, justice, histoire, à bas !
Ça nous est dû. Le sang ! le sang ! la flamme d'or !

Tout à la guerre, à la vengeance, à la terreur,
Mon Esprit ! Tournons dans la Morsure : Ah ! passez,
Républiques de ce monde ! Des empereurs,
Des régiments, des colons, des peuples, assez !

Qui remuerait les tourbillons de feu furieux,
Que nous[2] et ceux que nous nous imaginons frères ?

---

1. *L'Aquilon* : le vent violent du nord. \ **2.** *Que nous* : sinon nous.

À nous ! Romanesques amis : ça va nous plaire.
Jamais nous ne travaillerons, ô flots de feux !

Europe, Asie, Amérique, disparaissez.
Notre marche vengeresse a tout occupé,
Cités et campagnes ! – Nous serons écrasés !
Les volcans sauteront ! et l'océan frappé...

Oh ! mes amis ! – mon cœur, c'est sûr, ils sont des frères :
Noirs inconnus, si nous allions ! allons ! allons !
Ô malheur ! je me sens frémir, la vieille terre,
Sur moi de plus en plus à vous ! la terre fond,

Ce n'est rien ! j'y suis ! j'y suis toujours.

Mémoire

I

L'eau claire ; comme le sel des larmes d'enfance,
L'assaut au soleil des blancheurs des corps de femmes ;
la soie, en foule et de lys pur, des oriflammes
sous les murs dont quelque pucelle eut la défense ;

l'ébat des anges ; – Non... le courant d'or en marche,
meut ses bras, noirs, et lourds, et frais surtout, d'herbe. [Elle
sombre, avant le Ciel bleu pour ciel-de-lit, appelle
pour rideaux l'ombre de la colline et de l'arche.

II

Eh ! l'humide carreau tend ses bouillons limpides !
L'eau meuble d'or pâle et sans fond les couches prêtes.
Les robes vertes et déteintes des fillettes
font les saules, d'où sautent les oiseaux sans brides.

Plus pure qu'un louis, jaune et chaude paupière,
le souci d'eau [1] – ta foi conjugale, ô l'Épouse ! –
au midi prompt, de son terne miroir, jalouse
au ciel gris de chaleur la Sphère rose et chère [2].

III

Madame se tient trop debout dans la prairie
prochaine où neigent les fils du travail ; l'ombrelle
aux doigts ; foulant l'ombelle [3] ; trop fière pour elle ;
des enfants lisant dans la verdure fleurie

leur livre de maroquin rouge ! Hélas, Lui, comme
mille anges blancs qui se séparent sur la route,
s'éloigne par-delà la montagne ! Elle, toute
froide, et noire, court ! après le départ de l'homme !

IV

Regret des bras épais et jeunes d'herbe pure !
Or des lunes d'avril au cœur du saint lit ! Joie

1. *Le souci d'eau* : le nénuphar. \ **2.** *La Sphère rose et chère* : le Soleil. \ **3.** *L'ombelle* : terme de botanique désignant le mode de croissance de certaines fleurs.

des chantiers riverains à l'abandon, en proie
aux soirs d'août qui faisaient germer ces pourritures !

Qu'elle pleure à présent sous les remparts ! l'haleine
des peupliers d'en haut est pour la seule brise.
Puis, c'est la nappe, sans reflets, sans source, grise :
un vieux, dragueur[1], dans sa barque immobile, peine.

V

Jouet de cet œil d'eau morne, je n'y puis prendre,
ô canot immobile ! oh ! bras trop courts ! ni l'une
ni l'autre fleur : ni la jaune qui m'importune,
là ; ni la bleue, amie à l'eau couleur de cendre.

Ah ! la poudre des saules qu'une aile secoue !
Les roses des roseaux dès longtemps dévorées !
Mon canot, toujours fixe ; et sa chaîne tirée
Au fond de cet œil d'eau sans bords, – à quelle boue ?

Larme

Loin des oiseaux, des troupeaux, des villageoises,
Je buvais, accroupi dans quelque bruyère
Entourée de tendres bois de noisetiers,
Par un brouillard d'après-midi tiède et vert.

1. *Dragueur* : pêcheur, marin.

Que pouvais-je boire dans cette jeune Oise[1],
Ormeaux sans voix, gazon sans fleurs, ciel couvert.
Que tirais-je à la gourde de colocase[2] ?
Quelque liqueur d'or, fade et qui fait suer.

Tel, j'eusse été mauvaise enseigne d'auberge.
Puis l'orage changea le ciel, jusqu'au soir.
Ce furent des pays noirs, des lacs, des perches,
Des colonnades sous la nuit bleue, des gares.

L'eau des bois se perdait sur des sables vierges,
Le vent, du ciel, jetait des glaçons aux mares…
Or ! tel qu'un pêcheur d'or ou de coquillages,
Dire que je n'ai pas eu souci de boire !

Mai 1872.

La Rivière de Cassis

La Rivière de Cassis roule ignorée
En des vaux[3] étranges :
La voix de cent corbeaux l'accompagne, vraie
Et bonne voix d'anges :
Avec les grands mouvements des sapinaies[4]
Quand plusieurs vents plongent.

Tout roule avec des mystères révoltants
De campagnes d'anciens temps ;
De donjons visités, de parcs importants :

---

1. *Cette jeune Oise* : l'Oise peu après sa source. \ **2.** *Colocase* : plante tropicale. \ **3.** *Vaux* : vallées. \ **4.** *Sapinaies* : sapinières.

C'est en ces bords qu'on entend
Les passions mortes des chevaliers errants :
Mais que salubre est le vent !

Que le piéton regarde à ces clairevoies[1] :
Il ira plus courageux.
Soldats des forêts que le Seigneur envoie,
Chers corbeaux délicieux !
Faites fuir d'ici le paysan matois
Qui trinque[2] d'un moignon vieux.

Mai 1872.

Comédie de la soif

I

LES PARENTS

Nous sommes tes Grands-Parents,
Les Grands !
Couverts des froides sueurs
De la lune et des verdures.
Nos vins secs avaient du cœur[3] !
Au soleil sans imposture
Que faut-il à l'homme ? boire.

Moi — Mourir aux fleuves barbares.

1. *Clairevoies* : ouvertures. \ **2.** *Trinque* : boîte. \ **3.** *Nos vins secs avaient du cœur* : reprise parodique de l'expression « un vin a du corps » et jeu de mots sur « avoir le cœur sec ».

Nous sommes tes Grands-Parents
Des champs.
L'eau est au fond des osiers :
Vois le courant du fossé
Autour du Château mouillé.
Descendons en nos celliers ;
Après, le cidre et le lait.

Moi — Aller où boivent les vaches.

Nous sommes tes Grands-Parents ;
Tiens, prends
Les liqueurs dans nos armoires ;
Le Thé, le Café, si rares,
Frémissent dans les bouilloires
– Vois les images, les fleurs.
Nous rentrons du cimetière.

Moi — Ah ! tarir toutes les urnes[1] !

II

L'ESPRIT

Éternelles Ondines[2],
Divisez l'eau fine.
Venus, sœur de l'azur,
Émeus le flot pur.

1. *Les urnes* : y compris les urnes funéraires. Rimbaud s'insurge contre le sot respect des ancêtres. \ **2.** *Ondines* : génies des eaux.

Juifs errants[1] de Norwège,
Dites-moi la neige.
Anciens exilés chers[2],
Dites-moi la mer.

Moi – Non, plus ces boissons pures,
Ces fleurs d'eau pour verres ;
Légendes ni figures
Ne me désaltèrent ;

Chansonnier, ta filleule
C'est ma soif si folle
Hydre intime sans gueules[3]
Qui mine et désole.

III

LES AMIS

Viens, les Vins sont aux plages,
Et les flots par millions !
Vois le Bitter[4] sauvage
Rouler du haut des monts !

Gagnons, pèlerins sages,
L'absinthe aux verts piliers…
Moi – Plus ces paysages.
Qu'est l'ivresse, Amis ?

1. *Juifs errants* : le Juif errant est un mythe fréquent à l'époque du romantisme. \ **2.** *Anciens exilés chers* : allusion probable à Ulysse, Énée et autres légendes. \ **3.** *Hydre intime sans gueules* : jeu de mots sur « hydre » pour eau et « sans gueules » avec les cent gueules de l'hydre de Lerne, dans la mythologie grecque. \ **4.** *Bitter* : eau de vin mélangée.

J'aime autant, mieux, même,
Pourrir dans l'étang,
Sous l'affreuse crème[1],
Près des bois flottants.

IV

LE PAUVRE SONGE

Peut-être un soir m'attend
Où je boirai tranquille
En quelque vieille Ville,
Et mourrai plus content :
Puisque je suis patient !

Si mon mal se résigne,
Si j'ai jamais quelque or,
Choisirai-je le Nord
Ou le Pays des Vignes ?...
– Ah ! songer est indigne

Puisque c'est pure perte !
Et si je redeviens
Le voyageur ancien,
Jamais l'auberge verte
Ne peut bien m'être ouverte.

1. *Crème* : dépôt à la surface des eaux stagnantes.

V

CONCLUSION

Les pigeons qui tremblent dans la prairie,
Le gibier, qui court et qui voit la nuit,
Les bêtes des eaux, la bête asservie,
Les derniers papillons !... ont soif aussi.

Mais fondre où fond ce nuage sans guide,
– Oh ! favorisé de ce qui est frais !
Expirer en ces violettes humides
Dont les aurores chargent ces forêts ?

Mai 1872.

Bonne pensée du matin

À quatre heures du matin, l'été,
Le sommeil d'amour dure encore.
Sous les bosquets l'aube évapore
L'odeur du soir fêté.

Mais là-bas dans l'immense chantier
Vers le soleil des Hespérides [1],
En bras de chemise, les charpentiers
Déjà s'agitent.

Dans leur désert de mousse, tranquilles,
Ils préparent les lambris précieux

1. *Hespérides* : déesses dont le jardin produisait des pommes d'or.

Où la richesse de la ville
Rira sous de faux cieux.

Ah ! pour ces Ouvriers charmants
Sujets d'un roi de Babylone[1],
Venus ! laisse un peu les Amants,
Dont l'âme est en couronne.

Ô Reine des Bergers[2] ;
Porte aux travailleurs l'eau-de-vie,
Pour que leurs forces soient en paix
En attendant le bain dans la mer, à midi.

Mai 1872.

Fêtes de la patience

I. Bannières de mai
II. Chanson de la plus haute tour
III. Éternité
IV. Âge d'or

1. *Roi de Babylone* : allusion aux grands travaux que firent exécuter les rois de Babylone Sargon et Nabuchodonosor II. \ **2.** *Reine des Bergers* : Vénus, aussi appelée « étoile du berger ».

BANNIÈRES DE MAI

Aux branches claires des tilleuls
Meurt un maladif hallali[1].
Mais des chansons spirituelles
Voltigent parmi les groseilles.
Que notre sang rie en nos veines,
Voici s'enchevêtrer les vignes.
Le ciel est joli comme un ange.
L'azur et l'onde communient.
Je sors. Si un rayon me blesse
Je succomberai sur la mousse.

Qu'on patiente et qu'on s'ennuie
C'est trop simple. Fi de mes peines.
Je veux que l'été dramatique
Me lie à son char de fortune.
Que par toi beaucoup, ô Nature,
– Ah moins seul et moins nul ! – je meure.
Au lieu que les Bergers, c'est drôle,
Meurent à peu près par le monde.

Je veux bien que les saisons m'usent.
À toi, Nature, je me rends ;
Et ma faim et toute ma soif.
Et, s'il te plaît, nourris, abreuve.
Rien de rien ne m'illusionne ;
C'est rire aux parents, qu'au soleil,
Mais moi je ne veux rire à rien ;
Et libre soit cette infortune.

Mai 1872.

1. *Hallali* : cri de chasse qui annonce que la bête poursuivie va être mise à mort.

CHANSON DE LA PLUS HAUTE TOUR

Oisive jeunesse
À tout asservie,
Par délicatesse
J'ai perdu ma vie.
Ah ! Que le temps vienne
Où les cœurs s'éprennent.

Je me suis dit : laisse,
Et qu'on ne te voie :
Et sans la promesse
De plus hautes joies.
Que rien ne t'arrête,
Auguste retraite.

J'ai tant fait patience
Qu'à jamais j'oublie ;
Craintes et souffrances
Aux cieux sont parties.
Et la soif malsaine
Obscurcit mes veines.

Ainsi la Prairie
À l'oubli livrée,
Grandie, et fleurie
D'encens et d'ivraies[1],
Au bourdon farouche
De cent sales mouches.

1. *Ivraies* : mauvaises plantes.

Ah ! Mille veuvages
De la si pauvre âme
Qui n'a que l'image
De la Notre-Dame !
Est-ce que l'on prie
La Vierge Marie ?

Oisive jeunesse
À tout asservie,
Par délicatesse
J'ai perdu ma vie.
Ah ! Que le temps vienne
Où les cœurs s'éprennent !

Mai 1872.

L'ÉTERNITÉ

Elle est retrouvée.
Quoi ? – l'Éternité.
C'est la mer allée
Avec le soleil.

Âme sentinelle,
Murmurons l'aveu
De la nuit si nulle[1]
Et du jour en feu.

Des humains suffrages,
Des communs élans,

1. *Nulle* : annulée.

Là tu te dégages
Et voles selon[1].

Puisque de vous seules,
Braises de satin,
Le Devoir s'exhale
Sans qu'on dise : enfin.

Là pas d'espérance,
Nul orietur[2].
Science avec patience,
Le supplice est sûr.

Elle est retrouvée.
Quoi ? – L'éternité.
C'est la mer allée
Avec le soleil.

Mai 1872.

ÂGE D'OR

Quelqu'une des voix
Toujours angélique
– Il s'agit de moi, –
Vertement[3] s'explique :

Ces mille questions
Qui se ramifient

1. *Selon* : selon ton désir (expression elliptique). \ **2.** *Nul orietur* : nulle naissance (du latin *orior*, « se lever »). \ **3.** *Vertement* : avec vivacité, crûment.

N'amènent, au fond,
Qu'ivresse et folie ;

Reconnais ce tour
Si gai, si facile :
Ce n'est qu'onde, flore,
Et c'est ta famille !

Puis elle chante. Ô
Si gai, si facile,
Et visible à l'œil nu…
– Je chante avec elle, –

Reconnais ce tour
Si gai, si facile,
Ce n'est qu'onde, flore,
Et c'est ta famille !… etc…

Et puis une voix
– Est-elle angélique ! –
Il s'agit de moi,
Vertement s'explique ;

Et chante à l'instant
En sœur des haleines :
D'un ton Allemand,
Mais ardente et pleine :

Le monde est vicieux ;
Si cela t'étonne !
Vis et laisse au feu
L'obscure infortune.

Ô! joli château!
Que ta vie est claire!
De quel Âge es-tu,
Nature princière
De notre grand frère! etc...,

Je chante aussi, moi:
Multiples sœurs! Voix
Pas du tout publiques!
Environnez-moi
De gloire pudique... etc...,

Juin 1872.

Jeune ménage

La chambre est ouverte au ciel bleu-turquin[1];
Pas de place: des coffrets et des huches!
Dehors le mur est plein d'aristoloches[2]
Où vibrent les gencives des lutins.

Que ce sont bien intrigues de génies
Cette dépense et ces désordres vains!
C'est la fée africaine qui fournit
La mûre, et les résilles dans les coins.

Plusieurs entrent, marraines mécontentes,
En pans de lumière dans les buffets,

1. *Bleu-turquin*: bleu tirant sur l'ardoise ou bleu turquoise. \ 2. *Aristoloches*: plantes vivaces.

Puis y restent ! le ménage s'absente
Peu sérieusement, et rien ne se fait.

Le marié a le vent qui le floue [1]
Pendant son absence, ici, tout le temps.
Même des fantômes des eaux, errants,
Entrent vaguer [2] aux sphères de l'alcôve.

La nuit, l'amie oh ! la lune de miel
Cueillera leur sourire et remplira
De mille bandeaux de cuivre le ciel.
Puis ils auront affaire au malin rat.

– S'il n'arrive pas un feu follet blême,
Comme un coup de fusil, après des vêpres.
– Ô Spectres saints et blancs de Bethléem [3],
Charmez plutôt le bleu de leur fenêtre !

27 juin [18]72.

Michel et Christine

Zut alors si le soleil quitte ces bords !
Fuis, clair déluge ! Voici l'ombre des routes.
Dans les saules, dans la vieille cour d'honneur
L'orage d'abord jette ses larges gouttes.

1. *Le vent qui le floue* : le vent qui le trompe ; le vent, lui aussi, entre en intrus dans la pièce. \ **2.** *Vaguer* : errer çà et là (mot archaïque). \ **3.** *Spectres saints et blancs de Bethléem* : Joseph et Marie.

Ô cent agneaux[1], de l'idylle[2] soldats blonds,
Des aqueducs, des bruyères amaigries,
Fuyez ! plaine, déserts, prairie, horizons
Sont à la toilette rouge de l'orage !

Chien noir, brun pasteur[3] dont le manteau s'engouffre,
Fuyez l'heure des éclairs supérieurs ;
Blond troupeau, quand voici nager ombre et soufre,
Tâchez de descendre à des retraits meilleurs.

Mais moi, Seigneur ! voici que mon Esprit vole,
Après les cieux glacés de rouge, sous les
Nuages célestes qui courent et volent
Sur cent Solognes[4] longues comme un railway.

Voilà mille loups, mille graines sauvages
Qu'emporte, non sans aimer les liserons,
Cette religieuse après-midi d'orage
Sur l'Europe ancienne où cent hordes iront !

Après, le clair de lune ! partout la lande,
Rougissant leurs fronts aux cieux noirs, les guerriers
Chevauchent lentement leurs pâles coursiers !
Les cailloux sonnent sous cette fière bande !

– Et verrai-je le bois jaune et le val clair,
L'Épouse aux yeux bleus, l'homme au front rouge, – ô
[Gaule,

1. *Cent agneaux* : un troupeau ou bien le moutonnement des nuages. \ **2.** *Idylle* : poème lié au thème des bergers. \ **3.** *Pasteur* : berger. \ **4.** *Solognes* : la Sologne est une région de la campagne française, dans l'Orléanais.

Et le blanc agneau Pascal, à leurs pieds chers,
– Michel et Christine, – et Christ ! – fin de l'Idylle.

* *
*

Bruxelles
Boulevart [1] du Régent,

Juillet.

Plates-bandes d'amarantes [2] jusqu'à
L'agréable palais de Jupiter.
– Je sais que c'est Toi, qui, dans ces lieux,
Mêles ton Bleu presque de Sahara !

Puis, comme rose et sapin du soleil
Et liane ont ici leurs jeux enclos,
Cage de la petite veuve !...
Quelles
Troupes d'oiseaux ! o iaio, iaio !...

– Calmes maisons, anciennes passions !
Kiosque de la Folle par affection.
Après les fesses des rosiers [3], balcon
Ombreux et très-bas de la Juliette.

1. Cette orthographe est encore courante au temps de Rimbaud. \ **2.** *Amarantes* : fleurs pourpres, symboles d'immortalité chez les Anciens. \ **3.** *Fesses des rosiers* : branches flexibles des rosiers, en patois ardennais.

– La Juliette[1], ça rappelle l'Henriette,
Charmante station du chemin de fer
Au cœur d'un mont comme au fond d'un verger
Où mille diables bleus[2] dansent dans l'air !

Banc vert où chante au paradis d'orage,
Sur la guitare, la blanche Irlandaise.
Puis de la salle à manger guyanaise
Bavardage des enfants et des cages.

Fenêtre du duc qui fais que je pense
Au poison des escargots et du buis
Qui dort ici-bas au soleil. Et puis
C'est trop beau ! trop ! Gardons notre silence.

– Boulevart[3] sans mouvement ni commerce,
Muet, tout drame et toute comédie,
Réunion des scènes infinie,
Je te connais et t'admire en silence.

* *
*

Est-elle almée[4] ?... aux premières heures bleues
Se détruira-t-elle comme les fleurs feues[5]...
Devant la splendide étendue où l'on sente
Souffler la ville énormément florissante !

1. *Juliette* : l'héroïne de Shakespeare. \ 2. *Diables bleus* : *blue devils* en anglais signifie « cauchemars ». \ 3. Cette orthographe est encore courante au temps de Rimbaud. \ 4. *Almée* : danseuse orientale. \ 5. *Feues* : défuntes.

C'est trop beau ! c'est trop beau ! mais c'est nécessaire
– Pour la Pêcheuse et la chanson du Corsaire [1],
Et aussi puisque les derniers masques crurent
Encore aux fêtes de nuit sur la mer pure !

Juillet 1872.

Fêtes de la faim

Ma faim, Anne, Anne,
Fuis sur ton âne.

Si j'ai du *goût*, ce n'est guères
Que pour la terre et les pierres.
Dinn ! dinn ! dinn ! dinn ! je pais [2] l'air,
Le roc, les terres, le fer.

Tournez, les faims ! paissez, faims,
Le pré des sons !
Puis l'humble et vibrant venin
Des liserons ;

Les cailloux qu'un pauvre brise ;
Les vieilles pierres d'églises,
Les galets, fils des déluges,
Pains couchés aux vallées grises !

Mes faims, c'est les bouts d'air noir ;
L'azur sonneur ;

1. *La Pêcheuse et la chanson du Corsaire* : allusion possible à un ballet. \ 2. *Pais* : broute (du verbe « paître »).

– C'est l'estomac qui me tire.
C'est le malheur.

Sur terre ont paru les feuilles :
Je vais aux chairs de fruit blettes.
Au sein du sillon je cueille
La doucette[1] et la violette.

Ma faim, Anne, Anne !
Fuis sur ton âne.

* *
*

Entends comme brame
près des acacias
en avril la rame
viride[2] du pois !

Dans sa vapeur nette,
vers Phoebé[3] ! tu vois
s'agiter la tête
de saints d'autrefois…

Loin des claires meules
des caps, des beaux toits,
ces chers Anciens veulent
ce philtre sournois…

1. *La doucette* : la salade qu'on appelle la mâche. \ **2.** *Viride* : verte (latinisme). \ **3.** *Phoebé* : la lune, en grec.

Or ni fériale
ni astrale ! n'est
la brume qu'exhale
ce nocturne effet.

Néanmoins ils restent
– Sicile, Allemagne,
dans ce brouillard triste
et blêmi, justement !

Honte

Tant que la lame [1] n'aura
Pas coupé cette cervelle,
Ce paquet blanc vert et gras
À vapeur jamais nouvelle,

(Ah ! Lui, devrait couper son
Nez, sa lèvre, ses oreilles,
Son ventre ! et faire abandon
De ses jambes ! ô merveille !)

Mais, non, vrai, je crois que tant
Que pour sa tête la lame
Que les cailloux pour son flanc
Que pour ses boyaux la flamme

1. *La lame* : la lame du chirurgien pratiquant la dissection.

N'auront pas agi, l'enfant
Gêneur, la si sotte bête,
Ne doit cesser un instant
De ruser et d'être traître

Comme un chat des Monts-Rocheux[1] ;
D'empuantir toutes sphères !
Qu'à sa mort pourtant, ô mon Dieu !
S'élève quelque prière !

* *
*

Ô saisons, ô châteaux !
Quelle âme est sans défauts ?

Ô saisons, ô châteaux,

J'ai fait la magique étude
Du Bonheur, que nul n'élude.

Ô vive lui, chaque fois
Que chante son coq Gaulois.

Mais ! je n'aurai plus d'envie :
Il s'est chargé de ma vie.

1. *Monts-Rocheux* : jeu de mots avec Roche, le hameau où se trouvait la ferme familiale.

Ce Charme[1] ! il prit âme et corps
Et dispersa tous efforts.

Que comprendre à ma parole ?
Il fait qu'elle fuie et vole !

Ô saisons, ô châteaux !

[Et, si le malheur m'entraîne,
Sa disgrâce m'est certaine.

Il faut que son dédain, las !
Me livre au plus prompt trépas !

– Ô Saisons, ô Châteaux !
Quelle âme est sans défauts]

1. *Charme* : sortilège, pouvoir magique, au sens fort.

UNE SAISON EN ENFER
(1873)

*****

« Jadis[1], si je me souviens bien, ma vie était un festin[2] où s'ouvraient tous les cœurs, où tous les vins coulaient.

Un soir, j'ai assis la Beauté sur mes genoux. – Et je l'ai trouvée amère – Et je l'ai injuriée.

Je me suis armé contre la justice.

Je me suis enfui. Ô sorcières[3], ô misères, ô haine, c'est à vous que mon trésor a été confié !

Je parvins à faire s'évanouir dans mon esprit toute l'espérance humaine. Sur toute joie pour l'étrangler j'ai fait le bond sourd de la bête féroce.

J'ai appelé les bourreaux pour, en périssant, mordre la crosse de leurs fusils. J'ai appelé les fléaux, pour m'étouffer avec le sable, le sang. Le malheur a été mon dieu. Je me suis allongé dans la boue. Je me suis séché à l'air du crime. Et j'ai joué de bons tours à la folie.

---

1. *Jadis* : renvoi à un passé ancien, le « festin ancien » dont il sera question plus bas. Les guillemets qui s'ouvrent au début du livre ne se referment pas. À qui la parole est-elle déléguée ? Cela reste ambigu. \ **2.** *Festin* : évocation d'une enfance prodigue qui fait allusion à la parabole du festin dans l'*Évangile*. \ **3.** *Sorcières* : la misère et la haine ; le motif des sorcières, présent dans les *Illuminations*, fait songer au théâtre de Shakespeare, et notamment à *Macbeth*.

Et le printemps[1] m'a apporté l'affreux rire de l'idiot.

Or, tout dernièrement m'étant trouvé sur le point de faire le dernier *couac*[2] ! j'ai songé à rechercher la clef du festin ancien, où je reprendrais peut-être appétit.

La charité est cette clef. – Cette inspiration[3] prouve que j'ai rêvé !

« Tu resteras hyène, etc., » se récrie le démon qui me couronna de si aimables pavots. « Gagne la mort avec tous tes appétits, et ton égoïsme et tous les péchés capitaux. »

Ah ! j'en ai trop pris : – Mais, cher Satan, je vous en conjure, une prunelle moins irritée ! et en attendant les quelques petites lâchetés en retard[4], vous qui aimez dans l'écrivain l'absence des facultés descriptives ou instructives, je vous détache ces quelques hideux feuillets de mon carnet de damné.

Mauvais sang

J'ai de mes ancêtres gaulois l'œil bleu blanc, la cervelle étroite, et la maladresse dans la lutte. Je trouve mon habillement aussi barbare que le leur. Mais je ne beurre pas ma chevelure[5].

Les Gaulois étaient les écorcheurs de bêtes, les brûleurs d'herbes les plus ineptes de leur temps.

D'eux, j'ai : l'idolâtrie et l'amour du sacrilège ; – oh ! tous les vices, colère, luxure, – magnifique, la luxure ; – surtout mensonge et paresse.

---

1. *Printemps* : printemps de 1872, où Rimbaud a frôlé la folie ; peut-être aussi celui de 1873, où il fut malade à Londres. \ **2.** *Le dernier couac* : allusion à l'incident de Bruxelles, le 10 juillet 1873, où il a failli mourir, ou référence à la dernière fausse note, par opposition aux harmonies perdues. \ **3.** *Cette inspiration* : terme qui désigne le livre qui va suivre. \ **4.** *Quelques petites lâchetés en retard* : soit les œuvres littéraires réalisées ou sur le point de l'être, soit les remords. \ **5.** *Je ne beurre pas ma chevelure* : détail emprunté à Chateaubriand qui rapporte, dans les *Mémoires d'outre-tombe*, que Chilpéric s'enduisait les cheveux de beurre aigre.

J'ai horreur de tous les métiers. Maîtres et ouvriers, tous paysans, ignobles[1]. La main à plume vaut la main à charrue. – Quel siècle à mains ! – Je n'aurai jamais ma main. Après, la domesticité même trop loin. L'honnêteté de la mendicité me navre. Les criminels dégoûtent comme des châtrés : moi, je suis intact, et ça m'est égal.

Mais ! qui a fait ma langue perfide tellement, qu'elle ait guidé et sauvegardé jusqu'ici ma paresse ? Sans me servir pour vivre même de mon corps, et plus oisif que le crapaud, j'ai vécu partout. Pas une famille d'Europe que je ne connaisse. – J'entends des familles comme la mienne, qui tiennent tout de la déclaration des Droits de l'Homme. – J'ai connu chaque fils de famille !

Si j'avais des antécédents à un point quelconque de l'histoire de France !

Mais non, rien.

Il m'est bien évident que j'ai toujours été race inférieure. Je ne puis comprendre la révolte. Ma race ne se souleva jamais que pour piller : tels les loups à la bête qu'ils n'ont pas tuée[2].

Je me rappelle l'histoire de la France fille aînée de l'Église. J'aurais fait, manant, le voyage de terre sainte ; j'ai dans la tête des routes dans les plaines souabes, des vues de Byzance, des remparts de Solyme[3] ; le culte de Marie, l'attendrissement sur le crucifié s'éveillent en moi parmi mille féeries profanes. – Je suis assis, lépreux, sur les pots cassés et les orties, au pied d'un mur rongé par le soleil. – Plus tard, reître, j'aurais bivaqué[4] sous les nuits d'Allemagne.

Ah ! encore : je danse le sabbat dans une rouge clairière, avec des vieilles et des enfants.

1. *Ignobles* : au sens littéral (non nobles) et au sens figuré. \ **2.** *Tels les loups à la bête qu'ils n'ont pas tuée* : comprendre « tels les loups qui sont inférieurs à la bête qu'ils n'ont pas tuée. \ **3.** *Solyme* : Jérusalem. \ **4.** *Bivaqué* : forme ancienne pour « bivouaqué ».

Je ne me souviens pas plus loin que cette terre-ci et le christianisme. Je n'en finirais pas de me revoir dans ce passé. Mais toujours seul ; sans famille ; même quelle langue parlais-je ? Je ne me vois jamais dans les conseils du Christ ; ni dans les conseils des Seigneurs, – représentants du Christ.

Qu'étais-je au siècle dernier : je ne me retrouve qu'aujourd'hui. Plus de vagabonds, plus de guerres vagues. La race inférieure a tout couvert – le peuple, comme on dit, la raison ; la nation et la science.

Oh ! la science ! On a tout repris. Pour le corps et pour l'âme, – le viatique, – on a la médecine et la philosophie, – les remèdes de bonnes femmes et les chansons populaires arrangés. Et les divertissements des princes et les jeux qu'ils interdisaient ! Géographie, cosmographie, mécanique, chimie !...

La science, la nouvelle noblesse [1] ! Le progrès. Le monde marche ! Pourquoi ne tournerait-il pas [2] ?

C'est la vision des nombres [3]. Nous allons à l'*Esprit*. C'est très-certain, c'est oracle, ce que je dis. Je comprends, et ne sachant m'expliquer sans paroles païennes, je voudrais me taire.

Le sang païen revient ! L'Esprit est proche, pourquoi Christ ne m'aide-t-il pas, en donnant à mon âme noblesse et liberté. Hélas ! l'Évangile a passé ! l'Évangile ! l'Évangile.

J'attends Dieu avec gourmandise. Je suis de race inférieure de toute éternité.

Me voici sur la plage armoricaine [4]. Que les villes s'allument dans le soir. Ma journée est faite ; je quitte l'Europe. L'air marin brûlera mes poumons ; les climats perdus me tanneront. Nager, broyer l'herbe, chasser, fumer surtout ; boire des

1. *La science, la nouvelle noblesse* : slogan scientiste que Rimbaud reprend avec ironie, ainsi que l'idéologie du Progrès. \ **2.** *Pourquoi ne tournerait-il pas ?* : allusion ironique au mot célèbre de Galilée à propos de la terre (« Et pourtant, elle tourne »). \ **3.** *Vision des nombres* : référence aux doctrines pythagoriciennes. \ **4.** *La plage armoricaine* : symbole d'un lieu primitif.

liqueurs fortes comme du métal bouillant, – comme faisaient ces chers ancêtres autour des feux.

Je reviendrai, avec des membres de fer, la peau sombre, l'œil furieux : sur mon masque, on me jugera d'une race forte. J'aurai de l'or : je serai oisif et brutal. Les femmes soignent ces féroces infirmes retour des pays chauds. Je serai mêlé aux affaires politiques. Sauvé.

Maintenant je suis maudit, j'ai horreur de la patrie. Le meilleur, c'est un sommeil bien ivre, sur la grève.

On ne part pas. – Reprenons les chemins d'ici, chargé de mon vice[1], le vice qui a poussé ses racines de souffrance à mon côté, dès l'âge de raison – qui monte au ciel, me bat, me renverse, me traîne.

La dernière innocence et la dernière timidité. C'est dit. Ne pas porter au monde mes dégoûts et mes trahisons.

Allons ! La marche, le fardeau, le désert, l'ennui et la colère.

À qui me louer ? Quelle bête faut-il adorer ? Quelle sainte image attaque-t-on ? Quels cœurs briserai-je ? Quel mensonge dois-je tenir ? – Dans quel sang marcher ?

Plutôt, se garder de la justice. – La vie dure, l'abrutissement simple, – soulever, le poing desséché, le couvercle du cercueil, s'asseoir, s'étouffer. Ainsi point de vieillesse, ni de dangers : la terreur n'est pas française.

– Ah ! je suis tellement délaissé que j'offre à n'importe quelle divine image des élans vers la perfection.

Ô mon abnégation, ô ma charité merveilleuse ! ici-bas, pourtant !

De profundis Domine[2], suis-je bête !

---

1. *Mon vice* : certains commentateurs y ont vu un aveu de son homosexualité ; on peut aussi comprendre *mon infériorité, ma faiblesse native.* \ 2. *De profundis Domine* : jeu de mots entre cette reprise du psaume de pénitence et l'enfer évoqué par le livre.

Encore tout enfant, j'admirais le forçat intraitable [1] sur qui se referme toujours le bagne ; je visitais les auberges et les garnis qu'il aurait sacrés par son séjour ; je voyais *avec son idée* le ciel bleu et le travail fleuri de la campagne ; je flairais sa fatalité dans les villes. Il avait plus de force qu'un saint, plus de bon sens qu'un voyageur – et lui, lui seul ! pour témoin de sa gloire et de sa raison.

Sur les routes, par des nuits d'hiver, sans gîte, sans habits, sans pain, une voix étreignait mon cœur gelé : « Faiblesse ou force : te voilà, c'est la force. Tu ne sais ni où tu vas ni pourquoi tu vas, entre partout, réponds à tout. On ne te tuera pas plus que si tu étais cadavre. » Au matin j'avais le regard si perdu et la contenance si morte, que ceux que j'ai rencontrés *ne m'ont peut-être pas vu.*

Dans les villes la boue m'apparaissait soudainement rouge et noire, comme une glace quand la lampe circule dans la chambre voisine, comme un trésor dans la forêt ! Bonne chance, criais-je, et je voyais une mer de flammes et de fumée au ciel ; et, à gauche, à droite, toutes les richesses flambant comme un milliard de tonnerres.

Mais l'orgie et la camaraderie des femmes m'étaient interdites. Pas même un compagnon. Je me voyais devant une foule exaspérée, en face du peloton d'exécution, pleurant du malheur qu'ils n'aient pu comprendre, et pardonnant ! – Comme Jeanne d'Arc ! – « Prêtres, professeurs, maîtres, vous vous trompez en me livrant à la justice. Je n'ai jamais été de ce peuple-ci ; je n'ai jamais été chrétien ; je suis de la race qui chantait dans le supplice ; je ne comprends pas les lois ; je n'ai pas le sens moral, je suis une brute : vous vous trompez... »

---

1. *Le forçat intraitable* : souvenir possible de Jean Valjean dans *Les Misérables* (1862) de Victor Hugo.

Oui, j'ai les yeux fermés à votre lumière. Je suis une bête, un nègre. Mais je puis être sauvé. Vous êtes de faux nègres[1], vous maniaques, féroces, avares. Marchand, tu es nègre ; magistrat, tu es nègre ; général, tu es nègre ; empereur, vieille démangeaison[2], tu es nègre : tu as bu d'une liqueur non taxée, de la fabrique de Satan. – Ce peuple est inspiré par la fièvre et le cancer. Infirmes et vieillards sont tellement respectables qu'ils demandent à être bouillis. – Le plus malin est de quitter ce continent, où la folie rôde pour pourvoir d'otages ces misérables. J'entre au vrai royaume des enfants de Cham[3].

Connais-je encore la nature ? me connais-je ? – *Plus de mots*. J'ensevelis les morts dans mon ventre[4]. Cris, tambour, danse, danse, danse, danse ! Je ne vois même pas l'heure où, les blancs débarquant, je tomberai au néant.

Faim, soif, cris, danse, danse, danse, danse !

Les blancs débarquent. Le canon ! Il faut se soumettre au baptême, s'habiller, travailler.

J'ai reçu au cœur le coup de la grâce. Ah ! je ne l'avais pas prévu !

Je n'ai point fait le mal. Les jours vont m'être légers, le repentir me sera épargné. Je n'aurai pas eu les tourments de l'âme presque morte au bien, où remonte la lumière sévère comme les cierges funéraires. Le sort du fils de famille, cercueil prématuré couvert de limpides larmes. Sans doute la débauche est bête, le vice est bête ; il faut jeter la pourriture à l'écart. Mais l'horloge ne sera pas arrivée à ne plus sonner que l'heure

1. *De faux nègres* : des blancs, c'est-à-dire des sauvages dépourvus d'innocence. \ **2.** *Empereur, vieille démangeaison* : reprise d'« Eviradnus » dans *La Légende des siècles* de Victor Hugo (« Est-ce que tu n'as pas des ongles, vil troupeau,/Pour ces démangeaisons d'empereurs sur ta peau ! ») qui vise probablement Napoléon. \ **3.** *Cham* : ancêtre de l'homme noir dans la Bible. \ **4.** *J'ensevelis les morts dans mon ventre* : allusion à la pratique cannibale.

de la pure douleur ! Vais-je être enlevé comme un enfant, pour jouer au paradis dans l'oubli de tout le malheur !

Vite ! est-il d'autres vies ? – Le sommeil dans la richesse est impossible. La richesse a toujours été bien public. L'amour divin seul octroie les clefs de la science. Je vois que la nature n'est qu'un spectacle de bonté. Adieu chimères, idéals, erreurs.

Le chant raisonnable des anges s'élève du navire sauveur [1] : c'est l'amour divin. – Deux amours ! je puis mourir de l'amour terrestre, mourir de dévouement. J'ai laissé des âmes dont la peine s'accroîtra de mon départ ! Vous me choisissez parmi les naufragés ; ceux qui restent sont-ils pas mes amis ?

Sauvez-les !

La raison m'est née. Le monde est bon. Je bénirai la vie. J'aimerais mes frères. Ce ne sont plus des promesses d'enfance. Ni l'espoir d'échapper à la vieillesse et à la mort. Dieu fait ma force, et je loue Dieu.

L'ennui n'est plus mon amour. Les rages, les débauches, la folie, dont je sais tous les élans et les désastres, – tout mon fardeau est déposé. Apprécions sans vertige l'étendue de mon innocence.

Je ne serai plus capable de demander le réconfort d'une bastonnade. Je ne me crois pas embarqué pour une noce avec Jésus-Christ pour beau-père [2].

Je ne suis pas prisonnier de ma raison. J'ai dit : Dieu. Je veux la liberté dans le salut : comment la poursuivre ? Les goûts frivoles m'ont quitté. Plus besoin de dévouement ni d'amour divin. Je ne regrette pas le siècle des cœurs sensibles [3].

1. *Navire sauveur* : navire qui transporte les élus, dans la mesure où le damné est un naufragé. \ **2.** *Embarqué pour une noce avec Jésus-Christ pour beau-père* : si le damné épouse la vie française et que la France est « la fille aînée de l'Église », alors il a bien le Christ pour beau-père. \ **3.** *Le siècle des cœurs sensibles* : le XVIIIe siècle.

Chacun a sa raison, mépris et charité : je retiens ma place au sommet de cette angélique échelle de bon sens.

Quant au bonheur établi, domestique ou non… non, je ne peux pas. Je suis trop dissipé, trop faible. La vie fleurit par le travail, vieille vérité : moi, ma vie n'est pas assez pesante, elle s'envole et flotte loin au-dessus de l'action, ce cher point du monde.

Comme je deviens vieille fille, à manquer du courage d'aimer la mort !

Si Dieu m'accordait le calme céleste, aérien, la prière, – comme les anciens saints. – Les saints ! des forts ! les anachorètes, des artistes comme il n'en faut plus !

Farce continuelle ! Mon innocence me ferait pleurer. La vie est la farce à mener par tous.

Assez ! Voici la punition. – *En marche*[1] !

Ah ! les poumons brûlent, les tempes grondent ! la nuit roule dans mes yeux, par ce soleil ! le cœur… les membres…

Où va-t-on ? au combat ? Je suis faible ! les autres avancent. Les outils, les armes… le temps !…

Feu ! feu sur moi ! Là ! ou je me rends. – Lâches ! – Je me tue ! Je me jette aux pieds des chevaux !

Ah !…

– Je m'y habituerai.

Ce serait la vie française, le sentier de l'honneur !

---

1. *En marche* : l'italique fait allusion au titre de la cinquième partie des *Contemplations* de Victor Hugo.

Nuit de l'enfer

J'ai avalé une fameuse gorgée de poison[1]. – Trois fois béni soit le conseil[2] qui m'est arrivé ! – Les entrailles me brûlent. La violence du venin tord mes membres, me rend difforme, me terrasse. Je meurs de soif, j'étouffe, je ne puis crier. C'est l'enfer, l'éternelle peine ! Voyez comme le feu se relève ! Je brûle comme il faut. Va, démon !

J'avais entrevu la conversion au bien et au bonheur, le salut. Puis-je décrire la vision, l'air de l'enfer ne souffre pas les hymnes ! C'était des millions de créatures charmantes, un suave concert spirituel, la force et la paix, les nobles ambitions, que sais-je ?

Les nobles ambitions !

Et c'est encore la vie ! – Si la damnation est éternelle ! Un homme qui veut se mutiler est bien damné, n'est-ce pas ? Je me crois en enfer, donc j'y suis. C'est l'exécution du catéchisme. Je suis esclave de mon baptême. Parents, vous avez fait mon malheur et vous avez fait le vôtre. Pauvre innocent ! – L'enfer ne peut attaquer les païens[3]. – C'est la vie encore ! Plus tard, les délices de la damnation seront plus profondes. Un crime, vite, que je tombe au néant, de par la loi humaine.

Tais-toi, mais tais-toi !... C'est la honte, le reproche, ici : Satan qui dit que le feu est ignoble, que ma colère est affreusement sotte. – Assez !... Des erreurs qu'on me souffle, magies, parfums faux, musiques puériles. – Et dire que je tiens la vérité, que je vois la justice : j'ai un jugement sain et arrêté, je suis prêt pour la perfection... Orgueil. – La peau de ma tête

1. *Gorgée de poison* : gorgée de stupéfiants, aux yeux de certains commentateurs ; pour d'autres, le poison moral, c'est-à-dire l'ignominie, le doute ou le désespoir. \ **2.** *Conseil* : conseil du démon dans le Prologue (« Gagne la mort »). \ **3.** *L'enfer ne peut attaquer les païens* : les païens ne vont pas en enfer mais dans les Limbes.

se dessèche. Pitié ! Seigneur, j'ai peur. J'ai soif, si soif ! Ah ! l'enfance, l'herbe, la pluie, le lac sur les pierres, *le clair de lune quand le clocher sonnait douze*[1]... le diable est au clocher, à cette heure. Marie ! Sainte-Vierge !... – Horreur de ma bêtise.

Là-bas, ne sont-ce pas des âmes honnêtes, qui me veulent du bien... Venez... J'ai un oreiller sur la bouche, elles ne m'entendent pas, ce sont des fantômes. Puis, jamais personne ne pense à autrui. Qu'on n'approche pas. Je sens le roussi, c'est certain.

Les hallucinations sont innombrables. C'est bien ce que j'ai toujours eu : plus de foi en l'histoire, l'oubli des principes. Je m'en tairai : poètes et visionnaires seraient jaloux. Je suis mille fois le plus riche, soyons avare comme la mer[2].

Ah çà ! l'horloge de la vie s'est arrêtée tout à l'heure. Je ne suis plus au monde. – La théologie est sérieuse, l'enfer est certainement *en bas* – et le ciel en haut. – Extase, cauchemar, sommeil dans un nid de flammes.

Que de malices dans l'attention dans la campagne... Satan, Ferdinand[3], court avec les graines sauvages... Jésus marche sur les ronces purpurines, sans les courber... Jésus marchait sur les eaux irritées[4]. La lanterne nous le montra debout, blanc et des tresses brunes, au flanc d'une vague d'émeraude...

Je vais dévoiler tous les mystères : mystères religieux ou naturels, mort, naissance, avenir, passé, cosmogonie, néant. Je suis maître en fantasmagories.

Écoutez !...

J'ai tous les talents ! Il n'y a personne ici et il y a quelqu'un :

1. *Le clair de lune quand le clocher sonnait douze* : alexandrin sur lequel l'italique doit peut-être attirer l'attention ; allusion possible à un dicton populaire : le diable est au clocher quand sonnent les douze coups de minuit, et il faut se signer en invoquant la Sainte Vierge. \ **2.** *Avare comme la mer* : la mer ne rend pas ses trésors. \ **3.** *Ferdinand* : surnom du diable dans la région de Vouziers, selon Ernest Delahaye. \ **4.** *Jésus marchait sur les eaux irritées* : allusion au miracle accompli par Jésus sur le lac de Tibériade (*Évangile selon saint Jean*, VI).

je ne voudrais pas répandre mon trésor. – Veut-on des chants nègres, des danses de houris[1] ? Veut-on que je disparaisse, que je plonge à la recherche de l'*anneau*[2] ? Veut-on ? Je ferai de l'or, des remèdes.

Fiez-vous donc à moi, la foi soulage, guide, guérit. Tous, venez, – même les petits enfants, – que je vous console, qu'on répande pour vous son cœur, – le cœur merveilleux ! – Pauvres hommes, travailleurs ! Je ne demande pas de prières ; avec votre confiance seulement, je serai heureux.

– Et pensons à moi. Ceci me fait peu regretter le monde. J'ai de la chance de ne pas souffrir plus. Ma vie ne fut que folies douces, c'est regrettable.

Bah ! faisons toutes les grimaces imaginables.

Décidément, nous sommes hors du monde. Plus aucun son. Mon tact a disparu. Ah ! mon château, ma Saxe[3], mon bois de saules. Les soirs, les matins, les nuits, les jours... Suis-je las !

Je devrais avoir mon enfer pour la colère, mon enfer pour l'orgueil, – et l'enfer de la caresse ; un concert d'enfers.

Je meurs de lassitude. C'est le tombeau, je m'en vais aux vers, horreur de l'horreur ! Satan, farceur, tu veux me dissoudre, avec tes charmes. Je réclame. Je réclame ! un coup de fourche, une goutte de feu.

Ah ! remonter à la vie ! Jeter les yeux sur nos difformités. Et ce poison, ce baiser mille fois maudit ! Ma faiblesse, la cruauté du monde ! Mon Dieu, pitié, cachez-moi, je me tiens trop mal ! – Je suis caché et je ne le suis pas.

C'est le feu qui se relève avec son damné.

1. *Houris* : femmes divinement belles que le Coran promet, dans la vie future, au fidèle musulman. \ **2.** *Anneau* : celui de Gygès, qui rendait invisible, ou celui que Polycrate avait jeté à la mer et qui lui était revenu, ou bien celui de Niebelung, qui conférait la puissance, ou encore celui du Christ et de son mariage avec l'Église. \ **3.** *Ma Saxe* : désigne peut-être le luxe de la porcelaine de Saxe.

Délires I
Vierge folle[1]

L'ÉPOUX INFERNAL

Écoutons la confession d'un compagnon d'enfer.

« Ô divin Époux, mon Seigneur, ne refusez pas la confession de la plus triste de vos servantes. Je suis perdue. Je suis soûle. Je suis impure. Quelle vie !

« Pardon, divin Seigneur, pardon ! Ah ! pardon ! Que de larmes ! Et que de larmes encore plus tard, j'espère !

« Plus tard, je connaîtrai le divin Époux ! Je suis née soumise à Lui. – L'autre peut me battre maintenant !

« À présent, je suis au fond du monde ! Ô mes amies !... non, pas mes amies... Jamais délires ni tortures semblables... Est-ce bête !

« Ah ! je souffre, je crie. Je souffre vraiment. Tout pourtant m'est permis, chargée du mépris des plus méprisables cœurs.

« Enfin, faisons cette confidence, quitte à la répéter vingt autres fois, – aussi morte, aussi insignifiante !

« Je suis esclave de l'Époux infernal, celui qui a perdu les vierges folles. C'est bien ce démon-là. Ce n'est pas un spectre, ce n'est pas un fantôme. Mais moi qui ai perdu la sagesse, qui suis damnée et morte au monde, – on ne me tuera pas ! – Comment vous le décrire ! Je ne sais même plus parler. Je suis en deuil, je pleure, j'ai peur. Un peu de fraîcheur, Seigneur, si vous voulez, si voulez bien !

« Je suis veuve... – j'étais veuve – mais oui, j'ai été bien

---

1. *Vierge folle* : allusion à la parabole évangélique des vierges sages et des vierges folles (*Évangile selon saint Matthieu*, XXV, 1-13). La vierge folle est celle que l'époux ne veut point connaître, car elle a négligé de garnir sa lampe d'huile pour aller au-devant de lui. La critique a coutume d'identifier dans ce couple celui formé par Verlaine (la Vierge) et Rimbaud (l'Époux).

sérieuse jadis, et je ne suis pas née pour devenir squelette !... – Lui était presque un enfant... Ses délicatesses mystérieuses m'avaient séduite. J'ai oublié tout mon devoir humain pour le suivre. Quelle vie ! La vraie vie est absente. Nous ne sommes pas au monde. Je vais où il va, il le faut. Et souvent il s'emporte contre moi, *moi, la pauvre âme*. Le Démon ! – C'est un Démon, vous savez, *ce n'est pas un homme*.

« Il dit : "Je n'aime pas les femmes. L'amour est à réinventer, on le sait. Elles ne peuvent plus que vouloir une position assurée. La position gagnée, cœur et beauté sont mis de côté : il ne reste que froid dédain, l'aliment du mariage, aujourd'hui. Ou bien je vois des femmes, avec les signes du bonheur, dont, moi, j'aurais pu faire de bonnes camarades, dévorées tout d'abord par des brutes sensibles comme des bûchers..."

« Je l'écoute faisant de l'infamie une gloire, de la cruauté un charme. "Je suis de race lointaine : mes pères étaient Scandinaves : ils se perçaient les côtes, buvaient leur sang. – Je me ferai des entailles par tout le corps, je me tatouerai, je veux devenir hideux comme un Mongol : tu verras, je hurlerai dans les rues. Je veux devenir bien fou de rage. Ne me montre jamais de bijoux, je ramperais et me tordrais sur le tapis. Ma richesse, je la voudrais tachée de sang partout. Jamais je ne travaillerai... » Plusieurs nuits, son démon[1] me saisissant, nous nous roulions, je luttais avec lui ! – Les nuits, souvent, ivre, il se poste dans des rues ou dans des maisons, pour m'épouvanter mortellement. – "On me coupera vraiment le cou ; ce sera dégoûtant". Oh ! ces jours où il veut marcher avec l'air du crime !

« Parfois il parle, en une façon de patois attendri, de la mort

1. *Son démon* : glissement de sens, de « Démon » au sens d'Époux infernal à « démon » (ou « daimon »), au sens grec, de « principe divin qui influence la conduite de l'homme en bien ou en mal ».

qui fait repentir, des malheureux qui existent certainement, des travaux pénibles, des départs qui déchirent les cœurs. Dans les bouges où nous nous enivrions, il pleurait en considérant ceux qui nous entouraient, bétail de la misère. Il relevait les ivrognes dans les rues noires. Il avait la pitié d'une mère méchante pour les petits enfants. – Il s'en allait avec des gentillesses de petite fille au catéchisme. – Il feignait d'être éclairé sur tout, commerce, art, médecine. – Je le suivais, il le faut !

« Je voyais tout le décor dont, en esprit, il s'entourait ; vêtements, draps, meubles : je lui prêtais des armes [1], une autre figure. Je voyais tout ce qui le touchait, comme il aurait voulu le créer pour lui. Quand il me semblait avoir l'esprit inerte, je le suivais, moi, dans des actions étranges et compliquées, loin, bonnes ou mauvaises : j'étais sûre de ne jamais entrer dans son monde. À côté de son cher corps endormi, que d'heures des nuits j'ai veillé, cherchant pourquoi il voulait tant s'évader de la réalité. Jamais homme n'eut pareil vœu. Je reconnaissais, – sans craindre pour lui, – qu'il pouvait être un sérieux danger dans la société. – Il a peut-être des secrets pour *changer la vie* ?

Non, il ne fait qu'en chercher, me répliquais-je. Enfin sa charité est ensorcelée, et j'en suis la prisonnière. Aucune autre âme n'aurait assez de force, – force de désespoir ! – pour la supporter, – pour être protégée et aimée par lui. D'ailleurs, je ne me le figurais pas avec une autre âme : on voit son Ange, jamais l'Ange d'un autre, – je crois. J'étais dans son âme comme dans un palais qu'on a vidé pour ne pas voir une personne si peu noble que vous : voilà tout. Hélas ! je dépendais bien de lui. Mais que voulait-il avec mon existence terne et lâche ? Il ne me rendait pas meilleure, s'il ne me faisait pas

1. *Armes* : armoiries.

mourir ! Tristement dépitée, je lui dis quelquefois : “Je te comprends.” Il haussait les épaules.

« Ainsi, mon chagrin se renouvelant sans cesse, et me trouvant plus égarée à mes yeux, – comme à tous les yeux qui auraient voulu me fixer, si je n'eusse été condamnée pour jamais à l'oubli de tous ! – j'avais de plus en plus faim de sa bonté. Avec ses baisers et ses étreintes amies, c'était bien un ciel, un sombre ciel, où j'entrais, et où j'aurais voulu être laissée, pauvre, sourde, muette, aveugle. Déjà j'en prenais l'habitude. Je nous voyais comme deux bons enfants, libres de se promener dans le Paradis de tristesse. Nous nous accordions. Bien émus, nous travaillions ensemble. Mais, après une pénétrante caresse, il disait : “Comme ça te paraîtra drôle, quand je n'y serai plus, ce par quoi tu as passé. Quand tu n'auras plus mes bras sous ton cou, ni mon cœur pour t'y reposer, ni cette bouche sur tes yeux. Parce qu'il faudra que je m'en aille, très-loin, un jour. Puis il faut que j'en aide d'autres : c'est mon devoir. Quoique ce ne soit guère ragoûtant…, chère âme…” Tout de suite je me pressentais, lui parti, en proie au vertige, précipitée dans l'ombre la plus affreuse : la mort. Je lui faisais promettre qu'il ne me lâcherait pas. Il l'a faite vingt fois, cette promesse d'amant. C'était aussi frivole que moi lui disant : “Je te comprends”.

« Ah ! je n'ai jamais été jalouse de lui. Il ne me quittera pas, je crois. Que devenir ? Il n'a pas une connaissance ; il ne travaillera jamais. Il veut vivre somnambule. Seules, sa bonté et sa charité lui donneraient-elles droit dans le monde réel ? Par instants, j'oublie la pitié où je suis tombée : lui me rendra forte, nous voyagerons, nous chasserons dans les déserts, nous dormirons sur les pavés des villes inconnues, sans soins, sans peines. Ou je me réveillerai, et les lois et les mœurs auront changé, – grâce à son pouvoir magique, – le monde, en restant le même, me laissera à mes désirs, joies, nonchalances. Oh ! la vie d'aventures qui existe dans les livres des enfants, pour me récompenser, j'ai tant souffert, me la donneras-tu ? Il ne peut pas. J'ignore son idéal. Il m'a dit avoir des regrets, des espoirs : cela ne doit pas me regarder. Parle-t-il à Dieu ? Peut-être devrais-je m'adresser à Dieu. Je suis au plus profond de l'abîme, et je ne sais plus prier.

« S'il m'expliquait ses tristesses, les comprendrais-je plus que ses railleries ? Il m'attaque, il passe des heures à me faire honte de tout ce qui m'a pu toucher au monde, et s'indigne si je pleure.

« – Tu vois cet élégant jeune homme, entrant dans la belle et calme maison : il s'appelle Duval[1], Dufour, Armand, Maurice, que sais-je ? Une femme s'est dévouée à aimer ce méchant idiot : elle est morte, c'est certes une sainte au ciel, à présent. Tu me feras mourir comme il a fait mourir cette femme. C'est notre sort, à nous, cœurs charitables…" Hélas ! il avait des jours où tous les hommes agissant lui paraissaient les jouets de délires grotesques : il riait affreusement, longtemps. – Puis, il reprenait ses manières de jeune mère, de sœur aimée. S'il était moins sauvage, nous serions sauvés ! Mais sa douceur aussi est mortelle. Je lui suis soumise. – Ah ! je suis folle !

« Un jour peut-être il disparaîtra merveilleusement ; mais il faut que je sache, s'il doit remonter à un ciel, que je voie un peu l'assomption[2] de mon petit ami ! »

Drôle de ménage !

1. *Duval* : allusion possible à *La Dame aux camélias* d'Alexandre Dumas, où Marguerite meurt abandonnée par son amant Armand Duval. \ **2.** *Assomption* : ironie de Rimbaud sur l'assomption de Paul-*Marie* Verlaine.

Délires II
Alchimie du verbe

À moi[1]. L'histoire d'une de mes folies.

Depuis longtemps je me vantais de posséder tous les paysages possibles, et trouvais dérisoires les célébrités de la peinture et de la poésie moderne.

J'aimais les peintures idiotes, dessus de portes, décors, toiles de saltimbanques, enseignes, enluminures populaires ; la littérature démodée, latin d'église, livres érotiques sans orthographe, romans de nos aïeules, contes de fées, petits livres de l'enfance, opéras vieux, refrains niais, rythmes naïfs.

Je rêvais croisades, voyages de découvertes dont on n'a pas de relations, républiques sans histoires, guerres de religion étouffées, révolutions de mœurs, déplacements de races et de continents : je croyais à tous les enchantements.

J'inventai la couleur des voyelles ! – *A* noir, *E* blanc, *I* rouge, *O* bleu, *U* vert[2]. – Je réglai la forme et le mouvement de chaque consonne, et, avec des rythmes instinctifs, je me flattai d'inventer un verbe poétique accessible, un jour ou l'autre, à tous les sens. Je réservais la traduction.

Ce fut d'abord une étude. J'écrivais des silences, des nuits, je notais l'inexprimable. Je fixais des vertiges.

Loin des oiseaux, des troupeaux, des villageoises,
Que buvais-je, à genoux dans cette bruyère
Entourée de tendres bois de noisetiers,
Dans un brouillard d'après-midi tiède et vert !

---

1. *À moi* : c'est à moi de parler. Après avoir donné la parole à la Vierge folle (Verlaine), Rimbaud reprend la parole. \ **2.** *O bleu, U vert* : Rimbaud respecte ici l'ordre des voyelles ; il entend d'une part se démarquer de lui-même et de sa création passée ; d'autre part, il n'a plus besoin d'éliminer un hiatus.

Que pouvais-je boire dans cette jeune Oise,
– Ormeaux sans voix, gazon sans fleurs, ciel couvert ! –
Boire à ces gourdes jaunes, loin de ma case
Chérie ? Quelque liqueur d'or qui fait suer.

Je faisais une louche enseigne d'auberge.
– Un orage vint chasser le ciel. Au soir
L'eau des bois se perdait sur les sables vierges,
Le vent de Dieu jetait des glaçons aux mares ;

Pleurant, je voyais de l'or – et ne pus boire[1]. –

À quatre heures du matin, l'été,
Le sommeil d'amour dure encore.
Sous les bocages s'évapore
L'odeur du soir fêté.

Là-bas, dans leur vaste chantier
Au soleil des Hespérides,
Déjà s'agitent – en bras de chemise –
Les Charpentiers.

Dans leurs Déserts de mousse, tranquilles,
Ils préparent les lambris précieux
Où la ville
Peindra de faux cieux.

Ô, pour ces Ouvriers charmants
Sujets d'un roi de Babylone,

1. Cette deuxième section de Délires II, de « Loin des oiseaux » à « ne pus boire », constitue une autre version de « Larme » (p. 110-111).

Vénus ! quitte un instant les Amants
Dont l'âme est en couronne.

Ô Reine des Bergers,
Porte aux travailleurs l'eau-de-vie,
Que leurs forces soient en paix
En attendant le bain dans la mer à midi [1].

La vieillerie poétique avait une bonne part dans mon alchimie du verbe.

Je m'habituai à l'hallucination simple : je voyais très franchement une mosquée à la place d'une usine, une école de tambours faite par des anges, des calèches sur les routes du ciel, un salon au fond d'un lac ; les monstres, les mystères ; un titre de vaudeville [2] dressait des épouvantes devant moi.

Puis j'expliquai mes sophismes magiques avec l'hallucination des mots !

Je finis par trouver sacré le désordre de mon esprit. J'étais oisif, en proie à une lourde fièvre : j'enviais la félicité des bêtes, – les chenilles, qui représentent l'innocence des limbes, les taupes, le sommeil de la virginité !

Mon caractère s'aigrissait. Je disais adieu au monde dans d'espèces de romances [3] :

CHANSON DE LA PLUS HAUTE TOUR [4]

Qu'il vienne, qu'il vienne
Le temps dont on s'éprenne.

---

1. Cette troisième section de Délires II est une autre version de « Bonne pensée du matin » (p. 116-117). \ **2.** *Un titre de vaudeville* : allusion probable à « Michel et Christine », titre d'un vaudeville de Scribe. \ **3.** *Romances* : rappel de l'influence des *Romances sans paroles* de Verlaine. \ **4.** Ce poème est la troisième version, singulièrement écourtée, d'un autre poème de 1872.

J'ai tant fait patience
Qu'à jamais j'oublie.
Craintes et souffrances
Aux cieux sont parties.
Et la soif malsaine
Obscurcit mes veines.

Qu'il vienne, qu'il vienne,
Le temps dont on s'éprenne.

Telle la prairie
À l'oubli livrée,
Grandie, et fleurie
D'encens et d'ivraies,
Au bourdon farouche
Des sales mouches.

Qu'il vienne, qu'il vienne,
Le temps dont on s'éprenne.

J'aimai le désert, les vergers brûlés, les boutiques fanées, les boissons tiédies. Je me traînais dans les ruelles puantes et, les yeux fermés, je m'offrais au soleil, dieu de feu.

« Général[1], s'il reste un vieux canon sur tes remparts en ruines, bombarde-nous avec des blocs de terre sèche. Aux glaces des magasins splendides ! dans les salons ! Fais manger sa poussière à la ville. Oxyde les gargouilles. Emplis les boudoirs de poudre de rubis brûlante… »

Oh ! le moucheron enivré à la pissotière de l'auberge, amoureux de la bourrache[2], et que dissout un rayon !

---

1. *Général* : invocation au Général Soleil. \ **2.** *Bourrache* : plante sudorifique à laquelle Rimbaud prête des propriétés magiques.

FAIM [1]

Si j'ai du goût, ce n'est guère
Que pour la terre et les pierres.
Je déjeune toujours d'air,
De roc, de charbons, de fer.

Mes faims, tournez. Paissez, faims,
        Le pré des sons.
Attirez le gai venin
        Des liserons.

Mangez les cailloux qu'on brise,
Les vieilles pierres d'église ;
Les galets des vieux déluges,
Pains semés dans les vallées grises.

Le loup criait sous les feuilles [2]
En crachant les belles plumes
De son repas de volailles :
Comme lui je me consume.

Les salades, les fruits
N'attendent que la cueillette,
Mais l'araignée de la haie
Ne mange que des violettes.

Que je dorme ! que je bouille
Aux autels de Salomon.

---

1. Version abrégée d'un poème de 1872 intitulé « Fêtes de la faim » (p. 128-129). \ **2.** On ne connaît pas autrement ces vers qui forment soit un poème autonome, soit une variante des dernières strophes de « Fêtes de la faim » (p. 128-129).

Le bouillon court sur la rouille,
Et se mêle au Cédron[1].

Enfin, ô bonheur, ô raison, j'écartai du ciel l'azur, qui est du noir, et je vécus étincelle d'or de la lumière *nature*. De joie, je prenais une expression bouffonne et égarée au possible :

Elle est retrouvée[2] !
Quoi ? l'éternité.
C'est la mer mêlée
Au soleil.

Mon âme éternelle,
Observe ton vœu
Malgré la nuit seule
Et le jour en feu.

Donc tu te dégages
Des humains suffrages,
Des communs élans !
Tu voles selon...

– Jamais l'espérance.
Pas d'*orietur*.
Science et patience,
Le supplice est sûr.

Plus de lendemain,
Braises de satin,

1. *Cédron* : torrent qui sépare Jérusalem du mont des Oliviers ; c'est près du Cédron que Jésus, trahi par Judas, est saisi par les gardes (*Évangile selon saint Jean*, XVIII). \ **2.** Autre version, avec des variantes notables, de « L'Éternité » (p. 120-121).

Votre ardeur
Est le devoir.

Elle est retrouvée !
– Quoi ? – l'Éternité
C'est la mer mêlée
Au soleil.

Je devins un opéra fabuleux[1] : je vis que tous les êtres ont une fatalité de bonheur : l'action n'est pas la vie, mais une façon de gâcher quelque force, un énervement. La morale est la faiblesse de la cervelle.

À chaque être, plusieurs *autres* vies me semblaient dues. Ce monsieur ne sait ce qu'il fait : il est un ange. Cette famille est une nichée de chiens. Devant plusieurs hommes, je causai tout haut avec un moment d'une de leurs autres vies. – Ainsi, j'ai aimé un porc[2].

Aucun des sophismes de la folie, – la folie qu'on enferme, – n'a été oublié par moi : je pourrais les redire tous, je tiens le système.

Ma santé fut menacée. La terreur venait. Je tombais dans des sommeils de plusieurs jours, et, levé, je continuais les rêves les plus tristes. J'étais mûr pour le trépas, et par une route de dangers ma faiblesse me menait aux confins du monde et de la Cimmérie[3], patrie de l'ombre et des tourbillons.

Je dus voyager, distraire les enchantements assemblés sur mon cerveau. Sur la mer, que j'aimais comme si elle eût dû me

---

1. *Je devins un opéra fabuleux* : Rimbaud prévoyait une illustration poétique qu'il a supprimée : « Âge d'or ». \ **2.** *J'ai aimé un porc* : allusion probable à Verlaine. \ **3.** *La Cimmérie* : pays de ténèbres où séjournaient les morts, selon Homère, au chant XI de l'*Odyssée*. \ **4.** *Ad matutinum, (…) Christus venit* : « Au petit matin, le Christ est venu ». C'est l'heure où saint Pierre a renié le Christ, mais c'est aussi, dans la liturgie, le moment du repentir et de la conversion. \ **5.** Nouvelle version du poème « Ô saisons, ô châteaux !… » (p. 131-132).

laver d'une souillure, je voyais se lever la croix consolatrice. J'avais été damné par l'arc-en-ciel. Le Bonheur était ma fatalité, mon remords, mon ver : ma vie serait toujours trop immense pour être dévouée à la force et à la beauté.

Le Bonheur ! Sa dent, douce à la mort, m'avertissait au chant du coq, – *ad matutinum*, au *Christus venit*[4], – dans les plus sombres villes :

Ô saisons, ô châteaux[5] !
Quelle âme est sans défauts ?

J'ai fait la magique étude
Du bonheur, qu'aucun n'élude.

Salut à lui, chaque fois
Que chante le coq gaulois.

Ah ! je n'aurai plus d'envie :
Il s'est chargé de ma vie

Ce charme a pris âme et corps
Et dispersé les efforts.

Ô saisons, ô châteaux !

L'heure de sa fuite, hélas !
Sera l'heure du trépas.

Ô saisons, ô châteaux !

Cela s'est passé. Je sais aujourd'hui saluer la beauté.

L'Impossible

Ah ! cette vie de mon enfance, la grande route par tous les temps, sobre surnaturellement, plus désintéressé que le meilleur des mendiants, fier de n'avoir ni pays, ni amis, quelle sottise c'était. – Et je m'en aperçois seulement !

– J'ai eu raison de mépriser ces bonshommes qui ne perdraient pas l'occasion d'une caresse, parasites de la propreté et de la santé de nos femmes, aujourd'hui qu'elles sont si peu d'accord avec nous.

J'ai eu raison dans tous mes dédains : puisque je m'évade !

Je m'évade !

Je m'explique.

Hier encore, je soupirais : « Ciel ! sommes-nous assez de damnés ici-bas[1] ! Moi j'ai tant de temps déjà dans leur troupe ! Je les connais tous. Nous nous reconnaissons toujours ; nous nous dégoûtons. La charité nous est inconnue. Mais nous sommes polis ; nos relations avec le monde sont très-convenables. » Est-ce étonnant ? Le monde ! les marchands, les naïfs ! – Nous ne sommes pas déshonorés. – Mais les élus, comment nous recevraient-ils ? Or il y a des gens hargneux et joyeux, de faux élus, puisqu'il nous faut de l'audace ou de l'humilité pour les aborder. Ce sont les seuls élus. Ce ne sont pas des bénisseurs !

M'étant retrouvé deux sous de raison – ça passe vite ! – je vois que mes malaises viennent de ne m'être pas figuré assez tôt que nous sommes à l'Occident. Les marais occidentaux ! Non que je croie la lumière altérée, la forme exténuée, le mouvement égaré... Bon ! voici que mon esprit veut absolument se charger de tous les développements cruels qu'a subis l'esprit depuis la fin de l'Orient... Il en veut, mon esprit !

---

1. *Sommes-nous assez de damnés ici-bas* : pour Rimbaud, il y a l'enfer de la théologie et celui, superposé, de la vie quotidienne.

... Mes deux sous de raison sont finis ! – L'esprit est autorité, il veut que je sois en Occident. Il faudrait le faire taire pour conclure comme je voulais.

J'envoyais au diable les palmes des martyrs, les rayons de l'art, l'orgueil des inventeurs, l'ardeur des pillards ; je retournais à l'Orient et à la sagesse première et éternelle. – Il paraît que c'est un rêve de paresse grossière !

Pourtant, je ne songeais guère au plaisir d'échapper aux souffrances modernes. Je n'avais pas en vue la sagesse bâtarde du Coran[1]. – Mais n'y a-t-il pas un supplice réel en ce que, depuis cette déclaration de la science, le christianisme, l'homme *se joue*, se prouve les évidences, se gonfle du plaisir de répéter ces preuves, et ne vit que comme cela ! Torture subtile, niaise ; source de mes divagations spirituelles. La nature pourrait s'ennuyer, peut-être ! M. Prudhomme[2] est né avec le Christ.

N'est-ce pas parce que nous cultivons la brume ! Nous mangeons la fièvre avec nos légumes aqueux. Et l'ivrognerie ! et le tabac ! et l'ignorance ! et les dévouements ! – Tout cela est-il assez loin de la pensée de la sagesse de l'Orient, la patrie primitive ? Pourquoi un monde moderne, si de pareils poisons s'inventent !

Les gens d'Église diront : C'est compris. Mais vous voulez parler de l'Éden. Rien pour vous dans l'histoire des peuples orientaux. – C'est vrai ; c'est à l'Éden que je songeais ! Qu'est-ce que c'est pour mon rêve, cette pureté des races antiques !

Les philosophes : Le monde n'a pas d'âge. L'humanité se déplace, simplement. Vous êtes en Occident, mais libre d'habiter dans votre Orient, quelque ancien qu'il vous le faille, – et d'y habiter bien. Ne soyez pas un vaincu. Philosophes, vous êtes de votre Occident.

---

1. *La sagesse bâtarde du Coran* : le Coran mêle des croyances issues des religions orientales et du christianisme. \ **2.** *M. Prudhomme* : personnage représentant la sottise et la satisfaction bourgeoises.

Mon esprit, prends garde. Pas de partis de salut violents. Exerce-toi ! – Ah ! la science ne va pas assez vite pour nous !

– Mais je m'aperçois que mon esprit dort.

S'il était bien éveillé toujours à partir de ce moment, nous serions bientôt à la vérité, qui peut-être nous entoure avec ses anges pleurant !… – S'il avait été éveillé jusqu'à ce moment-ci, c'est que je n'aurais pas cédé aux instincts délétères, à une époque immémoriale !… – S'il avait toujours été bien éveillé, je voguerais en pleine sagesse !…

Ô pureté ! pureté !

C'est cette minute d'éveil qui m'a donné la vision de la pureté ! – Par l'esprit on va à Dieu[1] !

Déchirante infortune !

L'Éclair

Le travail humain[2] ! c'est l'explosion qui éclaire mon abîme de temps en temps.

« Rien n'est vanité[3] ; à la science, et en avant ! » crie l'Ecclésiaste moderne, c'est-à-dire *Tout le monde*. Et pourtant les cadavres des méchants et des fainéants tombent sur le cœur des autres… Ah ! vite, vite un peu ; là-bas, par delà la nuit, ces récompenses futures, éternelles… les échappons-nous[4] ?…

---

1. *Par l'esprit on va à Dieu* : allusion probable au précepte évangélique qui dit « l'Esprit, l'Esprit saint, qu'enverra le Père en mon nom, lui vous enseignera tout et vous rappellera tout ce que moi je vous ai dit » (*Évangile selon saint Jean*, XIV, 26). \ **2.** *Le travail humain* : commandement biblique et moderne contre lequel Rimbaud se révolte. \ **3.** *Rien n'est vanité* : l'inverse du « Tout est vanité » proclamé par l'*Ecclésiaste* de *l'Ancien Testament*. La foi moderne affirme le contraire, de même qu'elle prône la science dont l'apologiste, sous l'aspect du serpent dans la *Genèse*, était Satan. \ **4.** *Les échappons-nous ?* : les laissons-nous échapper ?

– Qu'y puis-je ? Je connais le travail ; et la science est trop lente. Que la prière galope et que la lumière gronde… je le vois bien. C'est trop simple, et il fait trop chaud ; on se passera de moi. J'ai mon devoir, j'en serai fier à la façon de plusieurs, en le mettant de côté.

Ma vie est usée. Allons ! feignons, fainéantons[1], ô pitié ! Et nous existerons en nous amusant, en rêvant amours monstres et univers fantastiques, en nous plaignant et en querellant les apparences du monde, saltimbanque, mendiant, artiste, bandit, – prêtre ! Sur mon lit d'hôpital[2], l'odeur de l'encens m'est revenue si puissante ; gardien des aromates sacrés, confesseur, martyr…

Je reconnais là ma sale éducation d'enfance. Puis quoi !… Aller mes vingt ans[3], si les autres vont vingt ans…

Non ! non ! à présent je me révolte contre la mort ! Le travail paraît trop léger à mon orgueil : ma trahison au monde serait un supplice trop court. Au dernier moment, j'attaquerais à droite, à gauche…

Alors, – oh ! – chère pauvre âme, l'éternité serait-elle pas perdue pour nous[4] !

Matin

N'eus-je pas *une fois*[5] une jeunesse aimable, héroïque, fabuleuse, à écrire sur des feuilles d'or. – trop de chance ! Par

1. *Feignons, fainéantons* : jeu de mots sur feignant et fainéant. L'hypocrisie, la feinte soumission sont aussi constantes que la paresse. \ **2.** *Sur mon lit d'hôpital* : allusion possible à l'affaire de Bruxelles, le 10 juillet 1873, qui conduisit Rimbaud à l'hôpital Saint-Jean. \ **3.** *Aller mes vingt ans* : aller jusqu'au bout de mes vingt ans. \ **4.** *L'éternité serait-elle pas perdue pour nous* : la damnation – éternelle – serait le fruit de cette révolte. \ **5.** *Une fois* : reprise de la formule traditionnelle des débuts de contes « Il était une fois ».

quel crime, par quelle erreur, ai-je mérité ma faiblesse actuelle ? Vous qui prétendez que des bêtes poussent des sanglots de chagrin, que des malades désespèrent, que des morts rêvent mal, tâchez de raconter ma chute et mon sommeil. Moi, je ne puis pas plus m'expliquer que le mendiant avec ses continuels *Pater* et *Ave Maria. Je ne sais plus parler !*

Pourtant, aujourd'hui, je crois avoir fini la relation de mon enfer. C'était bien l'enfer ; l'ancien[1], celui dont le fils de l'homme ouvrit les portes.

Du même désert, à la même nuit, toujours mes yeux las se réveillent à l'étoile d'argent, toujours, sans que s'émeuvent les Rois de la vie, les trois mages, le cœur, l'âme, l'esprit[2]. Quand irons-nous, par delà les grèves et les monts, saluer la naissance du travail nouveau, la sagesse nouvelle, la fuite des tyrans et des démons, la fin de la superstition, adorer – les premiers ! – Noël sur la terre !

Le chant des cieux, la marche des peuples ! Esclaves, ne maudissons pas la vie.

Adieu

L'automne[3] déjà ! – Mais pourquoi regretter un éternel soleil, si nous sommes engagés à la découverte de la clarté divine, – loin des gens qui meurent sur les saisons.

L'automne. Notre barque[4] élevée dans les brumes immobiles

1. *L'ancien* : allusion au Christ qui est descendu aux enfers (« dans les régions inférieures de la terre », *Éphésiens*, IV, 9) avant d'être ressuscité. \ **2.** *Les Rois de la vie, les trois mages, le cœur, l'âme, l'esprit* : altération, de nouveau, d'un épisode évangélique, celui des rois mages venus adorer le Christ au lendemain de la Nativité. \ **3.** *L'automne* : saison plus fictive que réelle, après le printemps du début et l'été infernal. \ **4.** *Notre barque* : imagerie infernale avec la barque de Charon.

tourne vers le port de la misère, la cité énorme[1] au ciel taché de feu et de boue. Ah ! les haillons pourris, le pain trempé de pluie, l'ivresse, les mille amours qui m'ont crucifié ! Elle ne finira donc point cette goule[2] reine de millions d'âmes et de corps morts *et qui seront jugés* ! Je me revois la peau rongée par la boue et la peste, des vers plein les cheveux et les aisselles et encore de plus gros vers dans le cœur, étendu parmi les inconnus sans âge, sans sentiment… J'aurais pu y mourir… L'affreuse évocation ! J'exècre la misère.

Et je redoute l'hiver parce que c'est la saison du comfort[3] !

– Quelquefois je vois au ciel des plages sans fin couvertes de blanches nations en joie. Un grand vaisseau d'or[4], au-dessus de moi, agite ses pavillons multicolores sous les brises du matin. J'ai créé toutes les fêtes, tous les triomphes, tous les drames. J'ai essayé d'inventer de nouvelles fleurs, de nouveaux astres, de nouvelles chairs, de nouvelles langues. J'ai cru acquérir des pouvoirs surnaturels. Eh bien ! je dois enterrer mon imagination et mes souvenirs ! Une belle gloire d'artiste et de conteur emportée !

Moi ! moi qui me suis dit mage ou ange, dispensé de toute morale, je suis rendu au sol, avec un devoir à chercher, et la réalité rugueuse à étreindre ! Paysan !

Suis-je trompé ? la charité serait-elle sœur de la mort, pour moi ?

Enfin, je demanderai pardon pour m'être nourri de mensonge. Et allons.

Mais pas une main amie ! et où puiser le secours ?

---

1. *La cité énorme* : peut-être Londres, ou toute cité biblique promise à l'abîme infernal. \ **2.** *Cette goule* : vampire féminin symbolisant ici la mort. \ **3.** *Comfort* : orthographe anglaise courante à l'époque. \ **4.** *Vaisseau d'or* : vaisseau céleste qui s'oppose à la barque infernale.

Oui l'heure nouvelle est au moins très-sévère.

Car je puis dire que la victoire m'est acquise : les grincements de dents, les sifflements de feu, les soupirs empestés se modèrent. Tous les souvenirs immondes s'effacent. Mes derniers regrets détalent, – des jalousies pour les mendiants, les brigands, les amis de la mort, les arriérés de toutes sortes. – Damnés, si je me vengeais !

Il faut être absolument moderne.

Point de cantiques : tenir le pas gagné. Dure nuit ! le sang séché[1] fume sur ma face, et je n'ai rien derrière moi, que cet horrible arbrisseau[2] !… Le combat spirituel est aussi brutal que la bataille d'hommes ; mais la vision de la justice[3] est le plaisir de Dieu seul.

Cependant c'est la veille. Recevons tous les influx de vigueur et de tendresse réelle. Et à l'aurore, armés d'une ardente patience, nous entrerons aux splendides villes.

Que parlais-je de main amie ! Un bel avantage, c'est que je puis rire des vieilles amours mensongères, et frapper de honte ces couples menteurs, – j'ai vu l'enfer des femmes là-bas ; – et il me sera loisible de *posséder la vérité dans une âme et un corps*.

Avril-août, 1873.

---

1. *Le sang séché* : le sang répandu des coupes de la fureur de Dieu (*Apocalypse*, XVI, 3-4). \ **2.** *Cet horrible arbrisseau* : peut-être l'arbre du Bien et du Mal, ou l'arbre de la Passion, c'est-à-dire la croix. \ **3.** *La justice* : le Jugement dernier.

ILLUMINATIONS
(1886-1895)

Après le Déluge

Aussitôt que l'idée du Déluge[1] se fut rassise[2],

Un lièvre s'arrêta dans les sainfoins et les clochettes mouvantes et dit sa prière à l'arc-en-ciel[3] à travers la toile de l'araignée.

Oh ! les pierres précieuses qui se cachaient, – les fleurs qui regardaient déjà.

Dans la grande rue sale les étals se dressèrent, et l'on tira les barques vers la mer étagée là-haut comme sur les gravures.

Le sang coula, chez Barbe-Bleue, – aux abattoirs, dans les cirques[4], où le sceau de Dieu blêmit les fenêtres. Le sang et le lait coulèrent.

Les castors bâtirent. Les « mazagrans[5] » fumèrent dans les estaminets.

Dans la grande maison de vitres encore ruisselante les enfants en deuil regardèrent les merveilleuses images.

---

1. *L'idée du Déluge* : le projet de Déluge que Dieu a conçu et exposé devant Noé (*Genèse*, VI, 13). \ **2.** *Se fut rassise* : il s'agit d'une métonymie montrant Dieu dans sa colère qui s'est levé puis se rassied. Il est désigné par son projet de Déluge. \ **3.** *L'arc-en-ciel* : signe tangible de l'alliance de Dieu avec l'homme selon la Bible. \ **4.** *Cirques* : allusion aux cirques romains, où coulait le sang des bêtes et des hommes. \ **5.** *Mazagrans* : café froid servi dans un grand verre et additionné d'eau, du nom de la ville de Mazagran en Algérie.

Une porte claqua, et sur la place du hameau, l'enfant tourna ses bras, compris des girouettes et des coqs des clochers de partout, sous l'éclatante giboulée.

Madame***[1] établit un piano dans les Alpes. La messe et les premières communions se célébrèrent aux cent mille autels de la cathédrale.

Les caravanes partirent. Et le Splendide Hôtel fut bâti dans le chaos de glaces et de nuit du pôle.

Depuis lors, la Lune entendit les chacals piaulant par les déserts de thym, – et les églogues en sabots grognant dans le verger. Puis, dans la futaie violette, bourgeonnante, Eucharis[2] me dit que c'était le printemps.

– Sourds, étang, – Écume, roule sur le pont, et par-dessus les bois ; – draps noirs et orgues, – éclairs et tonnerre, – montez[3] et roulez ; – Eaux et tristesses, montez et relevez les Déluges.

Car depuis qu'ils se sont dissipés, – oh les pierres précieuses s'enfouissant, et les fleurs ouvertes ! – c'est un ennui ! et la Reine, la Sorcière[4] qui allume sa braise dans le pot de terre, ne voudra jamais nous raconter ce qu'elle sait, et que nous ignorons.

Enfance

I

Cette idole[5], yeux noirs et crin jaune, sans parents ni cour, plus noble que la fable, mexicaine et flamande ; son domaine,

---

1. *Madame* *** : la petite fille, devenue Madame***, transforme les montagnes en salon. \ **2.** *Eucharis* : nymphe de la suite de Calypso dans le *Télémaque* de Fénelon ; peut-être la Grâce, ou encore un genre poétique dépassé. \ **3.** *Montez* : le Déluge rimbaldien a la surprenante propriété d'être ascendant. \ **4.** *La Sorcière* : créature mythique qui détient le feu destructeur. \ **5.** *Cette idole* : l'enfance, la femme ou plutôt une réduction de la femme.

azur et verdure insolents, court sur des plages nommées, par des vagues sans vaisseaux, de noms férocement grecs, slaves, celtiques.

À la lisière de la forêt – les fleurs de rêve tintent, éclatent, éclairent, – la fille à lèvre d'orange, les genoux croisés dans le clair déluge qui sourd des prés, nudité qu'ombrent, traversent et habillent les arcs-en-ciel, la flore, la mer.

Dames qui tournoient sur les terrasses voisines de la mer; enfantes[1] et géantes, superbes noires dans la mousse vert-de-gris, bijoux debout sur le sol gras des bosquets et des jardinets dégelés, – jeunes mères et grandes sœurs aux regards pleins de pèlerinages, sultanes, princesses de démarche et de costume tyranniques, petites étrangères et personnes doucement malheureuses.

Quel ennui, l'heure du « cher corps » et « cher cœur[2] ».

II

C'est elle, la petite morte, derrière les rosiers. – La jeune maman trépassée descend le perron. – La calèche du cousin crie sur le sable. – Le petit frère – (il est aux Indes !) là, devant le couchant, sur le pré d'œillets. – Les vieux qu'on a enterrés tout droits dans le rempart aux giroflées.

L'essaim des feuilles d'or entoure la maison du général. Ils sont dans le midi. – On suit la route rouge pour arriver à l'auberge vide. Le château est à vendre; les persiennes sont détachées. – Le curé aura emporté la clef de l'église. – Autour du parc, les loges des gardes sont inhabitées. Les palissades

1. *Enfantes* : néologisme de Rimbaud. \ **2.** *L'heure du « cher corps » et « cher cœur »* : allusion probable au poème de Baudelaire intitulé « Le Balcon » : « Car à quoi bon chercher tes beautés langoureuses/Ailleurs qu'en ton cher corps et qu'en ton cœur si doux ? ».

sont si hautes qu'on ne voit que les cimes bruissantes. D'ailleurs il n'y a rien à voir là-dedans.

Les prés remontent aux hameaux sans coqs, sans enclumes. L'écluse est levée. Ô les calvaires et les moulins du désert, les îles et les meules !

Des fleurs magiques bourdonnaient. Les talus *le*[1] berçaient. Des bêtes d'une élégance fabuleuse circulaient. Les nuées s'amassaient sur la haute mer faite d'une éternité de chaudes larmes.

III

Au bois il y a un oiseau, son chant vous arrête et vous fait rougir.

Il y a une horloge qui ne sonne pas.

Il y a une fondrière avec un nid de bêtes blanches.

Il y a une cathédrale qui descend et un lac qui monte.

Il y a une petite voiture abandonnée dans le taillis, ou qui descend le sentier en courant, enrubannée.

Il y a une troupe de petits comédiens en costumes, aperçus sur la route à travers la lisière du bois.

Il y a enfin, quand l'on a faim et soif, quelqu'un qui vous chasse.

---

1. *Le* : on ne peut déterminer ce que représente ce pronom souligné sur le manuscrit.

IV

Je suis le saint, en prière sur la terrasse, – comme les bêtes pacifiques paissent jusqu'à la mer de Palestine.

Je suis le savant au fauteuil sombre. Les branches et la pluie se jettent à la croisée de la bibliothèque.

Je suis le piéton de la grand'route par les bois nains ; la rumeur des écluses couvre mes pas. Je vois longtemps la mélancolique lessive d'or du couchant.

Je serais bien l'enfant abandonné sur la jetée partie à la haute mer, le petit valet, suivant l'allée dont le front touche le ciel.

Les sentiers sont âpres. Les monticules se couvrent de genêts. L'air est immobile. Que les oiseaux et les sources sont loin ! Ce ne peut être que la fin du monde, en avançant.

V

Qu'on me loue enfin ce tombeau, blanchi à la chaux avec les lignes du ciment en relief – très loin sous terre.

Je m'accoude à la table, la lampe éclaire très vivement ces journaux que je suis idiot de relire, ces livres sans intérêt.

À une distance énorme au-dessus de mon salon souterrain, les maisons s'implantent, les brumes s'assemblent. La boue est rouge ou noire. Ville monstrueuse, nuit sans fin !

Moins haut, sont des égouts. Aux côtés, rien que l'épaisseur du globe. Peut-être les gouffres d'azur, des puits de feu. C'est peut-être sur ces plans que se rencontrent lunes et comètes, mers et fables.

Aux heures d'amertume je m'imagine des boules de saphir, de métal. Je suis maître du silence. Pourquoi une apparence de soupirail blêmirait-elle au coin de la voûte ?

Conte

Un Prince était vexé de ne s'être employé jamais qu'à la perfection des générosités vulgaires. Il prévoyait d'étonnantes révolutions de l'amour, et soupçonnait ses femmes [1] de pouvoir mieux que cette complaisance agrémentée de ciel et de luxe. Il voulait voir la vérité, l'heure du désir et de la satisfaction essentiels. Que ce fût ou non une aberration de piété, il voulut. Il possédait au moins un assez large pouvoir humain.

Toutes les femmes qui l'avaient connu furent assassinées. Quel saccage du jardin de la beauté ! Sous le sabre, elles le bénirent. Il n'en commanda point de nouvelles. – Les femmes réapparurent.

Il tua tous ceux qui le suivaient, après la chasse ou les libations [2]. – Tous le suivaient.

Il s'amusa à égorger les bêtes de luxe. Il fit flamber les palais. Il se ruait sur les gens et les taillait en pièces. – La foule, les toits d'or, les belles bêtes existaient encore.

Peut-on s'extasier dans la destruction, se rajeunir par la cruauté ! Le peuple ne murmura pas. Personne n'offrit le concours de ses vues.

1. *Ses femmes* : signes de polygamie (la scène se situe en Orient). \ 2. *Libations* : festins.

Un soir il galopait fièrement. Un Génie apparut, d'une beauté ineffable, inavouable même. De sa physionomie et de son maintien ressortait la promesse d'un amour multiple et complexe ! d'un bonheur indicible, insupportable même ! Le Prince et le Génie s'anéantirent probablement dans la santé essentielle. Comment n'auraient-ils pas pu en mourir ? Ensemble donc ils moururent.

Mais ce Prince décéda, dans son palais, à un âge ordinaire. Le prince était le Génie. Le Génie était le Prince.

La musique savante[1] manque à notre désir[2].

Parade

Des drôles[3] très solides. Plusieurs ont exploité vos mondes. Sans besoins, et peu pressés de mettre en œuvre leurs brillantes facultés et leur expérience de vos consciences. Quels hommes mûrs ! Des yeux hébétés à la façon de la nuit d'été, rouges et noirs, tricolores, d'acier piqué d'étoiles d'or ; des faciès déformés, plombés, blêmis, incendiés[4], des enrouements folâtres ! La démarche cruelle des oripeaux ! – Il y a quelques jeunes, – comment regarderaient-ils Chérubin[5] ? – pourvus de voix effrayantes et de quelques ressources dangereuses. On les envoie prendre du dos[6] en ville, affublés d'un *luxe* dégoûtant.

Ô le plus violent Paradis[7] de la grimace enragée ! Pas de comparaison avec vos Fakirs et les autres bouffonneries scéniques. Dans des costumes improvisés avec le goût du

1. *La musique savante* : la musique qui, comme le Prince, veut trouver la vérité, l'essence, selon Pierre Brunel. \ **2.** *Manque à notre désir* : déçoit notre désir, qui est aussi désir de l'Absolu. \ **3.** *Des drôles* : des personnages inquiétants et amusants à la fois. \ **4.** *Incendiés* : rubiconds, rouges. \ **5.** *Chérubin* : le personnage du *Mariage de Figaro* de Beaumarchais ; figure d'adolescent charmant, traditionnellement interprété en travesti. \ **6.** *Prendre du dos* : se pavaner. \ **7.** *Paradis* : jeu de mots avec « parade ».

mauvais rêve ils jouent des complaintes, des tragédies de malandrins et de demi-dieux spirituels comme l'histoire ou les religions ne l'ont jamais été. Chinois, Hottentots[1], bohémiens, niais, hyènes, Molochs[2], vieilles démences, démons sinistres, ils mêlent les tours populaires, maternels, avec les poses et les tendresses bestiales. Ils interpréteraient des pièces nouvelles et des chansons « bonnes filles ». Maîtres jongleurs, ils transforment le lieu et les personnes et usent de la comédie magnétique. Les yeux flambent, le sang chante, les os s'élargissent, les larmes et des filets rouges ruissellent. Leur raillerie ou leur terreur dure une minute, ou des mois entiers.

J'ai seul la clef de cette parade sauvage.

Antique

Gracieux fils de Pan[3] ! Autour de ton front couronné de fleurettes et de baies tes yeux, des boules précieuses, remuent. Tachées de lies brunes[4], tes joues se creusent. Tes crocs luisent. Ta poitrine ressemble à une cithare, des tintements circulent dans tes bras blonds. Ton cœur bat dans ce ventre où dort le double sexe[5]. Promène-toi, la nuit, en mouvant doucement cette cuisse, cette seconde cuisse et cette jambe de gauche.

1. *Hottentots* : peuple nomade de Namibie. \ **2.** *Molochs* : monstres auxquels sacrifiaient les idolâtres. \ **3.** *Fils de Pan* : le dieu Pan n'a pas de fils dans la mythologie ; peut-être une désignation du torcol, oiseau que l'on attachait sur une roue et qui servait à des opérations de magie amoureuse. \ **4.** *Lies brunes* : la lie, dépôt qui se forme au fond des récipients contenant des boissons fermentées, est un symbole dionysiaque. \ **5.** *Le double sexe* : motif de l'hermaphrodite.

Being Beauteous

Devant une neige[1] un Être de Beauté de haute taille. Des sifflements de mort et des cercles de musique sourde font monter, s'élargir et trembler comme un spectre ce corps adoré ; des blessures écarlates et noires éclatent dans les chairs superbes. Les couleurs propres de la vie se foncent, dansent, et se dégagent autour de la Vision, sur le chantier. Et les frissons s'élèvent et grondent, et la saveur forcenée de ces effets se chargeant avec[2] les sifflements mortels et les rauques musiques que le monde, loin derrière nous, lance sur notre mère de beauté, – elle recule, elle se dresse. Oh ! nos os sont revêtus d'un nouveau corps amoureux.

***

Ô la face cendrée[3], l'écusson de crin, les bras de cristal ! Le canon[4] sur lequel je dois m'abattre à travers la mêlée des arbres et de l'air léger !

Vies

I

Ô les énormes avenues du pays saint, les terrasses du temple ! Qu'a-t-on fait du brahmane qui m'expliqua les Proverbes[5] ? D'alors, de là-bas, je vois encore même les vieilles[6] ! Je me

1. *Une neige* : monde polaire recouvert de neige, où la vie de ce monde-ci a été abolie. \ **2.** *Se chargeant avec* : venant se surimposer à. \ **3.** *Cendrée* : qui redevient poussière. \ **4.** *Le canon* : évocation de la peur de la guerre et de la mort. \ **5.** *Les Proverbes* : textes sacrés recueillis dans les Védas qui forment l'ensemble des connaissances et des formules cultuelles de l'Inde. \ **6.** *Je vois encore même les vieilles* : parce que les images sont restées vives.

souviens des heures d'argent et de soleil vers les fleuves, la main de la campagne sur mon épaule, et de nos caresses debout dans les plaines poivrées. – Un envol de pigeons écarlates tonne autour de ma pensée. – Exilé ici j'ai eu une scène où jouer les chefs-d'œuvre dramatiques de toutes les littératures. Je vous indiquerais les richesses inouïes. J'observe l'histoire des trésors que vous trouvâtes. Je vois la suite! Ma sagesse est aussi dédaignée que le chaos. Qu'est mon néant, auprès de la stupeur qui vous attend?

II

Je suis un inventeur bien autrement méritant que tous ceux qui m'ont précédé; un musicien même, qui ai trouvé quelque chose comme la clef[1] de l'amour. À présent, gentilhomme d'une campagne aigre au ciel sobre, j'essaye de m'émouvoir au souvenir de l'enfance mendiante, de l'apprentissage ou de l'arrivée en sabots, des polémiques, des cinq ou six veuvages[2], et quelques noces où ma forte tête m'empêcha de monter au diapason des camarades. Je ne regrette pas ma vieille part de gaîté divine: l'air sobre de cette aigre campagne alimente fort activement mon atroce scepticisme. Mais comme ce scepticisme ne peut désormais être mis en œuvre, et que d'ailleurs je suis dévoué à un trouble nouveau, – j'attends de devenir un très méchant fou.

III

Dans un grenier où je fus enfermé à douze ans j'ai connu le monde, j'ai illustré la comédie humaine. Dans un cellier j'ai

1. *La clef*: le terme désigne à la fois l'objet qui permet d'entrer dans un lieu et le signe placé au début d'une portée, qui indique le ton dans lequel s'exécute un morceau de musique. \ **2.** *Veuvages*: abandons.

appris l'histoire. À quelque fête de nuit dans une cité du Nord j'ai rencontré toutes les femmes des anciens peintres. Dans un vieux passage à Paris on m'a enseigné les sciences classiques. Dans une magnifique demeure cernée par l'Orient entier j'ai accompli mon immense œuvre et passé mon illustre retraite. J'ai brassé mon sang. Mon devoir m'est remis. Il ne faut même plus songer à cela. Je suis réellement d'outre-tombe, et pas de commissions[1].

Départ

Assez vu. La vision s'est rencontrée à tous les airs.
Assez eu. Rumeurs des villes, le soir, et au soleil, et toujours.
Assez connu. Les arrêts de la vie. – Ô Rumeurs et Visions !
Départ dans l'affection et le bruit neufs !

Royauté

Un beau matin, chez un peuple fort doux, un homme et une femme superbes[2] criaient sur la place publique. « Mes amis, je veux qu'elle soit reine ! » « Je veux être reine ! » Elle riait et tremblait. Il parlait aux amis de révélation, d'épreuve terminée. Ils se pâmaient l'un contre l'autre.

En effet ils furent rois toute une matinée où les tentures carminées[3] se relevèrent sur les maisons, et toute l'après-midi, où ils s'avancèrent du côté des jardins de palmes.

1. *Commissions* : récompenses pour une mission accomplie, mais ce devoir est remis : le poète en est déchargé. \ **2.** *Superbes* : le mot s'oppose à « doux ». \ **3.** *Carminées* : peut-être couleur de la pourpre royale.

À une raison

Un coup de ton doigt sur le tambour décharge tous les sons [1] et commence la nouvelle harmonie.

Un pas de toi, c'est la levée des nouveaux hommes et leur en-marche.

Ta tête se détourne : le nouvel amour ! Ta tête se retourne, – le nouvel amour !

« Change nos lots [2], crible les fléaux, à commencer par le temps », te chantent ces enfants. « Élève n'importe où la substance de nos fortunes et de nos vœux » on t'en prie.

Arrivée de toujours, qui t'en iras partout.

Matinée d'ivresse

Ô *mon* Bien ! Ô *mon* Beau ! Fanfare atroce où je ne trébuche point ! Chevalet [3] féerique ! Hourra pour l'œuvre inouïe et pour le corps merveilleux, pour la première fois ! Cela commença sous les rires des enfants, cela finira par eux. Ce poison va rester dans toutes nos veines même quand, la fanfare tournant, nous serons rendu à l'ancienne inharmonie. Ô maintenant nous si digne de ces tortures ! rassemblons fervemment cette promesse surhumaine faite à notre corps et à notre âme créés : cette promesse, cette démence ! L'élégance, la science, la violence !

1. *Décharge tous les sons* : épuise tous les sons connus. \ **2.** *Nos lots* : lot attribué à chacun par le destin. \ **3.** *Chevalet* : instrument de torture ; ici support de la toile où va prendre forme un monde imaginaire.

On nous a promis d'enterrer dans l'ombre l'arbre du bien et du mal, de déporter les honnêtetés tyranniques [1], afin que nous amenions notre très pur amour. Cela commença par quelques dégoûts et cela finit, – ne pouvant nous saisir sur-le-champ de cette éternité, – cela finit par une débandade de parfums.

Rire des enfants, discrétion des esclaves, austérité des vierges, horreur des figures et des objets d'ici, sacrés soyez-vous par le souvenir de cette veille. Cela commençait par toute la rustrerie, voici que cela finit par des anges de flamme et de glace.

Petite veille d'ivresse, sainte ! quand ce ne serait que pour le masque dont tu nous as gratifié. Nous t'affirmons, méthode ! Nous n'oublions pas que tu as glorifié hier chacun de nos âges. Nous avons foi au poison. Nous savons donner notre vie tout entière tous les jours [2].

Voici le temps des *Assassins* [3].

Phrases

Quand le monde sera réduit en un seul bois noir pour nos quatre yeux étonnés, – en une plage pour deux enfants fidèles, – en une maison musicale pour notre claire sympathie, – je vous trouverai.

Qu'il n'y ait ici-bas qu'un vieillard seul, calme et beau, entouré d'un « luxe inouï [4] », – et je suis à vos genoux.

1. *Déporter les honnêtetés tyranniques* : au lieu de déporter les criminels, on déportera les tyranniques garants de la morale. \ **2.** *Nous savons donner notre vie tout entière tous les jours* : référence à Matthieu qui proclame « Qui aura trouvé sa vie la perdra, et qui aura perdu sa vie à cause de moi la trouvera » (X, 39). \ **3.** *Voici le temps des Assassins* : reprise de l'idée de violence ; le mot « Assassins » peut faire allusion à la secte des Haschischins dont les membres commettaient aveuglément des crimes, dont ils étaient récompensés par du haschisch. \ **4.** *Luxe inouï* : allusion probable au « luxe insolent » évoqué dans « Ariettes oubliées VI » de Verlaine.

Que j'aie réalisé tous vos souvenirs, – que je sois celle qui sais vous garrotter, – je vous étoufferai.

Quand nous sommes très forts, – qui recule ? très gais, – qui tombe de ridicule ? Quand nous sommes très méchants, – que ferait-on de nous ?

Parez-vous, dansez, riez, – je ne pourrai jamais envoyer l'Amour par la fenêtre.

– Ma camarade, mendiante, enfant monstre ! comme ça t'est égal, ces malheureuses et ces manœuvres, et mes embarras. Attache-toi à nous avec ta voix impossible[1], ta voix ! unique flatteur de ce vil désespoir.

[Phrases II]

Une matinée couverte, en Juillet. Un goût de cendres vole dans l'air ; – une odeur de bois suant dans l'âtre, – les fleurs rouies[2] – le saccage des promenades – la bruine des canaux par les champs – pourquoi pas déjà les joujoux et l'encens ?

***

J'ai tendu des cordes de clocher à clocher ; des guirlandes de fenêtre à fenêtre ; des chaînes d'or d'étoile à étoile, et je danse.

***

1. *Ta voix impossible* : la voix double de l'hermaphrodite, voix d'une créature imaginaire qui n'existe qu'à la faveur des mots, des « phrases ». \ 2. *Rouies* : pourrissant dans l'eau.

Le haut étang fume continuellement. Quelle sorcière va se dresser sur le couchant blanc ? Quelles violettes frondaisons vont descendre ?

***

Pendant que les fonds publics s'écoulent en fêtes de fraternité[1], il donne une cloche de feu rose dans les nuages.

***

Avivant un agréable goût d'encre de Chine une poudre noire pleut doucement sur ma veillée, – je baisse les feux du lustre, je me jette sur le lit, et tourné du côté de l'ombre je vous vois, mes filles ! mes reines !

***

Ouvriers

Ô cette chaude matinée de février. Le Sud[2] inopportun vint relever[3] nos souvenirs d'indigents absurdes, notre jeune misère.

Henrika[4] avait une jupe de coton à carreau blanc et brun, qui a dû être portée au siècle dernier, un bonnet à rubans, et un foulard de soie. C'était bien plus triste qu'un deuil. Nous faisions un tour dans la banlieue. Le temps était couvert, et ce

1. *Fêtes de fraternité* : fêtes absurdes et coûteuses auxquelles Rimbaud oppose cette fête perpétuelle que le poète crée dans la nature, fête musicale mais fugitive. \ **2.** *Le Sud* : le vent du Sud. \ **3.** *Relever* : ranimer. \ **4.** *Henrika* : personnage fictif.

vent du Sud excitait toutes les vilaines odeurs des jardins ravagés et des prés desséchés.

Cela ne devait pas fatiguer ma femme au même point que moi. Dans une flache laissée par l'inondation du mois précédent à un sentier assez haut elle me fit remarquer de très petits poissons.

La ville, avec sa fumée et ses bruits de métiers[1], nous suivait très loin dans les chemins. Ô l'autre monde, l'habitation bénie par le ciel et les ombrages ! Le Sud me rappelait les misérables incidents de mon enfance, mes désespoirs d'été, l'horrible quantité de force et de science que le sort a toujours éloignée de moi. Non ! nous ne passerons pas l'été dans cet avare pays où nous ne serons jamais que des orphelins fiancés. Je veux que ce bras durci ne traîne plus *une chère image*.

Les Ponts

Des ciels[2] gris de cristal. Un bizarre dessin de ponts, ceux-ci droits, ceux-là bombés, d'autres descendant ou obliquant en angles sur les premiers, et ces figures se renouvelant dans les autres circuits éclairés du canal, mais tous tellement longs et légers que les rives chargées de dômes s'abaissent et s'amoindrissent. Quelques-uns de ces ponts sont encore chargés de masures. D'autres soutiennent des mâts[3], des signaux, de frêles parapets. Des accords mineurs[4] se croisent, et filent, des cordes[5] montent des berges. On distingue une veste rouge,

1. *Métiers* : métiers à tisser. \ **2.** *Ciels* : au pluriel, terme du vocabulaire pictural, mais aussi théâtral (désigne les bandes d'étoffe tendues en haut du décor pour figurer le ciel et cacher les cintres). \ **3.** *Des mâts* : les mâts des bateaux, vus au-dessus des ponts. \ **4.** *Des accords mineurs* : accords de couleurs en peinture et de sons en musique. \ **5.** *Cordes* : jeu sur cordages et sur cordes d'instruments de musique.

peut-être d'autres costumes et des instruments de musique. Sont-ce des airs populaires, des bouts de concerts seigneuriaux, des restants d'hymnes publics ? L'eau est grise et bleue, large comme un bras de mer. – Un rayon blanc, tombant du haut du ciel, anéantit cette comédie.

Ville

Je suis un éphémère et point trop mécontent citoyen d'une métropole crue moderne parce que tout goût connu a été éludé dans les ameublements et l'extérieur des maisons aussi bien que dans le plan de la ville. Ici vous ne signaleriez les traces d'aucun monument de superstition. La morale et la langue sont réduites à leur plus simple expression, enfin ! Ces millions de gens qui n'ont pas besoin de se connaître amènent[1] si pareillement l'éducation, le métier et la vieillesse, que ce cours de vie doit être plusieurs fois moins long que ce qu'une statistique folle trouve pour les peuples du continent. Aussi comme[2], de ma fenêtre, je vois des spectres nouveaux roulant à travers l'épaisse et éternelle fumée de charbon, – notre ombre des bois, notre nuit d'été ! – des Érinnyes[3] nouvelles, devant mon cottage qui est ma patrie et tout mon cœur puisque tout ici ressemble à ceci, – la Mort sans pleurs, notre active fille et servante, un Amour désespéré, et un joli Crime piaulant dans la boue de la rue.

1. *Amènent* : poussent devant eux. \ **2.** *Comme* : à quel point. \ **3.** *Érinnyes* : déesses de la vengeance dans la Grèce antique, qui prennent des formes nouvelles, celles de la Mort insensible, de l'Amour trahi et d'un beau Crime.

Ornières

À droite l'aube d'été éveille les feuilles et les vapeurs et les bruits de ce coin du parc, et les talus de gauche[1] tiennent dans leur ombre violette les mille rapides ornières de la route humide. Défilé de féeries. En effet : des chars chargés d'animaux de bois doré, de mâts et de toiles bariolées, au grand galop de vingt chevaux de cirque tachetés, et les enfants et les hommes sur leurs bêtes les plus étonnantes ; – vingt véhicules, bossés[2], pavoisés et fleuris comme des carrosses anciens ou de contes, pleins d'enfants attifés pour une pastorale suburbaine. – Même des cercueils[3] sous leur dais de nuit dressant les panaches d'ébène, filant au trot des grandes juments bleues et noires.

Villes

I

L'acropole officielle outre les conceptions de la barbarie moderne les plus colossales. Impossible d'exprimer le jour mat produit par le ciel immuablement gris, l'éclat impérial des bâtisses, et la neige éternelle du sol. On a reproduit dans un goût d'énormité singulier toutes les merveilles classiques de l'architecture. J'assiste à des expositions de peinture dans des locaux vingt fois plus vastes qu'Hampton-Court[4]. Quelle peinture ! Un Nabuchodonosor norwégien[5] a fait construire

1. *Gauche* : zone d'ombre, sinistre. \ **2.** *Bossés* : travaillés en relief. \ **3.** *Cercueils* : carrosses transformés en corbillards. \ **4.** *Hampton-Court* : résidence royale à proximité de Londres. \ **5.** *Nabuchodonosor norwégien* : roi constructeur de Babylone ici transformé en souverain septentrional (orthographe rimbaldienne de norvégien).

les escaliers des ministères; les subalternes que j'ai pu voir sont déjà plus fiers que des Brahmas [1], et j'ai tremblé à l'aspect des gardiens de colosses et officiers de constructions. Par le groupement des bâtiments en squares, cours et terrasses fermées, on a évincé les cochers. Les parcs représentent la nature primitive travaillée par un art superbe. Le haut quartier a des parties inexplicables : un bras de mer, sans bateaux, roule sa nappe de grésil bleu entre des quais chargés de candélabres géants. Un pont court conduit à une poterne immédiatement sous le dôme de la Sainte-Chapelle. Ce dôme est une armature d'acier artistique de quinze mille pieds de diamètre environ.

Sur quelques points des passerelles de cuivre, des plates-formes, des escaliers qui contournent les halles et les piliers, j'ai cru pouvoir juger la profondeur de la ville ! C'est le prodige dont je n'ai pu me rendre compte : quels sont les niveaux des autres quartiers sur ou sous l'acropole ? Pour l'étranger de notre temps la reconnaissance est impossible. Le quartier commerçant est un circus [2] d'un seul style, avec galeries à arcades. On ne voit pas de boutiques. Mais la neige de la chaussée est écrasée; quelques nababs [3] aussi rares que les promeneurs d'un matin de dimanche à Londres, se dirigent vers une diligence de diamants. Quelques divans de velours rouge : on sert des boissons polaires dont le prix varie de huit cents à huit mille roupies. À l'idée de chercher des théâtres sur ce circus, je me réponds que les boutiques doivent contenir des drames assez sombres. Je pense qu'il y a une police. Mais la loi doit être tellement étrange, que je renonce à me faire une idée des aventuriers d'ici.

1. *Brahmas* : représentations colossales du dieu Brahma ou bien Brahmas employés pour Brahmanes, membres de la caste sacerdotale en Inde. \ **2.** *Circus* : rond-point en anglais. \ **3.** *Nababs* : riches. Titre des princes de l'Inde musulmane; se dit familièrement des Anglais qui ont rempli de grands emplois ou fait le commerce dans l'Inde, et qui sont revenus avec des revenus considérables.

Le faubourg, aussi élégant qu'une belle rue de Paris, est favorisé d'un air de lumière. L'élément démocratique compte quelques cents âmes. Là encore les maisons ne se suivent pas ; le faubourg se perd bizarrement dans la campagne, le « Comté[1] » qui remplit l'occident éternel des forêts et des plantations prodigieuses où les gentilshommes sauvages chassent leurs chroniques sous la lumière qu'on a créée.

II

Ce sont des villes ! C'est un peuple pour qui se sont montés ces Alleghanys et ces Libans de rêve ! Des chalets de cristal et de bois qui se meuvent sur des rails et des poulies invisibles. Les vieux cratères ceints de colosses et de palmiers de cuivre rugissent mélodieusement dans les feux. Des fêtes amoureuses sonnent sur les canaux pendus derrière les chalets. La chasse des carillons crie dans les gorges. Des corporations de chanteurs géants accourent dans des vêtements et des oriflammes éclatants comme la lumière des cimes. Sur les plates-formes au milieu des gouffres les Rolands sonnent leur bravoure[2]. Sur les passerelles de l'abîme et les toits des auberges l'ardeur du ciel pavoise les mâts. L'écroulement des apothéoses rejoint les champs des hauteurs où les centauresses séraphiques évoluent parmi les avalanches. Au-dessus du niveau des plus hautes crêtes une mer troublée par la naissance éternelle de Vénus, chargée de flottes orphéoniques[3] et de la rumeur des perles et des conques précieuses, – la mer s'assombrit parfois avec des éclats mortels. Sur les versants des moissons de fleurs grandes comme nos armes et nos coupes, mugissent. Des cortèges de

1. *Comté*: de l'anglais *County*, à la fois division territoriale et désignation de l'aristocratie terrienne. \ **2.** *Les Rolands sonnent leur bravoure*: allusion à Roland sonnant du cor à Roncevaux. \ **3.** *Flottes orphéoniques* : rappel du navire Argo où s'était embarqué Orphée.

Mabs[1] en robes rousses, opalines[2], montent des ravines. Là-haut, les pieds dans la cascade et les ronces, les cerfs tettent[3] Diane. Les Bacchantes des banlieues sanglotent et la lune brûle et hurle. Vénus entre dans les cavernes des forgerons[4] et des ermites. Des groupes de beffrois chantent les idées des peuples. Des châteaux bâtis en os sort la musique inconnue. Toutes les légendes évoluent et les élans[5] se ruent dans les bourgs. Le paradis des orages s'effondre. Les sauvages dansent sans cesse la fête de la nuit. Et une heure je suis descendu dans le mouvement d'un boulevard de Bagdad où des compagnies[6] ont chanté la joie du travail nouveau, sous une brise épaisse, circulant sans pouvoir éluder les fabuleux fantômes des monts où l'on a dû se retrouver.

Quels bons bras, quelle belle heure me rendront cette région d'où viennent mes sommeils et mes moindres mouvements ?

Vagabonds

Pitoyable frère ! Que d'atroces veillées je lui dus ! « Je ne me saisissais pas fervemment de cette entreprise. Je m'étais joué de son infirmité[7]. Par ma faute nous retournerions en exil, en esclavage. » Il me supposait un guignon[8] et une innocence très bizarres, et il ajoutait des raisons inquiétantes.

1. *Mabs* : dans *Roméo et Juliette*, Mercutio évoque la reine Mab comme souveraine des songes et fantasmagories. \ **2.** *Opalines* : couleur de l'aube chez Rimbaud. \ **3.** *Tettent* : Littré précise que ce verbe peut s'écrire avec ou sans accent aigu (*téter* ou *teter*) ; dans le second cas, le *t* redouble devant *e* muet (*il tète* ou *il tette*). \ **4.** *Vénus entre dans les cavernes des forgerons* : Vénus était l'épouse de Vulcain, le dieu de la forge. \ **5.** *Élans* : cerfs. Mais le verbe *se ruer* crée une confusion avec les bondissements. \ **6.** *Compagnies* : confréries, corporations. \ **7.** *Infirmité* : faiblesse, manque de volonté. \ **8.** *Guignon* : malchance ; ici, mauvais œil.

Je répondais en ricanant à ce satanique docteur[1], et finissais par gagner la fenêtre. Je créais, par delà la campagne traversée par des bandes de musique rare, les fantômes du futur luxe nocturne.

Après cette distraction vaguement hygiénique je m'étendais sur une paillasse. Et, presque chaque nuit, aussitôt endormi, le pauvre frère se levait, la bouche pourrie, les yeux arrachés, – tel qu'il se rêvait ! – et me tirait dans la salle en hurlant son songe de chagrin idiot.

J'avais en effet, en toute sincérité d'esprit, pris l'engagement de le rendre à son état primitif de fils du soleil, – et nous errions, nourris du vin des cavernes et du biscuit de la route, moi pressé de trouver le lieu et la formule.

Veillées

I

C'est le repos éclairé, ni fièvre ni langueur, sur le lit ou sur le pré.

C'est l'ami ni ardent ni faible. L'ami.

C'est l'aimée ni tourmentante ni tourmentée. L'aimée.

L'air et le monde point cherchés. La vie.

– Était-ce donc ceci ?

– Et le rêve fraîchit[2].

1. *Ce satanique docteur* : Verlaine s'est reconnu dans cette expression. \ **2.** *Fraîchit* : devient plus fort, à propos d'un vent.

II

L'éclairage revient à l'arbre de bâtisse[1]. Des deux extrémités de la salle, décors quelconques, des élévations harmoniques se joignent. La muraille en face du veilleur est une succession psychologique de coupes de frises, de bandes atmosphériques et d'accidences[2] géologiques. – Rêve intense et rapide de groupes sentimentaux avec des êtres de tous les caractères parmi toutes les apparences.

III

Les lampes et les tapis de la veillée font le bruit des vagues, la nuit, le long de la coque et autour du steerage[3].

La mer de la veillée, telle que les seins d'Amélie[4].

Les tapisseries, jusqu'à mi-hauteur, des taillis de dentelle, teinte d'émeraude, où se jettent les tourterelles de la veillée.

. . . .

La plaque du foyer noir, de réels soleils des grèves : ah ! puits des magies ; seule vue d'aurore, cette fois.

1. *Arbre de bâtisse* : point d'équilibre horizontal ou vertical d'une construction (axe, pilier, poutre). \ **2.** *Accidences* : terme philosophique qui met l'accent sur la mouvance des visions. \ **3.** *Steerage* : entrepont arrière d'un navire. \ **4.** *Amélie* : l'aimée du premier poème ou la sans-souci, conformément à son étymologie grecque.

Mystique

Sur la pente du talus les anges tournent [1] leurs robes de laine dans les herbages d'acier et d'émeraude.

Des prés de flammes [2] bondissent jusqu'au sommet du mamelon. À gauche le terreau de l'arête est piétiné par tous les homicides et toutes les batailles, et tous les bruits désastreux filent leur courbe. Derrière l'arête de droite la ligne des orients, des progrès.

Et tandis que la bande en haut du tableau est formée de la rumeur tournante et bondissante des conques des mers et des nuits humaines,

La douceur fleurie des étoiles et du ciel et du reste descend en face du talus, comme un panier, contre notre face, et fait l'abîme fleurant et bleu là-dessous.

Aube

J'ai embrassé [3] l'aube d'été.

Rien ne bougeait encore au front [4] des palais. L'eau était morte. Les camps d'ombres ne quittaient pas la route du bois. J'ai marché, réveillant les haleines vives et tièdes, et les pierreries regardèrent, et les ailes se levèrent sans bruit.

La première entreprise fut, dans le sentier déjà empli de frais et blêmes éclats, une fleur qui me dit son nom.

---

1. *Les anges tournent* : dans l'Apocalypse, ils tournent autour du trône de Dieu. \ **2.** *Des prés de flammes* : les flammes de l'étang de feu, de l'enfer. \ **3.** *Embrassé* : étreint, entouré de mes bras. \ **4.** *Front* : fronton, mais l'autre sens n'est pas exclu.

Je ris au wasserfall[1] blond qui s'échevela à travers les sapins : à la cime argentée je reconnus la déesse.

Alors je levai un à un les voiles. Dans l'allée, en agitant les bras. Par la plaine, où je l'ai dénoncée au coq. À la grand'ville elle fuyait parmi les clochers et les dômes, et courant comme un mendiant sur les quais de marbre, je la chassais.

En haut de la route, près d'un bois de lauriers, je l'ai entourée avec ses voiles amassés, et j'ai senti un peu son immense corps. L'aube et l'enfant tombèrent au bas du bois.

Au réveil il était midi.

Fleurs

D'un gradin[2] d'or, – parmi les cordons de soie, les gazes grises, les velours verts et les disques de cristal qui noircissent comme du bronze au soleil, – je vois la digitale s'ouvrir sur un tapis de filigranes d'argent, d'yeux et de chevelures.

Des pièces d'or jaune semées sur l'agate, des piliers d'acajou supportant un dôme d'émeraudes, des bouquets de satin blanc et de fines verges de rubis[3] entourent la rose d'eau.

Tels qu'un dieu aux énormes yeux bleus et aux formes de neige, la mer et le ciel attirent aux terrasses de marbre la foule des jeunes et fortes roses.

1. *Wasserfall* : chute d'eau, en allemand. \ **2.** *Gradin* : connotation théâtrale. \ **3.** *Verges de rubis* : en botanique, la verge d'or est une plante à long épi de fleurs jaunes.

Nocturne vulgaire

Un souffle ouvre des brèches opéradiques [1] dans les cloisons, – brouille le pivotement [2] des toits rongés, – disperse les limites des foyers, – éclipse les croisées. – Le long de la vigne, m'étant appuyé du pied à une gargouille, – je suis descendu dans ce carrosse dont l'époque est assez indiquée par les glaces convexes, les panneaux bombés et les sophas contournés. Corbillard de mon sommeil, isolé, maison de berger de ma niaiserie[3], le véhicule vire sur le gazon de la grande route effacée : et dans un défaut en haut de la glace de droite tournoient les blêmes figures lunaires, feuilles, seins ; – Un vert et un bleu très foncés envahissent l'image. Dételage aux environs d'une tache de gravier.

– Ici va-t-on siffler pour [4] l'orage, et les Sodomes – et les Solymes [5], – et les bêtes féroces et les armées,

– (Postillon et bêtes de songe reprendront-ils sous les plus suffocantes futaies, pour m'enfoncer jusqu'aux yeux dans la source de soie)

– Et nous envoyer, fouettés à travers les eaux clapotantes et les boissons répandues, – rouler sur l'aboi des dogues…

– Un souffle disperse les limites du foyer.

Marine

Les chars d'argent et de cuivre –
Les proues d'acier et d'argent –

1. *Opéradiques* : d'opéra. \ **2.** *Pivotement* : nom qui vient du verbe « pivoter » signifiant enfoncer en terre sa racine principale. \ **3.** *Maison de berger de ma niaiserie* : allusion dépréciative à la « maison de berger » dont Vigny faisait le cadre idéal de son évasion avec Eva. \ **4.** *Pour* : pour appeler. \ **5.** *Les Sodomes – et les Solymes* : deux villes qui ont éprouvé la colère de Dieu.

Battent l'écume, –
Soulèvent les souches des ronces –
    Les courants de la lande,
Et les ornières immenses du reflux
Filent circulairement vers l'est,
Vers les piliers de la forêt, –
Vers les fûts de la jetée,
Dont l'angle est heurté par des
tourbillons de lumière.

Fête d'hiver

La cascade sonne derrière les huttes d'opéra-comique. Des girandoles[1] prolongent, dans les vergers et les allées voisins du Méandre[2], – les verts et les rouges du couchant. Nymphes d'Horace coiffées au Premier Empire, – Rondes Sibériennes, Chinoises de Boucher[3].

Angoisse

Se peut-il qu'Elle[4] me fasse pardonner les ambitions continuellement écrasées, – qu'une fin aisée répare les âges d'indigence, – qu'un jour de succès nous endorme sur la honte de notre inhabileté fatale ?

1. *Girandoles* : gerbes tournantes d'un feu d'artifice ou faisceaux de jets d'eau. \ **2.** *Méandre* : fleuve d'Asie Mineure au cours particulièrement sinueux. \ **3.** *Boucher* (1703-1770) : peintre français qui a dessiné des cartons de tapisserie représentant des chinoiseries. \ **4.** *Elle* : on ne sait pas de qui il s'agit.

(Ô palmes ! diamant ! – Amour, force ! – plus haut que toutes joies et gloires ! – de toutes façons, partout, – Démon, dieu, – Jeunesse de cet être-ci ; moi !)

Que des accidents de féerie scientifique et des mouvements de fraternité sociale soient chéris comme restitution progressive de la franchise[1] première ?...

Mais la Vampire qui nous rend gentils commande que nous nous amusions avec ce qu'elle nous laisse, ou qu'autrement nous soyons plus drôles[2].

Rouler aux blessures, par l'air lassant et la mer ; aux supplices, par le silence des eaux et de l'air meurtriers ; aux tortures qui rient, dans leur silence atrocement houleux.

Métropolitain

Du détroit d'indigo[3] aux mers d'Ossian[4], sur le sable rose et orange qu'a lavé le ciel vineux viennent de monter et de se croiser des boulevards de cristal habités incontinent par de jeunes familles pauvres qui s'alimentent chez les fruitiers. Rien de riche. – La ville !

Du désert de bitume fuient droit en déroute avec les nappes de brumes échelonnées en bandes affreuses au ciel qui se recourbe, se recule et descend, formé de la plus sinistre fumée noire que puisse faire l'Océan en deuil, les casques, les roues, les barques, les croupes. – La bataille !

Lève la tête : le pont de bois, arqué ; les derniers potagers de Samarie[5] ; les masques enluminés sous la lanterne fouettée par

1. *Franchise* : liberté. \ **2.** *Drôles* : renvoi à l'attitude de la « parade ». \ **3.** *Indigo* : bleu très foncé tirant sur le violet. \ **4.** *Ossian* : poète écossais du IIIe siècle remis à l'honneur par les romantiques. \ **5.** *Samarie* : allusion à la rencontre du Christ avec une femme aux abords de Samarie.

la nuit froide; l'ondine niaise à la robe bruyante, au bas de la rivière; les crânes lumineux dans les plans de pois – et les autres fantasmagories – la campagne.

Des routes bordées de grilles et de murs, contenant à peine leurs bosquets, et les atroces fleurs qu'on appellerait cœurs et sœurs, Damas[1] damnant de longueur, – possessions de féeriques aristocraties ultra-Rhénanes, Japonaises, Guaranies[2], propres encore à recevoir la musique des anciens – et il y a des auberges qui pour toujours n'ouvrent déjà plus – il y a des princesses, et si tu n'es pas trop accablé, l'étude des astres – le ciel.

Le matin où avec Elle, vous vous débattîtes parmi les éclats de neige, les lèvres vertes, les glaces, les drapeaux noirs et les rayons bleus, et les parfums pourpres du soleil des pôles, – ta force.

Barbare

Bien après les jours et les saisons, et les êtres et les pays,

Le pavillon[3] en viande saignante sur la soie des mers et des fleurs arctiques; (elles n'existent pas.)

Remis des vieilles fanfares d'héroïsme – qui nous attaquent encore le cœur et la tête – loin des anciens assassins –

Oh! Le pavillon en viande saignante sur la soie des mers et des fleurs arctiques; (elles n'existent pas)

Douceurs!

Les brasiers, pleuvant aux rafales de givre, – Douceurs! – les feux à la pluie du vent de diamants jetée par le cœur terrestre éternellement carbonisé pour nous. – Ô monde! –

1. *Damas*: chemin de Damas, lieu de l'illumination de saint Paul, mais ici, il s'agit non du salut mais de la damnation. \ **2.** *Guaranies*: peuple d'Amérique du Sud. \ **3.** *Le pavillon*: soit drapeau, soit habitation légère.

(Loin des vieilles retraites et des vieilles flammes, qu'on entend, qu'on sent,)

Les brasiers et les écumes. La musique, virement des gouffres et choc des glaçons aux astres.

Ô Douceurs, ô monde, ô musique ! Et là, les formes, les sueurs, les chevelures et les yeux, flottant. Et les larmes blanches, bouillantes, – ô douceurs ! – et la voix féminine arrivée au fond des volcans et des grottes arctiques.

Le pavillon…

Solde

À vendre ce que les Juifs n'ont pas vendu, ce que noblesse ni crime n'ont goûté, ce qu'ignorent l'amour maudit et la probité infernale des masses ; ce que le temps ni la science n'ont pas à reconnaître :

Les Voix reconstituées ; l'éveil fraternel de toutes les énergies chorales et orchestrales et leurs applications instantanées ; l'occasion, unique, de dégager nos sens !

À vendre les Corps sans prix, hors de toute race, de tout monde, de tout sexe, de toute descendance ! Les richesses jaillissant à chaque démarche ! Solde de diamants sans contrôle !

À vendre l'anarchie pour les masses ; la satisfaction irrépressible pour les amateurs supérieurs ; la mort atroce pour les fidèles et les amants !

À vendre les habitations et les migrations, sports, féeries et comforts parfaits, et le bruit, le mouvement et l'avenir qu'ils font !

À vendre les applications de calcul et les sauts d'harmonie inouïs. Les trouvailles et les termes non soupçonnés, possession immédiate,

Élan insensé et infini aux splendeurs invisibles, aux délices insensibles, – et ses secrets affolants pour chaque vice – et sa gaîté effrayante pour la foule.

À vendre les Corps, les voix, l'immense opulence inquestionable[1], ce qu'on ne vendra jamais. Les vendeurs ne sont pas à bout de solde ! Les voyageurs[2] n'ont pas à rendre leur commission de si tôt !

Fairy[3]

Pour Hélène[4] se conjurèrent les sèves ornamentales[5] dans les ombres vierges et les clartés impassibles dans le silence astral. L'ardeur de l'été fut confiée à des oiseaux muets et l'indolence requise à une barque de deuils sans prix par des anses d'amours morts et de parfums affaissés.

– Après le moment de l'air des bûcheronnes à la rumeur du torrent sous la ruine des bois, de la sonnerie des bestiaux à l'écho des vals, et des cris des steppes. –

Pour l'enfance d'Hélène frissonnèrent les fourrures et les ombres – et le sein des pauvres, et les légendes du ciel.

Et ses yeux et sa danse supérieurs encore aux éclats précieux, aux influences froides, au plaisir du décor et de l'heure uniques.

1. *Inquestionable* : le mot, en anglais déformé ou en français mal écrit, signifie « qui ne peut être mis en question ». \ **2.** *Voyageurs* : représentants. \ **3.** *Fairy* : fée, en anglais. Le mot a peut-être aussi le sens de « féerie ». \ **4.** *Hélène* : difficile à identifier. \ **5.** *Ornamentales* : anglicisme pour « ornementales ».

Guerre

Enfant, certains ciels ont affiné mon optique[1] : tous les caractères nuancèrent ma physionomie. Les Phénomènes s'émurent[2]. – À présent l'inflexion éternelle des moments et l'infini des mathématiques me chassent[3] par ce monde où je subis tous les succès civils, respecté de l'enfance étrange et des affections énormes. – Je songe à une Guerre, de droit ou de force, de logique bien imprévue.

C'est aussi simple qu'une phrase musicale.

Jeunesse

I

DIMANCHE

Les calculs de côté[4], l'inévitable descente du ciel, et la visite des souvenirs et la séance des rythmes occupent la demeure, la tête et le monde de l'esprit.

– Un cheval détale sur le turf suburbain[5], et le long des cultures et des boisements, percé par la peste carbonique[6]. Une misérable femme de drame, quelque part dans le monde, soupire après des abandons improbables. Les desperadoes[7] languissent après l'orage, l'ivresse et les blessures. De petits enfants étouffent des malédictions le long des rivières. –

Reprenons l'étude au bruit de l'œuvre dévorante qui se rassemble et remonte dans les masses.

1. *Mon optique* : ma vue. \ **2.** *S'émurent* : se mirent en mouvement. \ **3.** *Me chassent* : me poursuivent. \ **4.** *De côté* : étant mis de côté. \ **5.** *Turf suburbain* : genre de sport ; ici, sens primitif de gazon. \ **6.** *La peste carbonique* : aggravation de la « fumée de charbon ». \ **7.** *Les desperadoes* : les « têtes brûlées », les « risque-tout », les aventuriers.

II

SONNET

Homme de constitution ordinaire, la chair
n'était-elle pas un fruit pendu dans le verger ; – ô
journées enfantes ! le corps un trésor à prodiguer ; – ô
aimer, le péril ou la force de Psyché[1] ? La terre
avait des versants fertiles en princes et en artistes,
et la descendance et la race vous poussaient aux
crimes et aux deuils : le monde votre fortune et votre
péril. Mais à présent, ce labeur comblé, – toi, tes calculs,
– toi, tes impatiences – ne sont plus que votre danse et
votre voix, non fixées et point forcées, quoique d'un [double
événement d'invention et de succès [plus] une raison, –
en l'humanité fraternelle et discrète par l'univers
sans images ; – la force et le droit réfléchissent la
danse et la voix à présent seulement appréciées.

III

VINGT ANS

Les voix instructives exilées… L'ingénuité physique amèrement rassise… – Adagio[2] – Ah ! l'égoïsme infini de l'adolescence, l'optimisme studieux : que le monde était plein de fleurs cet été ! Les airs et les formes mourant… – Un chœur, pour calmer l'impuissance et l'absence ! Un chœur de verres, de mélodies nocturnes… En effet les nerfs vont vite chasser[3].

1. *Psyché* : l'âme, avec un rappel implicite du mythe d'Éros et de Psyché. \ **2.** *Adagio* : mouvement lent. \ **3.** *Chasser* : sortir de sa trajectoire, à propos d'un navire entraîné par le courant.

IV

Tu en es encore à la tentation d'Antoine. L'ébat du zèle écourté, les tics d'orgueil puéril, l'affaissement et l'effroi.

Mais tu te mettras à ce travail : toutes les possibilités harmoniques et architecturales s'émouvront autour de ton siège. Des êtres parfaits, imprévus, s'offriront à tes expériences. Dans tes environs affluera rêveusement la curiosité d'anciennes foules et de luxes oisifs. Ta mémoire et tes sens ne seront que la nourriture de ton impulsion créatrice. Quant au monde, quand tu sortiras, que sera-t-il devenu ? En tout cas, rien des apparences actuelles.

Promontoire

L'aube d'or et la soirée frissonnante trouvent notre brick en large en face de cette Villa et de ses dépendances, qui forment un promontoire aussi étendu que l'Épire et le Péloponnèse, ou que la grande île du Japon, ou que l'Arabie ! Des fanums[1] qu'éclaire la rentrée des théories[2], d'immenses vues de la défense des côtes modernes ; des dunes illustrées de chaudes fleurs et de bacchanales ; de grands canaux de Carthage et des Embankments[3] d'une Venise louche, de molles éruptions d'Etnas et des crevasses de fleurs et d'eaux des glaciers, des lavoirs entourés de peupliers d'Allemagne ; des talus de parcs singuliers penchant des têtes d'Arbres du Japon ; et les façades circulaires des « Royal » ou des « Grand » de Scarbro'[4] ou de

1. *Fanums* : temples, en latin. \ **2.** *Théories* : processions ; plus précisément, dans l'antiquité grecque, députation qu'une ville envoyait pour offrir des sacrifices à un dieu. \ **3.** *Embankments* : les quais d'un fleuve, en anglais. \ **4.** *Scarbro'*: abréviation de Scarborough, ville anglaise du Yorkshire. On y trouvait un « Royal Hotel » et un « Grand Hôtel ».

Brooklyn ; et leurs railways flanquent, creusent, surplombent les dispositions dans cet Hôtel, choisies dans l'histoire des plus élégantes et des plus colossales constructions de l'Italie, de l'Amérique et de l'Asie, dont les fenêtres et les terrasses à présent pleines d'éclairages, de boissons et de brises riches, sont ouvertes à l'esprit des voyageurs et des nobles – qui permettent aux heures du jour, à toutes les tarentelles[1] des côtes, – et même aux ritournelles des vallées illustres de l'art, de décorer merveilleusement les façades du Palais. Promontoire.

Scènes

L'ancienne Comédie poursuit ses accords et divise ses Idylles :

Des boulevards de tréteaux,

Un long pier[2] en bois d'un bout à l'autre d'un champ rocailleux où la foule barbare évolue sous les arbres dépouillés.

Dans des corridors de gaze noire suivant le pas des promeneurs aux lanternes et aux feuilles.

Des oiseaux des mystères s'abattent sur un ponton de maçonnerie mû par l'archipel couvert des embarcations des spectateurs.

Des scènes lyriques accompagnées de flûte et de tambour s'inclinent dans des réduits ménagés sous les plafonds, autour des salons de clubs modernes ou des salles de l'Orient ancien.

La féerie manœuvre au sommet d'un amphithéâtre couronné par les taillis, – Ou s'agite et module pour les Béotiens[3], dans l'ombre des futaies mouvantes sur l'arête des cultures.

L'opéra-comique se divise sur une scène à l'arête d'intersection de dix cloisons dressées de la galerie aux feux[4].

1. *Tarentelles* : danses endiablées, de Tarente. \ **2.** *Pier* : jetée, en anglais. \ **3.** *Béotiens* : les Athéniens les jugeaient particulièrement obtus. \ **4.** *Feux* : probablement les feux de la rampe.

Soir historique

En quelque soir, par exemple, que se trouve le touriste naïf, retiré de nos horreurs économiques, la main d'un maître anime le clavecin des prés ; on joue aux cartes au fond de l'étang, miroir évocateur des reines et des mignonnes, on a les saintes, les voiles, et les fils d'harmonie, et les chromatismes légendaires, sur le couchant.

Il frissonne au passage des chasses et des hordes. La comédie goutte[1] sur les tréteaux[2] de gazon. Et l'embarras des pauvres et des faibles sur ces plans stupides !

À sa vision esclave, – l'Allemagne s'échafaude vers des lunes ; les déserts tartares s'éclairent – les révoltes anciennes grouillent dans le centre du Céleste Empire[3], par les escaliers et les fauteuils de rois – un petit monde blême et plat, Afrique et Occidents, va s'édifier. Puis un ballet de mers et de nuits connues, une chimie sans valeur, et des mélodies impossibles.

La même magie bourgeoise à tous les points où la malle[4] nous déposera ! Le plus élémentaire physicien sent qu'il n'est plus possible de se soumettre à cette atmosphère personnelle, brume de remords physiques, dont la constatation est déjà une affliction.

Non ! – Le moment de l'étuve, des mers enlevées, des embrasements souterrains, de la planète emportée, et des exterminations conséquentes, certitudes si peu malignement indiquées dans la Bible et par les Nornes[5] et qu'il sera donné à l'être sérieux de surveiller. – Cependant ce ne sera point un effet de légende.

1. *Goutte* : s'égrène, s'écoule lentement. \ **2.** *Tréteaux* : terme qui désigne une scène de théâtre. \ **3.** *Du Céleste Empire* : de la Chine. \ **4.** *La malle* : la malle-poste ou la diligence. \ **5.** *Les Nornes* : équivalents, dans la mythologie germanique, des Parques dans le domaine gréco-latin.

Bottom

La réalité étant trop épineuse pour mon grand caractère, – je me trouvai néanmoins chez ma dame, en gros oiseau gris bleu s'essorant[1] vers les moulures du plafond et traînant l'aile dans les ombres de la soirée.

Je fus, au pied du baldaquin supportant ses bijoux adorés et ses chefs-d'œuvre physiques, un gros ours aux gencives violettes et au poil chenu de chagrin, les yeux aux cristaux et aux argents des consoles.

Tout se fit ombre et aquarium[2] ardent. Au matin, – aube de juin batailleuse, – je courus aux champs, âne, claironnant et brandissant mon grief, jusqu'à ce que les Sabines de la banlieue[3] vinrent se jeter à mon poitrail.

H

Toutes les monstruosités violent les gestes atroces d'Hortense. Sa solitude est la mécanique érotique, sa lassitude, la dynamique amoureuse. Sous la surveillance d'une enfance elle a été, à des époques nombreuses, l'ardente hygiène des races. Sa porte est ouverte à la misère. Là, la moralité des êtres actuels se décorpore[4] en sa passion, ou en son action – Ô terrible frisson des amours novices, sur le sol sanglant et par l'hydrogène clarteux[5] ! trouvez Hortense.

---

1. *S'essorant* : prenant son essor. \ **2.** *Tout se fit ombre et aquarium* : référence possible aux *Travailleurs de la mer* (1866) de Victor Hugo (« Le rêve est l'aquarium de la nuit »). \ **3.** *Les Sabines de la banlieue* : comme sur le tableau de David, les Sabines se jettent au-devant des guerriers prêts à s'entretuer.\ **4.** *Se décorpore* : le mot semble s'opposer à l'hygiène (*mens sana in corpore sano*). \ **5.** *Hydrogène clarteux* : gaz d'éclairage.

Mouvement

Le mouvement de lacet sur les berges des chutes du
[fleuve,
Le gouffre à l'étambot[1],
La célérité de la rampe,
L'énorme passade[2] du courant,
Mènent par les lumières inouïes
Et la nouveauté chimique
Les voyageurs entourés des trombes du val
Et du strom[3].

Ce sont les conquérants du monde
Cherchant la fortune chimique personnelle ;
Le sport et le comfort[4] voyagent avec eux ;
Ils emmènent l'éducation
Des races, des classes et des bêtes, sur ce Vaisseau.
Repos et vertige
À la lumière diluvienne,
Aux terribles soirs d'étude.

Car de la causerie parmi les appareils, – le sang ; les fleurs,
[le feu, les bijoux –
Des comptes agités à ce bord fuyard,
– On voit, roulant comme une digue au-delà de la route
[hydraulique motrice,
Monstrueux, s'éclairant sans fin, – leur stock d'études ; –
Eux chassés dans l'extase harmonique
Et l'héroïsme de la découverte.

1. *Étambot* : pièce de bois formant la limite arrière de la carène d'un navire. \ **2.** *Passade* : mouvement rapide d'allée et venue. \ **3.** *Strom* : fort courant (mot allemand). \ **4.** *Comfort* : orthographe anglaise courante à l'époque.

Aux accidents atmosphériques les plus surprenants
Un couple de jeunesse s'isole sur l'arche,
– Est-ce ancienne sauvagerie qu'on pardonne ? –
Et chante et se poste.

Dévotion

À ma sœur Louise Vanaen de Voringhem[1] : – Sa cornette bleue tournée à la mer du Nord. – Pour les naufragés.

À ma sœur Léonie Aubois d'Ashby[2]. Baou[3] – l'herbe d'été bourdonnante et puante. – Pour la fièvre des mères et des enfants.

À Lulu, – démon – qui a conservé un goût pour les oratoires du temps des Amies et de son éducation incomplète. Pour les hommes ! À madame***.

À l'adolescent que je fus. À ce saint vieillard, ermitage ou mission.

À l'esprit des pauvres. Et à un très haut clergé.

Aussi bien à tout culte en telle place de culte mémoriale et parmi tels événements qu'il faille se rendre, suivant les aspirations du moment ou bien notre propre vice sérieux,

Ce soir à Circeto[4] des hautes glaces, grasse comme le poisson, et enluminée comme les dix mois de la nuit rouge, – (son cœur ambre et spunck[5]), – pour ma seule prière muette comme ces régions de nuit et précédant des bravoures plus violentes que ce chaos polaire.

À tout prix et avec tous les airs, même dans des voyages métaphysiques. – Mais plus *alors*.

1. *Vanaen de Voringhem* : nom fictif. \ **2.** *Aubois d'Ashby* : nom fictif. \ **3.** *Baou* : exclamation. \ **4.** *Circeto* : dérivé de la magicienne Circé. \ **5.** *Spunck* : « le courage » ou « le sperme » en anglais. Cette dernière acception, argotique, est celle que la critique admet comme étant la plus recevable.

Démocratie

« Le drapeau va au paysage immonde, et notre patois étouffe le tambour[1].

« Aux centres[2] nous alimenterons la plus cynique prostitution. Nous massacrerons les révoltes logiques.

« Aux pays poivrés[3] et détrempés ! – au service des plus monstrueuses exploitations industrielles ou militaires.

« Au revoir ici, n'importe où. Conscrits du bon vouloir, nous aurons la philosophie féroce ; ignorants pour la science, roués pour le confort ; la crevaison pour le monde qui va. C'est la vraie marche. En avant, route ! »

Génie

Il est l'affection et le présent puisqu'il a fait la maison ouverte à l'hiver écumeux et à la rumeur de l'été, lui qui a purifié les boissons et les aliments, lui qui est le charme des lieux fuyants et le délice surhumain des stations. Il est l'affection et l'avenir, la force et l'amour que nous, debout dans les rages et les ennuis, nous voyons passer dans le ciel de tempête et les drapeaux d'extase.

Il est l'amour, mesure parfaite et réinventée, raison merveilleuse et imprévue, et l'éternité : machine[4] aimée des qualités fatales. Nous avons tous eu l'épouvante de sa concession et de la nôtre : ô jouissance de notre santé, élan de nos facultés, affection égoïste et passion pour lui, lui qui nous aime pour sa vie infinie…

1. *Le tambour* : celui des peuplades indigènes que les « conscrits » viennent coloniser. \ **2.** *Aux centres* : dans les bourgades. \ **3.** *Poivrés* : qui produisent des épices. \ **4.** *Machine* : au sens théâtral du terme, la « méchanè » (*machina*) d'où descend le dieu.

Et nous nous le rappelons et il voyage… Et si l'Adoration s'en va, sonne, sa promesse sonne : « Arrière ces superstitions, ces anciens corps, ces ménages et ces âges. C'est cette époque-ci qui a sombré ! »

Il ne s'en ira pas, il ne redescendra pas d'un ciel[1], il n'accomplira pas la rédemption des colères de femmes et des gaîtés des hommes et de tout ce péché : car c'est fait, lui étant, et étant aimé.

Ô ses souffles, ses têtes, ses courses ; la terrible célérité de la perfection des formes et de l'action.

Ô fécondité de l'esprit et immensité de l'univers !

Son corps ! Le dégagement rêvé, le brisement de la grâce croisée de violence nouvelle !

Sa vue, sa vue ! tous les agenouillages anciens et les peines *relevés* à sa suite.

Son jour ! l'abolition de toutes souffrances sonores et mouvantes dans la musique plus intense.

Son pas ! les migrations plus énormes que les anciennes invasions.

Ô Lui et nous ! l'orgueil plus bienveillant que les charités perdues.

Ô monde ! et le chant clair des malheurs nouveaux !

Il nous a connus tous et nous a tous aimés. Sachons, cette nuit d'hiver, de cap en cap, du pôle tumultueux au château, de la foule à la plage, de regards en regards, forces et sentiments las, le héler et le voir, et le renvoyer, et sous les marées et au haut des déserts de neige, suivre ses vues, ses souffles, son corps, son jour.

1. *Il ne redescendra pas d'un ciel* : contrairement au Christ à la fin de chacun des *Évangiles*.

DOSSIER

LIRE L'ŒUVRE

QUESTIONNAIRE DE LECTURE

LES TITRES

1. Quel paradoxe relevez-vous dans le titre *Une saison en enfer* ?

Pour répondre

La conception traditionnelle de la damnation est-elle conforme avec l'idée d'un séjour saisonnier ?

2. En quoi ce titre est-il représentatif de la volonté provocatrice de son auteur ?

Pour répondre

Relisez notamment « Mauvais sang » (p. 136) et « Nuit de l'enfer » (p. 144), pour appréhender la singularité de la vision de l'enfer, notamment à travers la condamnation de la religion et de la vie terrestre.

3. On a prêté aux *Illuminations* le sens anglais d'« enluminures ». Étudiez la polysémie du titre après avoir cherché le sens du mot « illuminations » dans plusieurs dictionnaires. Les différentes définitions rencontrées vous semblent-elles en adéquation avec les thèmes et la construction du recueil ?

LA STRUCTURE

4. *Une saison en enfer* est, selon Rimbaud, « *l'histoire* d'une de [s]es folies » (« Alchimie du verbe », p. 152, l. 1). Montrez que le récit poétique obéit à une construction dramatique bien visible.

Pour répondre

Vous dégagerez les étapes du récit, en établissant un rapprochement avec le déroulement d'une action théâtrale (de la scène d'exposition au dénouement, en passant par les péripéties).

5. Est-il possible, à l'intérieur de l'ensemble des poèmes que constituent les *Illuminations*, de dégager une évolution, une cohérence, ou le lecteur reste-t-il au contraire sur une impression globale de discontinuité ? Vous répondrez dans un développement argumenté.

Pour répondre

Observez, par exemple, la variété des types de textes, l'unité thématique du recueil et la façon dont l'auteur abolit les frontières entre prose et poésie.

GENRES ET REGISTRES

6. Michel Murat, à propos du poème « Oraison du soir » (p. 74), a parlé de « classicisme paradoxal » pour qualifier l'écriture de Rimbaud, évoquant l'alliance d'une forme traditionnelle et de « pensers nouveaux » et subversifs. En quoi la lecture de l'ensemble des poèmes vous semble-t-elle illustrer cette affirmation ?

Pour répondre
Relisez notamment les poèmes intitulés « Roman » (p. 19), « Ma bohème » (p. 44), « Ce qu'on dit au Poète à propos de fleurs » (p. 61) et « Oraison du soir » (p. 74). Vous étudierez le mélange des influences littéraires, des genres et des registres dans les poèmes, notamment l'innutrition [1] parnassienne, l'usage conjoint du lyrisme et de l'agressivité verbale, les pratiques parodiques et intertextuelles qui s'exercent toujours sur l'ensemble de l'œuvre.

7. « Alchimie du verbe » (p. 152) est pour Rimbaud, selon Verlaine, « une espèce de prodigieuse autobiographie psychologique écrite dans cette prose de diamant qui est sa propriété exclusive ». À quel genre littéraire l'« Alchimie du verbe » appartient-elle ? Dans quelle mesure le choix de la prose est-il adapté aux ambitions du poète voyant ?

Pour répondre
Référez-vous à cette définition baudelairienne de la prose poétique, énoncée dans la dédicace du *Spleen de Paris* : « une prose poétique, musicale, sans rythme et sans rime, assez souple et assez heurtée pour s'adapter aux mouvements lyriques de l'âme, aux ondulations de la rêverie, aux soubresauts de la conscience ».

8. De la poésie versifiée à la prose poétique, du vers libre au poème en prose, montrez que Rimbaud s'émancipe des contraintes formelles habituelles et réinvente une nouvelle langue poétique.

Pour répondre
Vous vous appuierez sur une étude de la versification et de la syntaxe dans quelques poèmes significatifs, notamment « Le Bateau ivre » (p. 83), « Mémoire » (p. 108), « Larme » (p. 110), « Adieu » (p. 164), « Marine » (p. 194) et « Mouvement » (p. 206).

9. La critique a parlé de « l'harmonie musicale » des *Illuminations*. Justifiez ce jugement en vous appuyant sur quelques exemples significatifs, notamment « Conte » (p. 174), « À une raison » (p. 180), « Les Ponts » (p. 184), « Barbare » (p. 197).

1. *Innutrition* : fait de « se nourrir » de textes anciens et de les exploiter en revivifiant de manière personnelle leurs procédés d'écriture.

LES THÈMES

10. En quoi les images de l'amour et de la féminité se démarquent-elles des représentations habituelles ?

Pour répondre

Relisez notamment « Les Reparties de Nina » (p. 7), « Mes petites amoureuses » (p. 98), « Les Poètes de sept ans » (p. 57), « Sensation » (p. 15), « Ma bohème » (p. 44), « Le Dormeur du val » (p. 39) et la première section d'« Enfance » (p. 170) dans les *Illuminations*.

11. Dans « À la musique » (p. 25) et « Les Assis » (p. 48), quelle vision le poète donne-t-il de la bourgeoisie provinciale ?

Pour répondre

Montrez que les titres expriment une intention polémique. Interprétez la prolifération des objets et des vêtements. Commentez l'utilisation des pronoms personnels, et notamment celle du « je » dès la sixième strophe.

12. Quelles critiques Rimbaud formule-t-il à l'encontre du pouvoir impérial et du gouvernement versaillais ? À qui ses sympathies vont-elles ?

Pour répondre

Relisez notamment les poèmes intitulés : « Morts de Quatre-vingt-douze... » (p. 13), « Rages de Césars » (p. 21), « Le Forgeron » (p. 27), « L'Éclatante Victoire de Sarrebrück » (p. 41), « Les Corbeaux » (p. 47), « Chant de guerre parisien » (p. 94) et « L'Orgie parisienne » (p. 51).

13. Quelle vision l'œuvre poétique donne-t-elle de la religion chrétienne ?

Pour répondre

Commentez ce vers extrait de la neuvième section du poème « Les Premières Communions » (p. 83) : « Christ ! ô Christ ! éternel voleur des énergies » (v. 133). Dans une perspective plus générale, après avoir relu quelques poèmes empruntés à *Une saison en enfer*, vous montrerez que Rimbaud propose une relecture irrespectueuse des épisodes évangéliques.

14. Les *Lettres dites du voyant* sont considérées comme un véritable manifeste poétique. En quoi s'apparentent-elles à une déclaration de guerre faite à la poésie passée et présente ?

Pour répondre

Vous relèverez les termes virulents et les alliances de mots par lesquels Rimbaud nomme les tenants de la « poésie subjective » dont font également partie les destinataires des lettres.

15. Montrez que la réforme poétique engagée est tributaire du contexte historique et de la conscience politique de l'auteur. Quelle valeur peut-on alors accorder à l'insertion de ses poèmes dans les *Lettres dites du voyant* ?

16. À travers les périphrases « voleur de feu » et « multiplicateur de progrès » (l. 157 et l. 173) présentes dans « À Paul Demeny » (p. 100-101), quelles fonctions Rimbaud assigne-t-il au poète ?

17. Dans sa lettre à Paul Demeny (p. 97), Rimbaud formule le vœu d'accéder « à l'inconnu » (l. 91) et fait en sorte que le poète « crève dans son bondissement par les choses inouïes et innommables » (l. 94-95). Dans « Alchimie du verbe » (p. 152), il parle de « fix[er] des vertiges » (l. 20) et de recourir à « l'hallucination des mots » (l. 61-62). Dans quelle mesure ces pratiques novatrices s'appliquent-elles aux *Illuminations* ?

▪ Pour répondre

Vous décrirez l'étrangeté des paysages reconstitués puis étudierez le pouvoir de métamorphose et de transfiguration du langage poétique.

18. En définitive, l'entreprise de « voyance » (« À Paul Demeny », p. 97) aboutit-elle à une réussite ou à un échec ? Justifiez votre réponse dans un paragraphe argumenté.

▪ Pour répondre

Relisez notamment les poèmes « Alchimie du verbe » (p. 152), « Adieu » (p. 164), « Solde » (p. 198) et « Génie » (p. 208).

L'ŒUVRE DANS L'HISTOIRE

LE CONTEXTE POLITIQUE, ÉCONOMIQUE ET SOCIAL

LE CÉSARISME DE NAPOLÉON III

Rimbaud est né le 20 octobre 1854, un peu moins de trois ans après le coup d'État de Louis Napoléon Bonaparte, le 2 décembre 1851. Celui que Victor Hugo surnommait « Napoléon le Petit » et dont Rimbaud aurait dit qu'il « mérit[ait] les galères », instaure un régime autoritaire qui puise paradoxalement sa légitimité dans le suffrage universel. Le portrait satirique que le poète dresse de l'empereur dans « Rages de Césars » (p. 21) rejoint les commentaires de ses adversaires de l'époque qui l'assimilent à un pantin insignifiant (« un crétin » dira Thiers). Désireux de satisfaire la bourgeoisie possédante et l'Église catholique, il restaure l'ordre moral et politique dans le pays : les libertés de presse et de réunion sont restreintes, l'opposition républicaine est détruite, arrestations et exils (dont celui de Hugo) se multiplient.

PROGRÈS ET MUTATIONS ÉCONOMIQUES

Sur le plan économique, l'essor est considérable. Le Second Empire est marqué par le développement des banques, du crédit, la révolution des transports (notamment ferroviaires) et les progrès de la mécanisation. À partir de 1860, la capitale fait l'objet d'une transformation de grande ampleur, menée par le baron Haussmann, préfet de la Seine. De larges avenues rectilignes sont dégagées des anciens quartiers insalubres. Les grands magasins font leur apparition. Cette modernité est évoquée dans l'œuvre de Rimbaud, notamment dans le cycle des « Villes » (p. 186) des *Illuminations* ou dans le poème « Les Ponts » (p. 184), dont l'architecture métallique était innovante au XIXe siècle. Mais dans le même recueil, et en particulier dans le poème « Métropolitain » (p. 196), prenant pour modèle la City londonienne, l'auteur dénonce également l'uniformité, la violence et la misère des grandes métropoles occidentales.

LE DOUBLE VISAGE DE LA SOCIÉTÉ

La nouvelle géographie haussmannienne a accentué la ségrégation sociale : au centre ville se retrouvent les classes aisées, l'opulence des notables qui occupent les secteurs clés de la société ; en banlieue sont relégués les ouvriers, perçus comme une classe dangereuse. L'ensemble de l'œuvre poétique de Rimbaud manifeste un réel attachement pour les travailleurs et les milieux modestes. En témoignent la figure épique du forgeron dans le poème du même titre (p. 27) qui incarne la révolte du peuple contre la tyrannie mais aussi la compassion du poète à l'égard des pauvres, de ces « effarés » (« Les Pauvres à l'église », p. 60) dont il salue la dignité. En revanche, nombreuses sont les attaques contre la société de la « fête impériale ». L'auteur stigmatise sa frivolité, son matérialisme, sa pudibonderie. Religion et bourgeoisie sont conjointement tournées en dérision : ce sont les postures peu flatteuses d'un membre du clergé dans « Accroupissements » (p. 103), c'est la galerie de portraits des bourgeois passés au vitriol dans « À la musique » (p. 25).

LA GUERRE FRANCO-PRUSSIENNE ET LA COMMUNE : L'EFFONDREMENT DE L'EMPIRE

Malgré l'évolution du régime vers une plus grande libéralisation, la fin des années 1860 est plutôt sombre ; la décélération de l'économie, la détérioration des relations internationales exacerbent les mécontentements. Dans ce contexte fébrile, Napoléon III, malade et vieillissant, déclare la guerre à la Prusse le 19 juillet 1870. Pour le chancelier Bismarck, l'occasion est fournie d'achever l'unité allemande dans la lutte contre « l'ennemi héréditaire ». L'annonce du conflit provoque un sursaut de chauvinisme, auquel Rimbaud, selon le témoignage de son ami Ernest Delahaye, répond par un haussement d'épaules. C'est qu'il se moque en effet du « patrouillotisme » (le néologisme est de lui) et, à quinze ans, voit clair dans la propagande impériale. Dans « Morts de Quatre-vingt-douze… » (p. 13), il fustige la façon dont les bonapartistes justifient les hostilités en convoquant le souvenir des révolutionnaires morts au combat. Quant à « L'Éclatante Victoire de Sarrebrück » (p. 41), au titre antiphrastique, elle désigne en réalité une simple escarmouche.

L'accumulation des défaites oblige l'armée française à capituler le 1er septembre à Sedan. La nouvelle du désastre soulève la colère des

Parisiens qui proclament la République le 4 septembre et organisent un gouvernement de défense nationale chargé de poursuivre les hostilités. Mais le 19 septembre, Paris est investi et l'armistice est signé le 28 janvier 1871 : la France doit céder l'Alsace et une partie de la Lorraine et s'acquitter d'une indemnité de cinq milliards. Lorsque l'Assemblée nationale monarchiste, portée au pouvoir aux élections de février, décide de s'installer à Versailles, Paris, la capitale rouge, se sent insulté. Et lorsque, le 18 mars, Thiers, chef du gouvernement, tente de confisquer les canons da la garde nationale financés par les Parisiens, l'insurrection de la Commune éclate. « Ça y est ! l'ordre est vaincu ! » se serait exclamé Rimbaud. La répression du mouvement révolutionnaire est brutale et la « Semaine sanglante », du 21 au 28 mai 1871, fait trente mille morts. Même si Rimbaud n'a pas participé directement aux événements, son admiration pour les insurgés ne fait aucun doute. Il fait notamment l'éloge, à la manière d'un blason, des « Mains de Jeanne-Marie » (p. 54) et de leur beauté insurrectionnelle.

LES DÉBUTS DE LA IIIe RÉPUBLIQUE

Les années qui suivent marquent un retour à l'ordre et à la paix. Après une tentative de restauration monarchique manquée en 1873, les élections législatives de 1876 scellent la victoire des républicains. La IIIe République se veut modérée, l'esprit positiviste met en avant les progrès de la science et la confiance en la raison. L'engouement des Français pour l'exposition universelle de 1889 traduit bien cette idéologie. D'importantes réformes politiques et scolaires sont entreprises, ces dernières sous l'égide de Jules Ferry, alors ministre de l'Instruction publique : création de lycées et collèges pour jeunes filles en 1880, institution de l'école primaire gratuite, laïque et obligatoire en 1881 et 1882, libertés de réunion et de presse en 1881, droit syndical en 1884. L'expansion coloniale se poursuit en Afrique du Nord, en Afrique noire et en Indochine.

Rimbaud demeure très largement en marge de ce mouvement. Très tôt, il dit se désintéresser de la politique. Ses lettres de 1883 et 1884 ainsi que le poème « Démocratie » (p. 208) le montrent très critique envers le colonialisme français. Quant aux certitudes scientifiques et rationnelles de son temps, il les désavoue tout aussi énergiquement, comme en témoigne le poème « L'Impossible » (p. 160).

La fin du siècle s'accompagne d'une instabilité ministérielle accrue, d'une crise économique et d'un malaise social qui entretiennent un climat d'exaspération que viennent ranimer les thèses revanchardes nationalistes. Au moment où la France s'enthousiasme pour la reconquête des provinces perdues et plébiscite le général Boulanger, Rimbaud, diminué par la maladie, ne songe qu'à partir, encore et toujours...

LE CONTEXTE CULTUREL

Fulgurante, l'œuvre de Rimbaud s'est nourrie des courants littéraires et artistiques qui ont traversé la seconde moitié du XIXe siècle, sans que l'on puisse jamais pleinement l'assimiler à l'un d'entre eux. Inclassable, rédigée de 1870 à 1875, elle dépasse la tradition romantique, hugolienne et baudelairienne, sur laquelle elle s'appuie, désavoue le compagnonnage de ses contemporains (parnassiens comme réalistes), anticipe la modernité de Lautréamont ou de Mallarmé, avant de se réduire d'elle-même au silence définitif.

UNE CULTURE BOURGEOISE

Le Second Empire jouit d'une piètre renommée en matière artistique. Les contraintes exercées sur les moyens d'expression, le conformisme d'une société peu soucieuse de nouveautés intellectuelles favorisent l'émergence d'œuvres consensuelles. Les vaudevilles de Labiche, les opéras de Gounod, les scènes de bataille de Meissonnier, qualifié de peintre pompier, entérinent le goût bourgeois de l'époque, alors que Wagner demeure incompris et que l'*Olympia* (1863) de Manet est décriée. Le romantisme et ses illusions s'estompent, à présent que l'échec de la révolution de 1848 est bel et bien consommé et en dépit de la survivance brillante du mouvement à travers quelques grands noms : Delacroix et Fromentin en peinture, Hugo qui crée en exil *Les Châtiments*, *La Légende des siècles* et *Les Misérables*. Son œuvre inspire à Rimbaud dans les poèmes ses évocations épiques et lyriques des milieux populaires.

Entre la médiocrité des productions officielles et la mort du romantisme, de nombreux écrivains travaillent à des œuvres qui contestent l'uniformité du paysage culturel.

LE RÉALISME OU LA DISSIDENCE EN ART

En 1850, *L'Enterrement à Ornans* du peintre Gustave Courbet fait scandale. L'artiste a choisi de représenter non pas une scène religieuse ou historique, mais un moment de vie directement ressentie. À peine né, le réalisme est aussitôt violemment critiqué, comme en témoigne la condamnation en 1857 de *Madame Bovary* de Flaubert, en raison de son « réalisme grossier et offensant pour la pudeur ».

La figuration minutieuse et sans fard du monde contemporain déplaît. Pour les réalistes, une œuvre belle peut s'intéresser à des sujets autrefois inacceptables en art : la peinture des « déclassés » bien sûr, mais aussi celle des provinciaux ou des femmes, une fois celles-ci dénudées de leurs parures. À ce titre, le réalisme n'est pas absent de l'œuvre de Rimbaud. L'acuité de son regard sur les différentes classes ou métiers qui composent la société, la mentalité étriquée et matérialiste dominante qui y est dépeinte, le surinvestissement du lexique corporel et le prosaïsme antipoétique des objets décrits l'attestent. Mais, comme l'a fait remarquer Marielle Macé, le réalisme lui-même fait l'objet d'un « durcissement » et d'un « saccage esthétique » dans l'œuvre de Rimbaud : les portraits sont défigurés, l'ironie mine sans cesse l'objectivité recommandée, le corps devient fabrique d'excréments.

Encouragé par l'essor de la pensée positiviste, le réalisme se propose en dernier lieu de hisser la littérature au rang de science. Se dotant de sources documentaires abondantes, l'écrivain au travail révèle la cohérence des groupes humains, fait l'analyse et la synthèse du réel. Le romancier Zola, qui évoluera jusqu'au naturalisme, forme radicale du réalisme, en est le meilleur exemple. Le moi, l'individu romantique semblent définitivement abolis.

LE PARNASSE ET « L'ART POUR L'ART »

La contestation d'une poésie subjective se poursuit avec la naissance du Parnasse. Dès 1835, la préface de *Mademoiselle de Maupin* de Théophile Gautier prend des allures de manifeste pré-parnassien. Il y expose sa théorie de « l'art pour l'art », avec la volonté de choquer un public épris d'épanchements lyriques et de messages idéologiques : « Il n'y a de vraiment beau que ce qui ne peut servir à rien ; tout ce qui est utile est laid, car c'est l'expression de quelque besoin, et ceux de l'homme sont ignobles et dégoûtants, comme sa pauvre et infirme nature. – L'endroit le plus utile d'une maison, ce sont les latrines ». L'œuvre d'art étant définie comme indépendante de tout engagement moral ou politique, le poète doit renoncer à la tentation didactique et se consacrer au culte de la beauté idéale.

L'école parnassienne, soucieuse de perfection esthétique, privilégie des formes anciennes et contraignantes comme le sonnet, l'ode, le dizain. Elle se livre à un travail d'orfèvrerie sur le vers avec la recherche de rimes riches, de sonorités rares censées épuiser la description de l'objet poétique. Enfin, par goût de l'érudition et par rejet de l'actualité, les parnassiens, qui empruntent leur nom à la colline où siégeaient Apollon et les Muses, élisent un exotisme pittoresque et coloré venu de Grèce et d'Orient (*Poèmes antiques et barbares* de Leconte de Lisle).

Comment situer Rimbaud par rapport au Parnasse ? En 1866, les parnassiens ont une revue attitrée, *Le Parnasse contemporain*, dans laquelle Rimbaud souhaite publier. Il écrit alors à son rédacteur en chef, Théodore de Banville, une lettre résolue et audacieuse (« Messieurs du journal, je serai Parnassien »). Parnassien, Rimbaud l'est de par ses références mythologiques et païennes (« Soleil et chair », p. 34), son recours fréquent au sonnet ou la fantaisie de ses rimes (il emprunte notamment la rime « fantastiques/élastiques » (v. 12-13) aux *Odes funambulesques* de Banville pour son poème « Ma bohème » d'ailleurs sous-titré « fantaisie », p. 44), mais il s'est vite émancipé des préceptes du groupe. La poésie parnassienne se fige rapidement en une poésie impassible et glacée. De nombreuses dissidences se font jour au sein du groupe, qui exclut Charles Cros, Verlaine et Mallarmé. D'avant-garde esthétique, le Parnasse se meut progressivement en poésie officieuse du régime ; réceptif à l'idéologie ambiante, institutionnalisé, il n'est plus que le passage obligé des jeunes poètes épris de reconnaissance mondaine, et c'est aussi à ce titre qu'il a pu intéresser Rimbaud.

DÉCADENTS ET SYMBOLISTES

À la fin des années 1880, sous une république positiviste et laïque, un groupe d'artistes et de poètes s'insurge contre « la pensée claire » qui a gagné les arts et revendique les forces de l'irrationnel, la complexité du réel, les séductions du mystère et de l'ineffable. On les appelle les décadents, futurs symbolistes.

Regroupés autour de Cros, Verlaine et Mallarmé, qui viennent d'être exclus du Parnasse, « ces poètes maudits, ces amateurs de l'obscur » (Verlaine) réfutent aussi bien la représentation réaliste et objective que l'éloquence et « la rime assagie » en poésie. Dans la lignée de Baudelaire, figure cardinale des mouvements littéraires du siècle, qualifié de « premier voyant » (« À Paul Demeny », p. 102, l. 221) par Rimbaud, les symbolistes veulent déchiffrer la secrète unité de l'univers au moyen de signes et de symboles, tentative qui assoit la toute-puissance suggestive et musicale du langage. D'ailleurs, des musiciens tels que Fauré ou Debussy se sont investis dans l'adaptation d'œuvres symbolistes, notamment celle de Mallarmé.

Cette expérience conduit les poètes à une forme de retrait du monde. L'artiste cultive l'excentricité et la provocation. Il a également le goût de la mystification (le poète Isidore Ducasse se fait appeler Lautréamont) et de l'autoparodie (Laforgue, Corbière). Sur le plan de l'écriture, ces auteurs prônent la destruction des formes anciennes, l'emploi du vers libre et du mètre impair, défini notamment dans « Art poétique » de Verlaine.

Rimbaud n'a jamais appartenu au symbolisme. En 1874, il a cessé d'écrire. Mais s'il y fut un temps assimilé, c'est à cause de la publication des *Illuminations* en 1886, année qui consacra plus ou moins le courant symboliste. Les *Lettres dites du voyant* partagent cependant avec ce courant la volonté de « tuer » « la vieillerie poétique » (p. 154, l. 54) et le goût de la transgression. Participe aussi du symbolisme la modernité du vers libre et d'une prose poétique qui affirment une parole singulière, depuis l'énigme de « Je est un autre » (l. 31) dans la lettre « À Georges Izambard » (p. 92) jusqu'au constat d'« Enfance » (p. 172, 174) qui postule : « D'ailleurs il n'y a rien à voir là-dedans [...]. Je suis maître du silence » (v. 28-29, 72).

LE CONTEXTE BIOGRAPHIQUE

CHARLEVILLE : LES ANNÉES DE FORMATION

Jean-Nicolas Arthur Rimbaud, né le 20 octobre 1854, à Charleville, dans les Ardennes, a connu une enfance « aimable » (p. 163, l. 1). Ses parents, le capitaine Frédéric Rimbaud et Vitalie Cuif, se séparent alors qu'il a trois ans. Il ne reverra jamais son père. Il est élevé, ainsi que ses deux jeunes sœurs et son frère aîné, par une mère dont on dit qu'elle fut très sévère, et qui aura perpétré sur Rimbaud enfant, en refusant de lui donner son amour, un véritable « attentat métaphysique » selon les termes d'Yves Bonnefoy. Mais la « sale éducation d'enfance » (« L'Éclair », p. 163, l. 20) désigne surtout la servitude que lui impose la croyance religieuse forcenée de la mère. Écolier studieux de l'institut Rossat, il se voit décerner tous les premiers prix. Collégien précoce, il est remarqué pour ses talents d'écriture et ses premières compositions en vers latins et français (« Les Étrennes des orphelins [1] ») sont publiées. C'est alors qu'il conçoit l'espoir, tôt déçu, d'appartenir au Parnasse en adressant quelques poèmes à Théodore de Banville, le chef de file du mouvement.

Entre-temps, une rencontre déterminante a eu lieu. Le professeur de rhétorique de Rimbaud, Georges Izambard, nouvellement nommé à Charleville, devient son ami et confident. Il oriente ses lectures teintées de socialisme anticlérical et antibourgeois, et encourage ses talents de poète. C'est à lui qu'il s'adresse comme à un frère quand, à l'âge de quinze ans, après une première fugue vers Paris, il est emprisonné à Mazas pour ne pas s'être acquitté du prix d'un billet de train. Le professeur l'accueille à Douai chez les demoiselles Gindre, les dames qui l'ont élevé, et c'est là que Rimbaud se réfugiera de nouveau, un mois plus tard, après son escapade belge dont les poèmes d'octobre 1870 portent la trace (« Ma bohème », p. 44 ; « Au Cabaret-Vert », p. 40). *Les Cahiers de Douai* reflètent en effet un apprentissage de la sensation, notamment celle de « la liberté libre » que Rimbaud dit « adorer » maintenant que la guerre a tout défait, et un apprentissage de la subversion, qui s'exerce contre la religion, le pouvoir, cette ville même qu'il habite, « l'atroce Charlestown »,

1. Ce poème connu fait partie des œuvres de jeunesse écrites avant *Les Cahiers de Douai* ; c'est pourquoi il n'est pas reproduit dans cet ouvrage.

concentré d'idiotie (« Ma ville natale est supérieurement idiote entre les petites villes de province »).

PARIS : SCANDALES ET CONSÉCRATION

Après les événements de la Commune, l'agressivité de Rimbaud se radicalise et exprime à la fois le besoin de détruire l'ordre ancien d'une société sclérosée et la nécessité de créer une révolution qui se fera dans et par les mots. Les *Lettres dites du voyant* sont nées de cette révolte sociale et poétique. Rimbaud s'attelle à une vaste entreprise : « changer la vie » (« Vierge folle. L'Époux infernal », p. 149, l. 72). En septembre 1871, il ne va plus en cours depuis un an lorsqu'il reçoit la fameuse réponse de Verlaine, l'auteur des *Fêtes galantes*, à l'une de ses lettres : « Venez, chère grande âme, on vous appelle, on vous attend ». À Paris où il est accueilli par les beaux-parents de Verlaine, il est successivement hébergé par les parnassiens (dont Banville et Cros) et initié par eux à la fréquentation des cercles littéraires.

Avec Verlaine, c'est le début du scandale. À l'occasion d'une représentation théâtrale à l'Odéon, un entrefilet ironise sur la liaison présumée entre l'homme marié, père de famille, et le garçon de dix-sept ans : « Le poète saturnien donnait le bras à une charmante personne, Mlle Rimbaut ». Rimbaud consomme alcools et stupéfiants et acquiert une réputation détestable en blessant le photographe Carjat d'un coup de canne-épée, au cours d'un dîner. En cette année 1872 naissent des vers qui sont des « prodiges de ténuité, de flou vrai » où l'on sent, par ce style trop « simple exprès », l'influence probable de Verlaine. Les supplications répétées de Mathilde Mauté, l'épouse de Verlaine, loin d'empêcher leur échappée conjointe, ne font que la précipiter : les deux hommes parcourent la Belgique avant de gagner Londres. Ils y retrouvent d'anciens communards exilés et donnent des cours de français pour vivre, se présentant comme deux « gentlemen parisiens ».

Ce qui s'ensuit, ce sont les prémices d'une « saison en enfer ». Le seul recueil que Rimbaud ait fait publier est écrit dans la tourmente d'une relation orageuse avec Verlaine. Enfermé à Roche, dans la ferme familiale où le retient « la mother », « la mère Rimb » comme il l'appelle, il ne rejoint Verlaine à Bruxelles que pour y subir le geste désespéré de ce dernier. Le 10 juillet 1873, ivre et armé d'un revolver, Verlaine tire deux coups de feu sur Rimbaud. Blessé au poignet, Rimbaud achève sa convalescence à Roche et fait bientôt paraître la prose incendiaire et rageuse de son recueil. Le poète y décrit son enfer sur terre en compagnie de la « vierge folle » (p. 147), désignation transparente, selon certains critiques, de Verlaine, alors en prison. Il fait également l'inventaire des espoirs qui lui restent : de la prise de conscience d'« Alchimie du verbe » (« Je sais aujourd'hui saluer la beauté », p. 159, l. 191) aux promesses d'« Adieu » (« nous entrerons aux splendides villes », p. 166, l. 47) qui préfigurent les *Illuminations*. C'est à ce dernier recueil, inachevé, au titre incertain, que Rimbaud travaille alors qu'il vit à Londres avec Germain Nouveau, un poète dont il a fait la connaissance à Paris. Il confie le manuscrit de ce qui constitue probablement les *Illuminations* à Verlaine, lors de leur dernière entrevue, à Stuttgart. Rimbaud a alors vingt ans et raille cruellement la récente conversion au catholicisme du poète repenti.

L'ADIEU À LA LITTÉRATURE

Le Rimbaud des années qui suivent nous échappe en partie. Il y a, de toute évidence, le renoncement à la littérature (« Je ne pense plus à ça », écrit-il) mais aussi l'absence d'intérêt pour le sort de ses œuvres dont les publications, à partir de la fin des années 1880, commencent à le consacrer. Il y a, après la mort de sa plus jeune sœur, Vitalie, le désir de repartir : en 1876, il se fait mercenaire pour l'armée hollandaise puis déserte à Java. En 1877, il voyage dans le nord de l'Europe où il est marin, ouvrier, interprète. En 1878, il s'embarque à destination d'Alexandrie mais c'est à Chypre qu'il reste le plus longtemps comme surveillant d'une carrière dans le désert.

Entre deux départs, il est très souvent malade, victime d'insolations, de douleurs abdominales ou de la fièvre typhoïde, et regagne alors Charleville pour en repartir aussitôt. En 1880, il se fixe à Aden puis à Harar, en Abyssinie, près de la mer Rouge. Employé de l'agence Bardey, une entreprise d'import-export, il fait du commerce d'ivoire et de peaux. Dans les *Lettres aux siens*, il évoque son ennui, son isolement, parfois son abattement. Il dit aussi son rêve d'une vie rangée que l'argent de ses affaires autoriserait. En 1885, il quitte son employeur et s'associe à un trafiquant d'armes qui prépare un convoi pour le roi Ménélik au Choa, en Éthiopie. L'expédition, qui dure plus d'un an, se révèle un désastre. Rimbaud cède sa cargaison au prix le plus bas. En 1888, il ouvre une factorerie à son compte à Harar. Il commence à ressentir de vives douleurs au genou. En 1891, ses souffrances s'amplifient. Abandonnant à regret Djami, son serviteur et dernier ami, il est rapatrié à l'hôpital de la Conception à Marseille où on l'ampute de la jambe droite. Malgré les soins et les veillées de sa sœur Isabelle à Roche, le mal – un cancer des os – l'emporte rapidement. « L'homme aux semelles de vent », « le passant considérable » comme l'appelle Mallarmé, « le voyageur toqué » s'éteint le 10 novembre 1891, au matin.

GENÈSE ET RÉCEPTION DE L'ŒUVRE : LE MYTHE RIMBAUD

GENÈSE

Rimbaud est l'homme d'un unique livre, le seul auquel il aura donné une forme définitive : *Une saison en enfer*. La distorsion entre l'insuccès de cette publication initiale et l'ampleur de la reconnaissance ultérieure a donné naissance à un véritable mythe. Alain Borer résume ainsi le parcours chaotique d'une entreprise éditoriale sans cesse au bord du naufrage : « Son œuvre est cette série d'abandons en chaîne : projet abandonné dès le titre (*Études néantes*), abandonné à peine les poèmes recopiés en recueil (le recueil de Douai), abandonné avant même d'être recopiés (*Illuminations*), enfin et cas exceptionnel, livre abandonné juste au moment de la diffusion, *Une saison en enfer*[1] ».

À quatorze ans, ses meilleurs exercices scolaires (notamment le poème intitulé « Les Étrennes des orphelins[2] ») sont publiés dans le Bulletin Officiel de l'académie de Douai et dans diverses revues. Ce premier essai concluant lui laisse espérer une publication dans *Le Parnasse contemporain*, la revue d'Alphonse Lemerre. Trois poèmes (« Ophélie », p. 23 ; « Credo in unam » qui deviendra « Soleil et chair », p. 34, et « Par les

1. *Télérama* hors-série consacré à Rimbaud et intitulé « Lignes de fuite » (novembre 2004). \ 2. Ce poème connu fait partie des œuvres de jeunesse écrites avant *Les Cahiers de Douai* ; c'est pourquoi il n'est pas reproduit dans cet ouvrage.

beaux soirs d'été » renommé ultérieurement « Sensation », p. 15) sont adressés par lui à Banville, qui ne donnera pas suite à sa demande.

De septembre à octobre 1870, Rimbaud a écrit, parfois, dit-on, lors de ses fugues vers la Belgique, une série de poèmes qu'il recopie à Douai, chez Izambard, d'où l'appellation *Cahiers de Douai*, que Rimbaud, n'ayant pas eu le temps d'y songer, n'a jamais employée. En quittant Douai, il laisse le manuscrit au domicile de Paul Demeny, jeune poète rencontré un mois plus tôt et dont l'œuvre, *Les Glaneuses*, a été publiée. Demeny, que Rimbaud avait mandaté pour trouver un éditeur, n'en a sans doute rien fait mais il a conservé les poèmes, au moment même où Rimbaud, en juin 1871, peu après ses *Lettres dites du voyant*, lui enjoignait de détruire le recueil, exigence qu'il n'a pas respectée non plus. Le « recueil Demeny » est donc l'autre désignation possible des *Cahiers de Douai*.

À l'automne 1871, Rimbaud est reçu à Paris par Verlaine. C'est grâce à la copie de ce dernier que de nombreux poèmes de cette année 1871 nous sont parvenus. Certains comme « Le Bateau ivre » (p. 83) n'ont jamais été autographiés par Rimbaud mais l'impression qu'avait produite leur lecture au cercle des Vilains Bonshommes décida Verlaine à en garder une trace. La majeure partie de la production de 1871 est également contenue dans les lettres que reçurent cette année-là ses destinataires (Izambard, Banville, Verlaine) et qui marquent déjà la prise de distance de Rimbaud avec sa poétique antérieure.

Les vers de 1872 soulèvent des difficultés accrues. Écrits au printemps et à l'été, formant pour certains des séries explicites (« Fêtes de la patience », p. 117), ils ont été rassemblés en fonction de la similarité de leur datation sur les manuscrits autographes (très souvent mai et juin 1872). Mais quelques poèmes tels « Mémoire » (p. 108), « Michel et Christine » (p. 124), « Entends comme brame… » (p. 129), « Honte » (p. 130) et « Ô saisons, ô châteaux !… » (p. 131) ne sont pas datés et leur ordre est hasardeux. Appelés « derniers vers » parce qu'ils sont les derniers à être versifiés, ou « vers nouveaux » de par leur facture originale, ils auraient été qualifiés, sans que le projet aboutisse, *d'Études néantes* par Rimbaud.

En mai 1873, alors qu'il est à Roche, Rimbaud signale à son camarade Ernest Delahaye la gestation d'un livre païen, d'un livre nègre. La rédaction de ces « histoires atroces », on le sait, est suspendue par l'incident d'un été infernal, qui voit Verlaine lever une arme contre lui. Rimbaud achève *Une saison en enfer* non sans avoir beaucoup travaillé sa composition (la frénésie d'inspiration n'excluant pas, comme le fait remarquer Cecil A. Hackett, la lucidité de structure) et le fait imprimer à Bruxelles, où il sort des presses en octobre. Rimbaud n'en retire que quelques exemplaires (dont un destiné à Verlaine, incarcéré), néglige le reste du tirage (qui sera retrouvé presque intact en 1901) et, selon un rapport de police, quitte furtivement la ville. C'est Verlaine qui mentionnera le premier l'existence de « ces hideux feuillets » (« Jadis... », p. 136, l. 29) en 1884 dans *Les Poètes maudits*. Le recueil sera réédité par la revue symboliste *La Vogue* en 1886 et couplé aux *Illuminations* dans l'édition Vanier des *Œuvres complètes* de 1895. La critique fait également précéder *Une saison en enfer* de proses que Rimbaud aurait rédigées au printemps 1873 à Roche, et qui se présentent comme une réécriture polémique de l'Évangile. Les brouillons de ces *Proses en marge de l'Évangile* furent retrouvés en 1948. *Une saison en enfer* figurait au verso.

Enfin, le lot de poèmes que nous lisons sous le nom d'*Illuminations* garde aujourd'hui encore sa part de mystères. Le titre du recueil, retrouvé pourtant sur les manuscrits, n'est attesté que par Verlaine qui a cru se rappeler que Rimbaud parlait volontiers de « painted plates », expression traduite par « gravures coloriées » ou « enluminures ». La date non plus n'est pas bien arrêtée. L'opinion a longtemps prévalu que les *Illuminations* étaient antérieures à *Une saison en enfer*, ce qui justifiait la valeur testamentaire de ce livre et l'« Adieu » de Rimbaud à la littérature (p. 164). Mais, à partir de 1949, la tradition éditoriale, qui s'appuie sur des analyses graphologiques, renverse le schéma : *Une saison en enfer* aurait été écrite dans l'urgence ; les *Illuminations* s'inscrivent dans la durée, entre 1873 et 1875, c'est-à-dire après la querelle fatale, avec quelques poèmes peut-être contemporains de ceux d'*Une saison en enfer*, et avant l'au revoir définitif. Lors de leur dernière entrevue, Verlaine emporte en effet le manuscrit et, à la demande de Rimbaud, l'expédie à Germain Nouveau en avril 1875. On ne retrouve sa trace qu'en 1878 entre les mains du beau-frère de Mathilde Verlaine. En 1886, quand *La Vogue* décide de les publier, l'état des *Illuminations* n'est pas scellé : les poèmes en prose sont encore mêlés à des poèmes en vers où l'on reconnaît la production de 1872.

L'ordre des poèmes a été lui aussi longtemps débattu, avec des principes d'édition qui concordent aujourd'hui pour respecter une certaine logique de présentation attestée par quelques dates. Le poème « Génie » (p. 208) placé en excipit[1] du recueil à la place de « Solde » (p. 198), où Rimbaud brade et « liquide » sa poésie, oriente la lecture des textes de façon moins désespérante.

RÉCEPTION DE L'ŒUVRE

L'œuvre de Rimbaud n'a été connue que tardivement, et elle a fait l'objet d'une publication au compte-gouttes. Le mystère et le silence de Rimbaud, son double retrait loin de « l'Europe aux anciens parapets » (« Le Bateau ivre », p. 87, v. 84) et de la littérature, ont hissé sa vie et son œuvre, indissociables, au rang de l'exception, du sublime.

Le mythe est lancé dès le vivant de l'auteur. Perdu, déclare Verlaine, le plus beau de ses poèmes, « Les Veilleurs », qui déclenche une circulation de faux dans les années 1880. Perdu, Rimbaud lui-même, que l'on croit mort : « Ce disparu voguerait en Asie, se dédiant à des travaux d'art. Mais les nouvelles sont contradictoires : elles le disent marchand de cochons dans l'Aisne, roi de « nègres », racoleur pour l'armée néerlandaise de la Sonde... Et tandis que l'œuvre, enfin publiée, enthousiasme plusieurs personnes et en effare quelques autres, l'homme devient indistinct. Déjà son existence se conteste, et Rimbaud flotte en ombre mythique sur les symbolistes » (article de Félix Fénéon dans la revue *Le Symboliste* du 7 octobre 1886). Cet exil qui a fasciné les lecteurs successifs de Rimbaud a été interprété comme un prolongement de sa poésie, voire comme son dépassement, à tel point que la critique a pu sacraliser cette décision d'abandonner la littérature. Mais des écrivains comme Camus, Mauriac ou Gracq se sont insurgés contre cette fascination qu'exerce le silence de Rimbaud. Yves Bonnefoy entame son essai sur le poète par l'injonction salutaire : « pour comprendre Rimbaud, lisons Rimbaud ».

Le mythe Rimbaud s'est constitué autour des innombrables figures qu'il a revêtues au fil des époques et des lectures. Il a été le voyant, « en vigie sur notre route » a pu dire André Breton, le chef de file du surréalisme. Pour ce courant littéraire né dans les années 1920, Rimbaud a été un précurseur : il a libéré l'imagination des carcans logiques qui l'enserraient et il a, selon le mot de Gaston Bachelard, « rendu à la raison

1. *Excipit* : fin. Ce terme désigne le contraire d'*incipit*.

humaine sa fonction de turbulence et d'agressivité ». Les surréalistes ont vu également dans les *Illuminations* et leurs descriptions insolites les principes en germe de l'écriture automatique.

Pour Claudel, dont la première œuvre théâtrale (*Tête d'or*, 1889) a des accents nettement rimbaldiens, Rimbaud incarne la révolte pure, le déchirement entre la chair et la spiritualité. Claudel transfère sur Rimbaud la « crise intérieure » qu'il a lui-même traversée et qui l'amènera au catholicisme. La famille de Rimbaud, de son côté, s'est attachée à dépeindre le poète en « martyr, en saint, en élu » se convertissant in extremis sur son lit de mourant. N'était-il pas, vers la fin de sa vie, un travailleur honnête, prévenant envers les siens ? Rimbaud fut donc aussi, un temps, un bon bourgeois.

Il fut encore le « poète maudit », « maudit par lui-même » écrivit Verlaine, marginal, révolté et insoumis. Ses sympathies communardes furent récupérées pour en faire un communiste. Telle autre manœuvre subversive de sa part fut interprétée comme fasciste. Il fut en tout cas l'homme qui rejeta tout et que l'on rejeta. Arrivé trop tôt en littérature, il était déjà trop tard quand ses œuvres furent publiées, toutes à son insu.

Enfin et surtout, il fut une présence physique qui ne passait pas inaperçue. Verlaine loue, dans *Les Poètes maudits*, son « visage d'ange en exil, ses cheveux mal en ordre (ses cheveux longs « de fille ») et ses yeux d'un bleu-pâle inquiétant ». Les photographies, celle de Carjat notamment, les tableaux (dont *Un coin de table* de Fantin-Latour) ont fait de Rimbaud une icône à la jeunesse et à la beauté insolentes, « pressé de trouver la formule et le lieu » mais, surtout, pressé de vivre vite. La persistance du mythe doit beaucoup à la précocité de cet auteur qui, à vingt ans, était littérairement mort.

Que reste-t-il de l'œuvre quand la figure de l'homme Rimbaud l'a comme écrasée et étouffée sous sa si singulière personnalité ? La réception actuelle de l'œuvre semble davantage redonner la parole aux textes. Elle rejoint et décuple l'éloge que lui firent les gens de lettres de tous bords depuis sa parution. Gustave Kahn, l'éditeur de *La Vogue*, parlait déjà de « phrases radieuses, de concisions extraordinaires ». André Gide célèbre « l'inventeur de formes » et souligne ceci : « Il y a ce qu'il a voulu dire, ce que l'on croit qu'il a voulu dire ; mais le plus important sans doute reste ce qu'il a dit sans le vouloir et malgré lui ». Paul Valéry respecte celui qui a « découvert la puissance de l'incohérence harmonique [et est] arrivé à ce point extrême, paroxystique de l'irritation volontaire de la fonction du langage ». Aussi le critique littéraire Roland Barthes fait-il démarrer la poésie moderne non plus à partir de Baudelaire mais à partir de Rimbaud. Enfin, dans cette même volonté de rééquilibrer vie et œuvre, Rimbaud lui-même est aujourd'hui présenté comme un homme presque ordinaire, un fils (voir *Rimbaud le fils* de Pierre Michon), un « horrible travailleur », un poète qu'il est presque « honteux de soumettre à la question lui qui a préféré fuir que de devoir quoi que ce soit » (Benjamin Fondane). On le voit, Rimbaud restera pour longtemps un étonnant « trafiquant d'âmes ».

GROUPEMENT DE TEXTES : LES POÈTES MAUDITS

L'expression « poètes maudits » qui a fait fortune est d'abord le titre d'une œuvre de Verlaine, parue en 1888, qui les définit ainsi : « poètes absolus par l'imagination, absolus dans l'expression… mais maudits ! ». Sont maudits, pour lui : Corbière, Rimbaud, Mallarmé, Marceline Desbordes-Valmore, Villiers de L'Isle-Adam et « le pauvre Lélian » qui n'est autre que l'anagramme de Verlaine lui-même.

Après avoir lu l'ensemble des textes ci-dessous, vous répondrez aux questions suivantes.

1. Observez les titres des poèmes et de leurs recueils respectifs. En quoi s'accordent-ils à la thématique du poète maudit ?

2. Quelle vision ces textes donnent-ils du destin du poète ? À quoi aspire-t-il ? Que rejette-t-il ?

Vous vous appuierez notamment sur les marques stylistiques qui témoignent d'un déchirement entre le réel et l'idéal ainsi que d'une rupture entre le monde et l'individu singulier qu'est le poète.

3. En quoi peut-on considérer les poètes maudits comme des poètes de la modernité ?

Référez-vous par exemple au choix du lexique, de la syntaxe et de la versification, qui s'écartent progressivement d'une conception romantique et traditionnelle de la poésie.

TEXTE 1 • Gérard de Nerval, « El Desdichado », *Les Chimères* (1854)

Nerval (1808-1855), retrouvé pendu à une grille une nuit d'hiver à Paris, luttant toute sa vie contre les crises de folie qui l'assaillaient, aurait pu faire partie des poètes maudits. Il fut en tout cas considéré comme tel par la postérité. « El Desdichado » est le premier poème des *Chimères*, recueil qui rassemble douze sonnets.

Je suis le ténébreux, – le veuf, – l'inconsolé,
Le prince d'Aquitaine à la tour abolie :
Ma seule *étoile* est morte, – et mon luth constellé
Porte le *soleil noir* de la *Mélancolie*.

Dans la nuit du tombeau, toi qui m'as consolé,
Rends-moi le Pausilippe et la mer d'Italie,
La *fleur* qui plaisait tant à mon cœur désolé,
Et la treille où le pampre à la rose s'allie.

Suis-je Amour ou Phébus, Lusignan ou Biron ?
Mon front est rouge encor du baiser de la reine ;
J'ai rêvé dans la grotte où nage la sirène…

Et j'ai deux fois vainqueur traversé l'Achéron :
Modulant tour à tour sur la lyre d'Orphée
Les soupirs de la sainte et les cris de la fée.

TEXTE 2 • Charles Baudelaire, « Une charogne », *Les Fleurs du mal* (1857)

Baudelaire (1821-1867) prend ici le contre-pied de l'idéalisation amoureuse de convention et crée, comme dans l'ensemble des poèmes des *Fleurs du mal*, une esthétique audacieuse, « un frisson nouveau ». Cette œuvre unique en son genre et sa vie tumultueuse le rangent implicitement au nombre des poètes maudits.

Rappelez-vous l'objet que nous vîmes, mon âme,
Ce beau matin d'été si doux :
Au détour d'un sentier une charogne infâme
Sur un lit semé de cailloux,

Les jambes en l'air, comme une femme lubrique,
Brûlante et suant les poisons,
Ouvrait d'une façon nonchalante et cynique
Son ventre plein d'exhalaisons.

Le soleil rayonnait sur cette pourriture,
Comme afin de la cuire à point,
Et de rendre au centuple à la grande Nature
Tout ce qu'ensemble elle avait joint ;

Et le ciel regardait la carcasse superbe
Comme une fleur s'épanouir.
La puanteur était si forte, que sur l'herbe
Vous crûtes vous évanouir.

Les mouches bourdonnaient sur ce ventre putride,
D'où sortaient de noirs bataillons
De larves, qui coulaient comme un épais liquide
Le long de ces vivants haillons.

Tout cela descendait, montait comme une vague,
Ou s'élançait en pétillant ;
On eût dit que le corps, enflé d'un souffle vague,
Vivait en se multipliant.

Et ce monde rendait une étrange musique,
Comme l'eau courante et le vent,
Ou le grain qu'un vanneur d'un mouvement rythmique
Agite et tourne dans son van.

Les formes s'effaçaient et n'étaient plus qu'un rêve,
Une ébauche lente à venir,
Sur la toile oubliée, et que l'artiste achève
Seulement par le souvenir.

Derrière les rochers une chienne inquiète
Nous regardait d'un œil fâché,
Épiant le moment de reprendre au squelette
Le morceau qu'elle avait lâché.

– Et pourtant vous serez semblable à cette ordure,
À cette horrible infection,

Étoile de mes yeux, soleil de ma nature,
Vous, mon ange et ma passion !

Oui ! telle vous serez, ô la reine des grâces,
Après les derniers sacrements,
Quand vous irez, sous l'herbe et les floraisons grasses,
Moisir parmi les ossements.

Alors, ô ma beauté ! dites à la vermine
Qui vous mangera de baisers,
Que j'ai gardé la forme et l'essence divine
De mes amours décomposés !

TEXTE 3 • Paul Verlaine, « Les Sages d'autrefois… », *Poèmes saturniens* (1866)

Il s'agit de la préface aux *Poèmes saturniens* dont la poétique mélancolique et morbide est d'inspiration baudelairienne. Dans ce recueil de vers « impressionniste », Verlaine cultive déjà le goût de « l'accord discord ».

Les Sages d'autrefois, qui valaient bien ceux-ci,
Crurent, et c'est un point encor mal éclairci,
Lire au ciel les bonheurs ainsi que les désastres,
Et que chaque âme était liée à l'un des astres.
(On a beaucoup raillé, sans penser que souvent
Le rire est ridicule autant que décevant,
Cette explication du mystère nocturne.)
Or ceux-là qui sont nés sous le signe SATURNE,
Fauve planète, chère aux nécromanciens,
Ont entre tous, d'après les grimoires anciens,
Bonne part de malheurs et bonne part de bile.
L'Imagination, inquiète et débile,
Vient rendre nul en eux l'effort de la Raison.
Dans leurs veines le sang, subtil comme un poison,
Brûlant comme une lave, et rare, coule et roule
En grésillant leur triste Idéal qui s'écroule.
Tels les Saturniens doivent souffrir et tels
Mourir, – en admettant que nous soyons mortels, –
Leur plan de vie étant dessiné ligne à ligne
Par la logique d'une Influence maligne.

TEXTE 4 • Lautréamont, *Les Chants de Maldoror*, IV, 4 (1869)

Considéré comme maudit pour avoir imaginé une œuvre dont on a cru qu'elle était le fruit d'un psychopathe, en tout cas, d'un cerveau malade, Isidore Ducasse prit pour pseudonyme Lautréamont (1846-1870). Mort à vingt-quatre ans « sans autres renseignements », il est bien l'auteur sulfureux de cette épopée du Mal, de la haine et de la destruction.

Je suis sale. Les poux me rongent. Les pourceaux, quand ils me regardent, vomissent. Les croûtes et les escarres de la lèpre ont écaillé ma peau, couverte de pus jaunâtre. Je ne connais pas l'eau des fleuves, ni la rosée des nuages. Sur ma nuque, comme sur un fumier, pousse un énorme champignon, aux pédoncules ombellifères. Assis sur un meuble informe, je n'ai pas bougé mes membres depuis quatre siècles. Mes pieds ont pris racine dans le sol et composent, jusqu'à mon ventre, une sorte de végétation vivace, remplie d'ignobles parasites, qui ne dérive pas encore de la plante, et qui n'est plus de la chair. Cependant mon cœur bat. Mais comment battrait-il, si la pourriture et les exhalaisons de mon cadavre (je n'ose pas dire corps) ne le nourrissaient abondamment ? Sous mon aisselle gauche, une famille de crapauds a pris résidence, et, quand l'un d'eux remue, il me fait des chatouilles. Prenez garde qu'il ne s'en échappe un, et ne vienne gratter, avec sa bouche, le dedans de votre oreille : il serait ensuite capable d'entrer dans votre cerveau. Sous mon aisselle droite, il y a un caméléon qui leur fait une chasse perpétuelle, afin de ne pas mourir de faim : il faut que chacun vive. Mais, quand un parti déjoue complètement les ruses de l'autre, ils ne trouvent rien de mieux que de ne pas se gêner, et sucent la graisse délicate qui couvre mes côtes : j'y suis habitué. Une vipère méchante a dévoré ma verge et a pris sa place : elle m'a rendu eunuque, cette infâme. Oh ! si j'avais pu me défendre avec mes bras paralysés ; mais, je crois plutôt qu'ils se sont changés en bûches. Quoi qu'il en soit, il importe de constater que le sang ne vient plus y promener sa rougeur. Deux petits hérissons, qui ne croissent plus, ont jeté à un chien, qui n'a pas refusé, l'intérieur de mes testicules : l'épiderme, soigneusement lavé, ils ont logé dedans. L'anus a été intercepté par un crabe ; encouragé par mon inertie, il garde l'entrée avec ses pinces, et me fait beaucoup de mal ! Deux méduses ont franchi les mers, immédiatement alléchées par un espoir qui ne fut pas trompé. Elles ont regardé avec attention les deux parties charnues qui forment le derrière humain, et, se cramponnant à leur galbe convexe, elles les ont tellement écrasées par une pression constante, que les deux morceaux de chair ont disparu, tandis qu'il est resté deux monstres, sortis du royaume de la viscosité, égaux par la couleur, la forme et la férocité. Ne parlez pas de ma colonne vertébrale, puisque c'est un glaive. Oui, oui… je n'y faisais pas attention… votre demande est juste. Vous désirez savoir, n'est-ce pas, comment il se trouve implanté verticalement dans mes reins ? Moi-même, je ne me le rappelle pas très clairement ; cependant, si je me décide à prendre pour un souvenir ce qui n'est peut-être qu'un rêve, sachez que l'homme, quand il a su que j'avais fait vœu de vivre avec la maladie et l'immobilité jusqu'à ce que j'eusse vaincu le Créateur, marcha, derrière moi, sur la pointe des pieds, mais, non pas si doucement, que je ne l'entendisse. Je ne perçus plus rien, pendant un instant qui ne fut pas long. Ce poignard aigu s'enfonça, jusqu'au manche, entre les deux épaules du taureau des fêtes, et son ossature frissonna, comme un tremblement de terre. La lame adhère si fortement au corps, que personne, jusqu'ici, n'a pu l'extraire. Les athlètes, les mécaniciens, les philosophes, les médecins ont essayé, tour à tour, les moyens les plus divers. Ils ne savent pas que le mal qu'a fait l'homme ne peut plus se défaire ! J'ai pardonné à la profondeur de leur ignorance native, et je les ai salués des paupières de mes yeux. Voyageur, quand tu passeras près de moi, ne m'adresse pas, je t'en supplie, le moindre mot de consolation : tu affaiblirais mon courage. Laisse-moi réchauffer ma ténacité à la flamme du martyre volontaire. Va-t'en… que je ne t'inspire aucune pitié. La haine est plus bizarre que tu ne le penses ; sa conduite est inexplicable, comme l'apparence brisée d'un bâton enfoncé dans l'eau. Tel que tu me vois, je puis encore faire des excursions jusqu'aux murailles du ciel, à la tête d'une légion d'assassins, et revenir prendre cette posture, pour méditer, de nouveau, sur les nobles projets de la vengeance. Adieu, je ne te retarderai pas davantage ; et, pour t'instruire et te préserver, réfléchis au sort fatal qui m'a conduit à la révolte, quand peut-être j'étais né bon ! Tu raconteras à ton fils ce que tu as vu ; et, le prenant par la main, fais-lui admirer la beauté des étoiles et les merveilles de l'univers, le nid du rouge-gorge et les temples du Seigneur. Tu seras étonné de le voir si docile aux conseils de la paternité, et tu le récompenseras par un sourire. Mais, quand il apprendra qu'il n'est pas observé, jette les yeux sur lui, et tu le verras cracher sa bave sur la vertu ; il t'a trompé, celui qui est descendu de la race humaine, mais, il ne te trompera plus : tu sauras désormais ce qu'il deviendra. Ô père infortuné, prépare, pour accompagner les pas de ta vieillesse, l'échafaud ineffaçable qui tranchera la tête d'un criminel précoce, et la douleur qui te montrera le chemin qui conduit à la tombe.

TEXTE 5 • Stéphane Mallarmé, « Le Tombeau d'Edgar Poe », *Poésies* (1887)

Professeur d'anglais et poète, Mallarmé (1842-1898) dit dans les *Poésies* sa haine pour le quotidien et la laideur du réel ainsi que la soif d'absolu qui l'habite. Dans ce dernier poème du groupement, il rend hommage à un autre poète maudit, Edgar Allan Poe.

Tel qu'en Lui-même enfin l'éternité le change,
Le Poëte suscite avec un glaive nu
Son siècle épouvanté de n'avoir pas connu
Que la mort triomphait dans cette voix étrange !

Eux, comme un vil sursaut d'hydre oyant jadis l'ange
Donner un sens plus pur aux mots de la tribu,
Proclamèrent très haut le sortilège bu
Dans le flot sans honneur de quelque noir mélange.

Du sol et de la nue hostiles, ô grief !
Si notre idée avec ne sculpte un bas-relief
Dont la tombe de Poe éblouissante s'orne

Calme bloc ici-bas chu d'un désastre obscur
Que ce granit du moins montre à jamais sa borne
Aux noirs vols du Blasphème épars dans le futur.

L'ŒUVRE DANS UN GENRE

JUSQU'EN 1871 : RIMBAUD ET LA TRADITION POÉTIQUE

TROIS GRANDS MODÈLES

« La première manière » de Rimbaud concerne encore la poésie versifiée et reste, à de nombreux égards, tributaire de l'actualité littéraire et des genres dominants de l'époque, qu'il s'agisse des longs poèmes narratifs épiques, en vogue au XIXe siècle (« Le Forgeron », p. 27 ; « Première soirée », p. 14) ou du lyrisme, que Rimbaud va renouveler. C'est une poésie « d'emprunts, de greffes et de contamination » (Gérard Macé) marquée par l'influence des trois grands modèles que sont alors Hugo, Baudelaire et Banville, des « voyants » imparfaits, mais « voyants » tout de même.

LA LIBÉRATION DU VERS

Le romantisme avait déjà entamé un processus de libération du vers en « tuant » un certain nombre de vieilleries poétiques classiques. Rimbaud poursuit et radicalise ces transgressions. S'il maintient la forme fixe du sonnet, héritage de la Renaissance réhabilité par les romantiques, c'est en privilégiant l'esthétique discordante et inventive du sonnet libertin, dont l'emploi est exceptionnel avant Baudelaire. Le sonnet classique est constitué de quatorze vers répartis sur deux quatrains à deux rimes embrassées, suivis d'un sizain divisé typographiquement en deux tercets. Le sonnet libertin fait rimer quatre types différents de rimes croisées sur les deux premiers quatrains (« Le Dormeur du val », p. 39 ; « Le Châtiment de Tartufe », p. 25). De même, si Rimbaud conserve le vers noble par excellence qu'est l'alexandrin, il en brise, après Hugo, le schéma canonique. Le maintien des deux unités du vers, les deux hémistiches de six syllabes, s'abolit au profit d'une structure syntaxique et d'un rythme plus souples. Les écarts métriques deviennent alors signifiants. Par exemple, dans « À la musique » (p. 26), on lit « Le notaire pend **à** ses breloques à chiffres » (v. 8). La césure est déplacée non plus sur un mot lexical, comme l'exige la norme classique, mais sur un mot grammatical. L'hémistiche reste comme pendu lui-même à la préposition, le mimétisme du vers renforçant l'effet satirique voulu.

UNE LANGUE NOUVELLE

Ainsi, comme la critique l'a suggéré, Rimbaud, qui identifie l'alexandrin à l'ordre social exécré, et rejette les productions contemporaines, réalistes et parnassiennes, comme trop complaisantes à l'égard de la société, multiplie les infractions poétiques et inaugure une nouvelle langue, une langue que l'on a pu qualifier de « polyphonique » tant elle est bigarrée et contrastée. Le grand tournant est bien 1871, l'année de la « voyance » et des lettres en forme de manifestes adressées aux amateurs d'une poésie trop fleurie et fanée (« Ce qu'on dit au Poète à propos de fleurs », p. 61), la poésie trop « fadasse » des premiers romantiques comme Musset. « Libre aux *nouveaux* ! d'exécrer les ancêtres » (« À Paul Demeny », p. 96, l. 49-50) écrit Rimbaud à Paul Demeny. Le ton rimbaldien, sarcastique et outrageant, est posé : il s'agit à présent de retourner l'imitation contre ses modèles de manière agressive, en durcissant la satire. L'époque s'y prête avec le succès des caricaturistes tels que Daumier.Ainsi, la richesse des rimes préconisée par les romantiques entraîne des effets hyperboliques, des associations burlesques ou grotesques (« omoplates » rime avec « plates » dans « Vénus anadyomène », p. 12, v. 5, 8 ; « récuré » avec « curé » dans « Accroupissements », p. 103, v. 3 ,5). Dans les nouveaux poèmes de 1871, le vocabulaire déferle avec une certaine violence ; il absorbe des termes savants, des néologismes (« Le Cœur supplicié », p. 92), des ardennismes mais aussi des termes grossiers, injurieux, enfin, des mots techniques et scientifiques qui confèrent à l'œuvre les accents de la modernité (dans « Les Assis », nous trouvons la rime « épileptiques » / « rachitiques», p. 48, v. 5, 7).

UNE NOUVELLE DÉFINITION DU BEAU

Depuis Baudelaire et les *Fleurs du mal* en effet, le Beau est malmené. S'il survit dans la forme des poèmes, qui demeure classique et pétrarquisante, sur le plan des idées, il a part à l'horrible, au macabre et au scandaleux, à l'instar du poème baudelairien « Une charogne » (*Les Fleurs du mal*) qui décrit un cadavre en décomposition. Cet antilyrisme est repris par Rimbaud qui recommande, dans « L'Orgie parisienne » (p. 52), d'« ouvr[ir] [n]otre narine aux superbes nausées ! » (v. 29). La filiation baudelairienne est enfin visible à travers le prosaïsme de plus en plus prégnant de ses poèmes. L'auteur des *Petits poèmes en prose* (1869) avait fait émerger le Beau de la trivialité du quotidien. Cette simplicité prosaïque se manifeste dans l'œuvre de Rimbaud, avec les poèmes de l'équipée belge tels que « Au Cabaret-Vert » (p. 40) ou « La Maline » (p. 40) qui sont autant de « choses vues », de tableaux intimistes dans lesquels le « je » s'efface pour céder la place au décor, aux personnages et aux objets. De la même façon, « Roman » (p. 19), par son titre suggestif, fictionnalise le moi et le met à distance de façon ironique, défigurant tout sentiment « romanesque ».

En 1871, la dépersonnalisation progressive du sujet, le retrait de la première personne se couplent d'un primat accordé à la sensation, aux notations visuelles, auditives, olfactives et tactiles qui rendent compte de la complexité et du foisonnement du réel. Ce sont les poèmes colorés tant commentés de Rimbaud : les « Voyelles » (p. 73), « Le Bateau ivre » (p. 83). Peu à peu, le poète glisse vers des mots purs, dégagés de leur référent, décloisonne les catégories logiques et sémantiques pour exprimer l'ineffable, « l'inconnu » par « un long, immense et raisonné *dérèglement de tous les sens* » (« À Paul Demeny », p. 97, l. 91, 85-86).

APRÈS 1871 : DES VERS TROP « SIMPLES EXPRÈS »

SUGGÉRER PLUTÔT QUE DIRE

À partir des années 1872-1873, Rimbaud n'est plus le « poète correct » dont Verlaine louait les « rimes honorables ». Lui-même parle de « vers mauvais ». Il accélère, sous l'influence probable de l'auteur des *Romances sans paroles*, sa désarticulation du vers et module lui aussi, comme l'a fait remarquer Michel Murat, « une métrique du vague et de l'impressionnisme qui favorise la musicalité, l'impair et la nuance ». Flottent dans ces poèmes une mélancolie légère, un inconfort lancinant dus au vocabulaire abstrait et spiritualiste (« Chanson de la plus haute tour[1] », p. 119).

1. Ce poème de mai 1872 a fait l'objet d'une réécriture, avec des variantes non négligeables, dans le morceau « Alchimie du verbe » (p. 154-155) du recueil *Une saison en enfer*, au moment où Rimbaud dresse un bilan critique de sa poétique passée.

Rimbaud donne à lire des sensations évanescentes, des paysages intérieurs dont la lisibilité pour ses contemporains est alors malaisée. Comme par une régression vers les origines et l'enfance, le poète puise dans ses souvenirs de chansons populaires, de comptines, où le sujet, dont la dissolution était déjà amorcée dans les poèmes antérieurs, laisse la place à une énonciation plus anonyme, celle d'une voix impersonnelle ou collective, recréant ainsi l'alternance polyphonique des chants de tradition orale (« Âge d'or » dans « Fêtes de la patience », p. 121).
L'approfondissement de la mélodie de ces vers nouveaux, par la présence d'un refrain, de couplets et d'une structure en boucle (« L'Éternité », p. 120) est censé suggérer plutôt que nommer le sentiment d'un malaise, d'un vertige, d'un accomplissement impossible, comme le soulignent les titres eux-mêmes (« Comédie de la soif » et « Fêtes de la faim », « Larme », « Honte », p. 112, 128, 110, 130). Cette tonalité de la peine, de la fatigue de l'âme l'emporte en définitive sur la signification des poèmes. Il s'agit non plus d'exprimer l'indicible par l'excès comme dans « Le Bateau ivre » (p. 83) mais par le manque, le néant et une expression volontairement « égarée au possible » (« Alchimie du verbe », p. 157, l. 125).

INCORRECTIONS ET DISSONANCES

Quant à l'incorrection formelle de l'œuvre, vient-elle de cette simplicité volontaire ? Plus que tout, Rimbaud a recherché, à cette période, la brièveté. Il l'a trouvée en partie dans les chants traditionnels dont il s'est inspiré. Les vers brefs qui en dépendent (octosyllabes ou pentamètres) offrent une grande mobilité prosodique, tout comme les mètres impairs auxquels il a recours et qui restent d'un emploi rare (les hendécasyllabes de « Est-elle almée ?... », p. 127).
Cette expérience métrique originale se double d'un déséquilibre et d'une dislocation internes : des assonances ont remplacé les rimes finales qui, de ce fait, se trouvent appauvries. L'alternance de convention entre rimes masculines et féminines n'est plus respectée. C'est le principe même de la poésie versifiée qui est atteint. Mais les vers ainsi dérimés s'enrichissent en retour de rimes et d'échos sonores intérieurs : Rimbaud rime ailleurs, et autrement.
De la même façon, la gestion chaotique du « e » féminin accroît l'inconfort et le caractère faux et bancal des vers. La règle veut que l'on interdise

la suite d'une voyelle, d'un « e » et d'une consonne. Or cette règle est transgressée jusque dans les titres (« Est-elle almée ?... », p. 127) ; et dès le premier poème (« Qu'est-ce pour nous, mon cœur... », p. 107) Rimbaud force déjà la prononciation affreuse du « e » suivi d'une consonne (« puissance, justice... », v. 7). Il est évident que « les inventions d'inconnu réclament des formes nouvelles » (« Mes petites amoureuses », p. 98). Sans quitter le champ de la poésie versifiée, il la déstructure donc et la violente à loisir.

UNE SAISON EN ENFER : L'AUTOFICTION D'UN DAMNÉ

UNE ORGANISATION MARQUÉE

Une saison en enfer marque, conformément au précepte des *Lettres dites du voyant*, qui recommande la confusion de la vie et de l'œuvre, une double rupture dans l'œuvre de Rimbaud : atroce fut la fin de sa relation avec Verlaine, « atroces » sont les « histoires » qui en résultent, comme il l'annonce, par courrier, à Ernest Delahaye. *Une saison en enfer* est d'abord une prose fiévreuse, écrite sans interruption, d'un rythme saccadé et haletant, une prose telle que l'aurait souhaitée Baudelaire qui enjoignait, dans sa préface au *Spleen de Paris*, de la « hache[r] » et de la découper en « tronçons ». Or, pour être enragée, cette prose n'en est pas moins effectivement structurée : des « morceaux », titrés et isolés par des séparations typographiques, jalonnent une composition que l'on a pu juger « dramatique », au sens de « mise en scène ». Neuf chapitres sont eux-mêmes parfois constitués de plusieurs sous-parties. Du prologue jusqu'à l'« Adieu » (p. 164) final de cette saison, le récit des faits suit une progression chronologique qui coïncide d'ailleurs avec le temps de l'écriture, à savoir du printemps (« Et le printemps m'a apporté l'affreux rire de l'idiot ! », p. 136, l. 16) à l'automne 1873 (« L'automne déjà ! », p. 164, l.1). Quelque chose s'est donc passé dans cet entre-temps qui justifierait l'écriture du récit lui-même. Que dit donc ce « je » mystérieux et comment l'exprime-t-il, lui qui fait paradoxalement l'aveu de ne plus savoir parler (« Matin », p. 163) ?

AUTOBIOGRAPHIE, EXAMEN DE CONSCIENCE, DISTANCE VIS-À-VIS DE SOI-MÊME

De prime abord, nous sommes en présence d'un récit à la première personne, qui a toutes les apparences de l'autobiographie et remplit les conditions du pacte contracté avec le lecteur : identité du narrateur, du personnage et de l'auteur, remontée des souvenirs à l'enfance (« Ah ! cette vie de mon enfance » s'exclame-t-il dans « L'Impossible », p. 160, l. 1), visée rétrospective assurée par l'oscillation entre les temps du passé et le présent d'énonciation.

Mais ce récit prend aussi les allures d'un discours direct, comme l'indique l'emploi des guillemets. Les phrases nominales, les asyndètes et les parataxes confèrent au texte l'intonation d'un discours déréglé, Rimbaud précisant que c'est bien là « l'histoire d'une de [s]es folies » (« Alchimie du verbe », p. 152, l. 1). Le narrateur-récitant s'adresse ainsi à lui-même, dans un monologue intérieur souvent délibératif (« À qui me louer ? Quelle bête faut-il adorer ? [...] – Dans quel sang marcher ? demande-t-il dans « Mauvais sang », p. 139, l. 82, 84). On a pu dire que cette fiction oratoire présentait Rimbaud comme un pénitent en plein examen de conscience, proche en cela de Musset et de sa *Confession d'un enfant du siècle* (1836). Mais, de toute évidence, l'exaltation lyrique du modèle romantique se pare d'une ironie coutumière : la confession est tournée non vers Dieu mais vers Satan. Le grandissement épique de l'œuvre, reconnaissable aux tournures hyperboliques et emphatiques, ainsi qu'au procédé de recherche généalogique par lequel Rimbaud renoue avec une « race inférieure » (« Mauvais sang », p. 138, l. 60) et affirme sa « négritude », sert à héroïser les offensés, les persécutés et les révoltés, contre la sanctification de la colonisation imposée par les « blancs » (« Mauvais sang », p. 141, l. 140). *Une saison en enfer* devient alors une contre-épopée. De façon transversale, on le voit, les grands genres que Rimbaud parodiait dès les premières poésies sont de nouveau mis à mal.

De plus, l'autobiographe supposé ne souhaite pas produire un récit fortement individualisé. Il s'insère plutôt dans un fonds mythique archaïque et collectif qu'atteste notamment l'emploi de l'adverbe de temps initial « Jadis... » (p. 135). Son expérience de « damné » (« Jadis... », p. 136, l. 29) sur terre, ses échecs relationnels et poétiques se veulent universels. On trouve en abondance des sentences, des énoncés gnomiques à valeur axiomatique tels que « C'est très-certain, c'est oracle, ce que je dis » (« Mauvais sang », p. 138, l. 54-55) ou encore « La vraie vie est absente. Nous ne sommes pas au monde » (« L'Époux infernal », dans « Délires I », p. 148, l. 27-28) qui assimilent également *Une saison en enfer* à un vaste apologue.

Rimbaud nous laisse, avec *Une saison en enfer*, le témoignage autofictionnel d'une vie intérieure heurtée, nerveuse et brutale, à l'image de la prose qui le guide. Cette prose poétique dont Baudelaire avait rêvé, Rimbaud la transforme en « opéra fabuleux » (« Délires II », p. 158, l. 150), égrenant, au milieu des cris onomatopéiques de son « Mauvais sang » (p. 136), quelques « notes édéniques ».

LES *ILLUMINATIONS* : L'ÉCRITURE DE LA FRAGMENTATION

UNE STRUCTURE MYSTÉRIEUSE

Les *Illuminations* demeurent assurément l'un des recueils les plus hermétiques et mystérieux de la poésie française. Quand *La Vogue* le publie en 1886, Rimbaud est déjà « opéré vivant de la poésie » et l'ordre de composition des poèmes emporte son secret avec lui, en dépit de l'argument défendu par certaines études qui parlent d'une architecture pensée et accordée sur une sorte de progression téléologique, depuis la cosmogonie née du chaos décrite dans « Après le Déluge » (p. 169) à l'avènement du « Génie » (p. 208).

UNE POÉTIQUE HYBRIDE

Des poèmes en prose ?

La réputation d'illisibilité des *Illuminations* tient aussi à son statut générique hybride : Rimbaud continue d'annuler dans sa poésie les caractéristiques formelles du vers les plus normées mais ne concède pas pleinement à la prose. Le matériau verbal est mixte. Ces « poèmes en prose » – l'appellation est problématique car le genre n'était pas encore solidement établi à l'époque, bien que deux œuvres fondatrices, *Gaspard de la nuit* d'Aloysius Bertrand (1842) et *Petits poèmes en prose* de Baudelaire (1869) l'aient fait connaître – se définissent comme de brefs fragments autonomes, inférieurs ou égaux à une dizaine de lignes et formant souvent un bloc monolithique d'un seul paragraphe (« Antique », p. 176, « *Being Beauteous* », p. 177, « Ornières », p. 186, « H », p. 205).

Une suite de versets ?

Mais on rapproche également la forme du poème en prose de celle du verset. Désignant initialement de petits paragraphes numérotés extraits de la Bible et offrant un sens complet, le verset qualifie des unités de prose rythmées, excédant la mesure du vers. Il se présente, dans les *Illuminations*, comme un paragraphe de prose avec un retrait initial suivi d'un alignement contre la marge gauche. Rimbaud a pu être influencé par l'œuvre du poète américain, Walt Whitman qui exalte, dans *Feuilles d'herbe* (1855), sur un rythme incantatoire et dans la forme ample et souple du verset, la nature, le corps et la démocratie égalitaire, rejetés par une société puritaine.

Des poèmes en vers libres ?

Enfin, dès leur parution, deux poèmes ont été différenciés au sein du corpus rimbaldien par leur appartenance soupçonnée au vers-librisme : « Marine » (p. 194) et « Mouvement » (p. 206). De nouveau, l'appellation de « vers libres » paraît anachronique et rétrospective car Rimbaud ne les a pas nommés comme tels. Cette forme lui a été attribuée au moment où Gustave Kahn, l'éditeur de *La Vogue*, publiait sa propre œuvre en vers libres, *Les Palais nomades*, en 1887. Les vers libres sont en fait des vers irréguliers, qui ne sont pas nécessairement des mètres, mais qui ont leur rythme propre. Ils se succèdent selon une logique syntaxique, sans système de rimes mais au moyen d'échos phoniques. Toutefois, contrairement à la prose, ils s'organisent en vers et en strophes, une majuscule signalant le début du vers et non celui de la phrase, même si l'indentation[1] qui décale le vers à droite, dans « Marine » (p. 195, v. 5), l'assimile graphiquement à un début de paragraphe.

---

1. *Indentation* : distance entre la marge d'un paragraphe et le début de la première ligne.

UNE SYNTAXE DÉSTRUCTURÉE

La syntaxe elle-même est happée par la forme de la fragmentation. Rimbaud emploie des phrases indépendantes, juxtaposées sans lien de coordination ou de subordination. La succession de ces propositions souvent nominales introduit une discontinuité parcellaire, des « sauts d'harmonie inouïs » (« Solde », p. 198, v. 17-18) censés évoquer ces visions intermittentes mais éblouissantes que sont les « illuminations ». Elles livrent un éclat brut. Telle est aussi la fonction que le poète assigne aux ellipses et à la ponctuation, traits dominants de sa stylistique : y recourir signifie accepter la fragmentation du sujet moderne, la scission du moi. Rimbaud, par l'usage du tiret dialogique, laisse parler d'autres voix, sur les « scènes » du théâtre urbain. Cette ponctuation fait de l'auteur le chef d'orchestre d'une prose « opéradique » (« Nocturne vulgaire », p. 194, v. 1) qui coupe, lie, hiérarchise et, par des mouvements impromptus, déplace la langue où il veut. Il faut être notamment attentif au rôle joué par les ouvertures et les clausules des poèmes. Dans la troisième section de « Vies » (p. 179), la dernière conjonction « et » (v. 33), comme le souligne Michel Murat, « loin de stabiliser l'eurythmie de la phrase qui l'accomplit et la ferme, la remet en jeu, l'inachève ». La clausule ici est un lieu d'ironie, voire d'autodestruction : l'exemple le plus probant reste encore « H » (p. 205) dont l'injonction finale « trouvez Hortense» (v. 8) est à la fois défi et consigne amusés au lecteur.

DIRE DE NOUVELLES EXPÉRIENCES MENTALES

Mais Rimbaud ne bouleverse pas gratuitement les structures de la phrase : il a conscience qu'elles sont le calque de nos structures mentales et c'est vers elles qu'est dirigée l'expérience, le « laboratoire de prose » des *Illuminations*. La description est de ce fait modifiée. Pour dire l'énormité de la ville, Rimbaud dresse des énumérations hors normes, hétéroclites : son texte lui-même en est changé, fût-ce aux dépens de la beauté. Dans « Génie » (p. 208), il nous amène à penser l'altérité, l'étrangeté. Pierre Brunel fait remarquer que la première phrase « Il est l'affection et le présent » (v. 1) ne nous dérange que parce que les réalités, abstraites certes, au lieu d'être opposées, relèvent simplement de plans et de registres profondément différents. Dans le même dessein, Rimbaud greffe brutalement à la phrase, ou dans les titres même, des mots importés, d'origine anglaise (« *Fairy* », p. 199, « *Bottom* », p. 205), brisant ainsi les limites de la langue littéraire et des conventions grammaticales qu'il subordonne à sa vision. Rimbaud défie encore les lois de la représentation et de la mimésis traditionnelle par l'emploi de l'adynaton, figure de pensée évoquant une idée à la fois impossible et hyperbolique comme point de comparaison avec une autre évocation : dans « Barbare » (p. 197), une fois qu'il a énoncé l'existence des « fleurs arctiques » (v. 3), l'auteur se rétracte (« elles n'existent pas », v. 3). Le poème ne retranscrit alors plus le réel, il s'installe dans un univers pur, dénué de repères.

RIMBAUD ET LA MODERNITÉ

Avec Rimbaud, le vers n'est plus le signe irrécusable de la poésie : il n'est qu'un outil parmi d'autres au service du renouvellement du langage. L'objet esthétique – et c'est un fait marquant de la modernité – acquiert davantage d'autonomie en se libérant toujours un peu plus des règles établies. Rimbaud qui a appelé « Sonnet » (p. 201) un poème en prose et « Roman » (p. 19) un poème versifié s'inscrit bien dans la « crise de vers » de cette fin du XIXe siècle que stigmatisait Mallarmé.

Rimbaud tient aussi sa force de la redéfinition qu'il impose au Beau car il le recrée en le dépassant, au-delà de la beauté et au-delà de la laideur. En détachant sa poésie de son ancrage référentiel, et cela très tôt, par le jeu réflexif de la parodie et de l'autocitation, il la voue à n'être plus un reflet, une impression mais un principe, la force même. Avec lui, la poésie n'est plus seulement un genre littéraire, elle devient une entreprise de l'esprit.

Rimbaud, premier voyant du XXe siècle ? Il partage, avec cette ère du soupçon, du chaos et de la déconstruction, la même sensibilité de l'être et du non-être, de la présence et de l'absence, de l'ordre et du désordre. Avec Rimbaud enfin, comme le souligne Michel Murat, « la poésie n'en continue pas moins d'être portée par son rêve, un rêve dont elle a peut-être assumé le non-lieu ».

GROUPEMENT DE TEXTES : UNE POÉTIQUE DE LA MODERNITÉ

TEXTE 6 • « Le Dormeur du val », *Poésies*

C'est un trou de verdure…

> PAGE 39

Un réquisitoire original contre la guerre

1. Situez le poème dans son contexte historique.

2. Quelle image l'auteur dresse-t-il de la nature dans le premier quatrain ? En quoi peut-on assimiler sa description à un tableau ou une scène de théâtre ? À qui la nature se substitue-t-elle dans le second quatrain ? Que peut-on en déduire sur l'état du soldat ?

3. En quoi la chute du dernier vers modifie-t-elle la lecture du poème ? Par quelle rupture formelle est-elle rendue plus abrupte ? Quels sont a posteriori les indices que le lecteur pouvait interpréter comme des signes ambivalents ? Montrez que ces indices sont associés à des audaces et à des irrégularités dans la versification.

4. Montrez que ce texte est un réquisitoire efficace contre la guerre. Vous vous appuierez notamment sur les procédés euphémiques du poème – titre compris – qui accentuent le caractère tragique et déplacé de la mort du jeune soldat.

TEXTE 7 • « Le Bateau ivre », *Poésies*

Comme je descendais des Fleuves…

> PAGE 83

Le poème-manifeste du voyant

1. Qui parle ? Dans quel registre ce choix énonciatif inscrit-il le poème ?

2. Retracez les différentes étapes de l'itinéraire que suit le bateau. En quoi ce voyage maritime mime-t-il l'aventure de la création poétique ?

Vous montrerez que le bateau et le poète partagent la même ivresse, de la libération et de la purification initiales au triste retour à la réalité final, en passant par les éblouissements successifs de leurs visions.

3. « Ô que ma quille éclate ! ô que j'aille à la mer ! » (v. 92). Étudiez les audaces stylistiques, métriques, rythmiques et lexicales de la révolte poétique mise en œuvre dans le poème. En quoi sont-elles la mise en application possible de la méthode dite du voyant ?

TEXTE 8 • « Parade », *Illuminations*

Des drôles très solides…

> PAGE 175

Invention poétique et conscience critique

1. Montrez que l'auteur dévalue, dans une esthétique grotesque et carnavalesque, les figures dépeintes. En quoi peut-on parler de mélange des genres dans ce poème ?

2. Le poème est-il d'emblée lisible pour le lecteur ? Ce dernier possède-t-il des repères précis auxquels se rattacher ? Justifiez votre réponse en vous appuyant sur les procédés stylistiques (lexique, syntaxe, rythme, images) du texte.

3. Comment interprétez-vous la dernière phrase du poème ? En quoi est-elle un indice de la conscience critique que l'auteur porte sur son œuvre ?

TEXTE 9 • « Matinée d'ivresse », *Illuminations*

Ô *mon* Bien ! Ô *mon* Beau !…

> PAGE 180

Parodie et intertextualité

1. Étudiez la syntaxe et le lexique du poème : en quoi illustrent-ils l'appellation d'« illuminations » ?

2. Relevez les oxymores de ce texte puis analysez le jeu des modes et des temps verbaux. L'auteur rend-il compte d'une réussite ou d'un échec ?

3. Montrez que Rimbaud parsème le poème d'allusions intertextuelles à ses poèmes antérieurs, des *Lettres dites du voyant* à *Une saison en enfer*. Quel regard porte-t-il sur la création poétique ?

4. Commentez la dernière phrase du texte. Quelle(s) interprétation(s) peut-on tirer de sa tonalité contre-évangélique ?

TEXTE 10 • « Les Ponts », *Illuminations*

Des ciels gris de cristal…

> PAGE 184

Le réel transfiguré

1. Ce poème décrit-il un paysage réel ? Justifiez votre réponse.

2. Observez les perceptions sensorielles à l'œuvre dans le texte. Pourquoi peut-on dire que le poème en prose a pour dessein d'orchestrer un « art total » ?

3. Quel est l'effet produit par la phrase finale ? En quoi le dernier mot réoriente-t-il la lecture du poème ?

4. On a pu comparer la représentation hétérodoxe des objets et du monde dans les *Illuminations* avec celle du cubisme. La lecture des « Ponts » autorise-t-elle un tel rapprochement ? Justifiez votre affirmation.

TEXTE 11 • « Nocturne vulgaire », *Illuminations*

Un souffle ouvre des brèches…

> PAGE 194

Le travail de la structure et de la syntaxe

1. Après avoir défini les termes du titre, justifiez la connotation dépréciative de ce dernier.

2. À quoi correspondent les « brèches opéradiques » (v. 1) ? Comment leur effet se manifeste-t-il dans la suite du poème ?

3. Quelle est la fonction du tiret dans le texte ?

4. Quelle signification peut-on donner à la reprise circulaire finale ?

TEXTE 12 • « Barbare », *Illuminations*

Bien après les jours…

> PAGE 197

Une poésie du chaos

1. En quoi l'expression du temps et de l'espace est-elle peu commune dans ce poème ? Référez-vous aux temps verbaux notamment.

2. Montrez que la syntaxe et l'emploi particulièrement étudié des signes de ponctuation accentuent l'incongruité des images décrites.

3. Quelles sont les caractéristiques du poème en prose ? Y a-t-il un abandon total du vers ? Quel est l'effet produit ?

4. En quoi peut-on dire que ce poème est une métaphore de la « révolution poétique » inaugurée et souhaitée par Rimbaud ?

TEXTE 13 • « Mouvement », *Illuminations*

Le mouvement de lacet…

> PAGE 206

Entre vers et prose : le vers libre

1. Qu'est-ce qui fait de ce poème un poème en vers libre ? Dans tous les cas, analysez le caractère hybride du poème, entre vers et prose.

2. Montrez que le poème est à la fois ancré dans la modernité contemporaine et dans une temporalité mythique.

3. En quoi la libération du vers se veut-elle aussi une libération sociale ? Que fustige Rimbaud dans ce texte ? À quoi aspire-t-il ?

VERS L'ÉPREUVE

ARGUMENTER, COMMENTER, RÉDIGER

L'étude de l'argumentation dans l'œuvre intégrale privilégie deux objets.

■ L'argumentation dans l'œuvre. *Chaque genre littéraire, chaque œuvre intégrale exprime un point de vue sur le monde. Un roman, une pièce de théâtre, un recueil de poésies peuvent défendre des thèses à caractère esthétique, politique, social, philosophique, religieux, etc. Ordonner les épisodes d'une œuvre intégrale, élaborer le système des personnages, recourir à tel ou tel procédé de style, c'est aussi, pour un auteur, se donner les moyens d'imposer un point de vue ou d'en combattre d'autres. Ce premier aspect est étudié dans une présentation synthétique adaptée à la particularité de l'œuvre étudiée.*

■ L'argumentation sur l'œuvre. *Après publication, les œuvres suscitent des sentiments qui s'expriment dans des lettres, des articles de presse, des ouvrages savants… Chaque réaction exprime donc un point de vue sur l'œuvre, loue ses qualités, blâme ses défauts ou ses excès, éclaire ses enjeux. Une série d'exercices permet d'analyser des réactions publiées à différentes époques, dans lesquelles les lecteurs de l'œuvre, à leur tour, entendent faire partager leurs enthousiasmes, leurs doutes ou leurs réserves.*

Quelle vision du monde, quelles valeurs une œuvre véhicule-t-elle, et comment se donne-t-elle les moyens de les diffuser ? Quelles réactions a-t-elle suscitées, et comment les lecteurs successifs ont-ils voulu imposer leur point de vue ? L'étude de l'argumentation dans l'œuvre et à propos de l'œuvre permet de répondre à cette double série de questions.

L'ARGUMENTATION DANS L'ŒUVRE POÉTIQUE

DÉRANGER

La prédominance du corps

Très tôt Rimbaud fait violence à l'ordre établi. En exhibant le corps dans ses aspects les plus crus (sexualité, scatologie), il réhabilite la nature en l'homme, les instincts que la société condamne comme des vices malsains. Il prolonge l'apologie du désir et de la sensualité perceptible dans ses premiers poèmes. Dans « Sensation » (p. 15), toutes les parties du corps du poète-bohémien sont en osmose avec le monde. Toucher, odeur, goût : Rimbaud décrit dans ses premiers vers un bonheur physique. Ainsi, les métaphores charnelles abondent dans les poèmes, emplies, écrit Jean-Pierre Richard, par des « obsessions de pubescence, de turgescence, de gonflement ou de débordement ». Elles sont l'expression d'une force, la sève de la jeunesse mais aussi d'une soif, l'épanchement d'un absolu. Le sang lui-même « chante » (v. 22) dans « Parade » (p. 176) tandis que « des blessures écarlates et noires éclatent dans les chairs superbes » (v. 4) dans « *Being Beauteous* » (p. 177). La blessure, poursuit Jean-Pierre Richard, n'a chez Rimbaud, aucun sens sadique : « elle déverse une vie ». Ces blessures sont noires parce que « le noir s'associe toujours au rouge dont il constitue un état limite : il est un rouge foncé, intense, excessif ». Il colore dans les « Voyelles » (p. 73) le « corset velu des mouches éclatantes » (v. 3) : c'est un sang exaspéré, saturé de vitalité qui est décrit ici, celui d'un cadavre dont l'activité organique semble continuer. Dans « Le Dormeur du val » (p. 39), la blessure mortelle dénonce cet arrachement à la vie qu'impose la guerre, mais la touche de couleur finale (v. 14), par sa puissance et son intensité, réintègre le soldat innocent dans le cycle naturel auquel on l'a soustrait, et le réanime poétiquement après qu'il a succombé.

Le sarcasme rimbaldien : une arme efficace

C'est par le traitement du corps, joint à une ironie mordante (le sarcasme, étymologiquement, est ce qui « dévore » les chairs) que Rimbaud met à mal la société de son époque. Le raidissement maladif des « Assis » (p. 48) sur leurs chaises fait l'objet d'une analyse clinique : « Ils ont greffé dans des amours épileptiques/Leur fantasque ossature aux grands squelettes noirs/De leurs chaises » (v. 5-7). Ces métaphores physiologiques, et l'énergie visuelle qui s'en dégage, étaient répandues dans la littérature républicaine de l'époque et chez des caricaturistes tels que Gill, Régamey ou Le Petit. Pour Yves Bonnefoy, ce repli du corps « assis » ou « accroupi » (voir le poème « Accroupissements », p. 103) manifeste « la dégradation du possible en chose inerte et réalisée », autrement dit, le renoncement à l'expérience et aux idéaux et le maintien d'une sécurité et d'un conformisme bourgeois.

De la même façon, les allusions obscènes sont fréquentes dans les poèmes idéologiques de Rimbaud. « Le Châtiment de Tartufe » (p. 25) multiplie les provocations (allusion à l'onanisme avec la main sous la « chaste robe noire », v. 2, double sens – orgasme et agonie – du mot « râle », v. 12), et met à nu l'imposture de Napoléon III/Tartufe et les masques d'une société hypocrite. L'auteur procède à un éclairage similaire, quoique avec des moyens différents, lorsque ses *Illuminations* mettront sur le devant de la scène la barbarie moderne.

Mais le sarcasme lui permet également d'être plus offensif, en évitant le misérabilisme de ses prédécesseurs, notamment dans la peinture des pauvres gens, et de réactiver la révolte sociale et poétique. Partant à l'assaut d'une mièvrerie qui le dégoûte, Rimbaud dit son refus de tous les carcans et avant tout des carcans esthétiques. Pour le critique Steve Murphy, le sarcasme est « l'arme d'une nouvelle poétique militante, loin de l'hygiénisme de la bourgeoisie ». La poésie ignore donc le réalisme : c'est « pour combattre ce réel bourgeois que Rimbaud emploie des techniques tantôt carnavalesques, tantôt surréelles, des ressources ludiques et hyperboliques qui font le principe générateur des *Illuminations* ». Dans les *Illuminations*, le monde contemporain est systématiquement méprisé : les transactions commerciales sont qualifiées d'« horreurs économiques » (v. 2) dans « Soir historique » (p. 204), la culture chrétienne (qui héroïse la souffrance, justifie le colonialisme et l'exclusion sociale), les méfaits d'une science inhumaine ne sont pas épargnés non plus.

Le sarcasme retourné contre soi : un regard amer

Enfin, Rimbaud a retourné le sarcasme contre lui-même, lui à qui le printemps a « apporté l'affreux rire de l'idiot » (« Jadis… », p. 136, l. 16).

Dans ce regard sans complaisance sur sa vie et son œuvre qu'est *Une saison en enfer*, l'auteur en vient à rejeter dans un passé mythique la jeunesse aimable, le festin de l'enfance. « Ah ! cette vie de mon enfance [...]. J'ai eu raison dans tous mes dédains [...]. Ô pureté ! pureté ! » (« L'Impossible », p. 160, 162, l. 1, 9, 68). Comme le souligne Jean-Pierre Richard, « le rythme de la *Saison en enfer* est celui d'un trépignement immobile, d'une frénésie ressassante et toujours en lutte contre elle-même. Rimbaud y a la démarche d'un animal harcelé : "Au dernier moment, j'attaquerais à droite, à gauche" (« L'Éclair », p. 163, l. 24-25). Si règnent ici contestation et déchirure, c'est que la recherche de soi s'y est à l'excès intériorisée. Désormais coupé des choses, Rimbaud s'y retrouve seul avec lui-même et avec les images abstraites de son passé. *Une saison en enfer* réussit alors à être le tragique poème de l'absence : absence des autres, absence des choses, absence de soi. La vraie vie y est pathétiquement absente ».

Quant aux *Illuminations*, elles ne suggèrent plus seulement la scission entre l'adulte et l'enfant mais le sentiment de rupture éprouvé dans l'enfance même. À l'instar des fêlures et des dissonances exprimées par les vers lancinants de 1872, « Enfance » (p. 170) exprime aussi le vide, le désert affectif, les meurtrissures nées de la conscience d'être seul.

« PLONGER AU FOND DU GOUFFRE... »

Le voyage à tout prix

Rimbaud réalise différemment mais avec la même intensité l'aspiration baudelairienne décrite dans les derniers vers du poème « Le Voyage » : « Nous voulons, tant ce feu nous brûle le cerveau,/Plonger au fond du gouffre, Enfer ou Ciel, qu'importe ?/Au fond de l'Inconnu pour trouver du nouveau ! ». Ce rêve d'un ailleurs le rend proche de l'auteur des *Fleurs du mal* qui a fait de l'Inconnu un troisième lieu, mais il souhaite ne pas s'arrêter là : l'accès à la nouveauté réclame lui-même des formes inédites, entreprise totale qui ne cessera de le guider.

Cette fuite obsédante que d'aucuns ont qualifiée de pathologique (Henry Miller parlait d'« une paranoïa ambulatoire ») exprime aussi bien une obsession de la liberté, loin de l'enfermement dans l'environnement ardennais, qu'une soif de connaissances et de découvertes. Du verbe aller, si fort dans son emploi intransitif des premières poésies aux monosyllabes bruts de « Départ » (p. 179), l'urgence et l'impatience ne se sont pas affaiblies, même si les dérives du « Bateau ivre » (p. 83), auquel le poète s'identifie, attestent, selon Jean-Pierre Richard, pour qui ce poème est un « faux symbole du délire », « la difficulté de l'ivresse totale et de la véritable liberté ».

L'errance est la projection spatiale, métaphorique, de la « voyance ». Pour voir ce que les autres ont *cru* voir seulement, pour indiquer « les choses inouïes » (« À Paul Demeny », p. 97, l. 95), il faut partir très tôt, dès l'aube car l'« Aube exaltée » (« Le Bateau ivre », p. 84, v. 31) a une dimension sacrée. Il s'agit de saisir ce moment, décrit à l'incipit des *Illuminations*, où après le chaos du déluge et le passage par l'informel, le poète se voit confier des pouvoirs démiurgiques et peut créer un monde nouveau d'une étrange beauté.

« Au fond de l'Inconnu pour trouver du nouveau... »

Le réel que décrit Rimbaud est soumis à l'éparpillement, comme si le poète tâchait de rassembler ses visions intérieures, de donner forme à ses hallucinations. Mais le paradoxe défendu par l'auteur, dès les *Lettres dites du voyant*, est d'user du dérèglement comme d'une méthode systématique d'exploration du réel. Rimbaud parle de la folie comme d'une ascèse dont il pourrait garder le contrôle. Il travaille à « se faire *voyant* » (« À Paul Demeny », p. 97, l. 84) (c'est bien d'une étude dont il s'agit). « Le Poète se fait *voyant* par un long, immense et raisonné *dérèglement* de *tous les sens*. Toutes les formes d'amour, de souffrance, de folie ; il cherche lui-même, il épuise en lui tous les poisons, pour n'en garder que les quintessences » (« À Paul Demeny », p. 97, l. 85-88). Prométhée moderne, il assume sa vocation sociale et accepte de se sacrifier.

La langue qui rend compte de ces efforts est elle-même savamment disloquée. On a souvent parlé, pour la qualifier, d'une poésie sans référent, sans objet, sans sujet même. Cela ne peut surprendre tout à fait si l'on songe à la formule du voyant « Je est un autre » (« À Paul Demeny », p. 96, l. 55) ou encore à l'assertion « on me pense » (« À Georges Izambard », p. 92, l. 29-30) à laquelle aboutissait Rimbaud. À ce titre, l'énonciation ne peut être que mouvante et instable. De même, en conférant à ses descriptions de lieux un caractère délibérément flou et indéterminé, comme c'est le cas dans « Ornières » (p. 186) ou dans « Métropolitain » (p. 196), l'auteur refuse au lecteur le discernement facile, la reconnaissance sécurisante de ses repères habituels. Le hors temps dans lequel sont plongées certaines scènes fait par ailleurs référence à l'univers des contes merveilleux ou des mythes antiques, très présents dans des poèmes ainsi reliés aussi bien à la féerie de l'enfance qu'à sa fascinante sauvagerie. Rimbaud abolit les catégories logiques, les frontières entre l'inanimé et l'animé (dans « Villes II », les fleurs sont douées du regard et de la parole, p. 189, v. 22-23) et multiplie les alliances de mots qui laissent perplexe : « les honnêtetés tyranniques » (« Matinée d'ivresse », p. 181, v. 11), forçant le lecteur à créer lui-même du sens, et à s'orienter dans un univers insolite, où le poète efface jusqu'aux frontières graphiques entre prose et vers.

Un défi au lecteur

Le lecteur est donc mis à rude épreuve : l'hermétisme, le caractère volontiers sibyllin de l'œuvre le transforme en interprète, en un herméneute[1] tenu de déchiffrer la clé de l'énigme que l'auteur se vante, seul, de détenir : « J'ai seul la clé de cette parade sauvage » (« Parade », p. 176, v. 25). S'il parvient néanmoins à saisir la trame mélodique et harmonique qui illumine la création rimbaldienne, s'il est donc à l'écoute de cette « musique savante » (« Conte », p. 175, v. 28) qui fait tant défaut au monde moderne, le poète impérieux, ce « maître en fantasmagories » (« Nuit de l'enfer », p. 145, l. 52) pourra se louer de l'avoir rendu, à son tour, « voyant » (« À Paul Demeny », p. 97, l. 84).

GROUPEMENTS DE TEXTES : JUGEMENTS CRITIQUES

TEXTE 14 • Paul Verlaine, *Nouvelles Notes sur Rimbaud* (1895)

Les contemporains de Rimbaud que sont Verlaine et Mallarmé ont laissé, à travers leurs témoignages, un jugement mitigé sur l'impact de l'œuvre de leur compagnon. Ni tout à fait classique, ni radicalement moderne, elle s'efface en même temps que bascule le destin tragique de leur auteur.

1. *Herméneute* : celui qui interprète un texte, ce dernier étant vu comme un ensemble de signes à déchiffrer.

De ses vers passés il m'en causa peu. Il les dédaignait et me parlait de ce qu'il voulait faire dans l'avenir, et ce qu'il me disait fut prophétique. Il commença par le Vers Libre (un vers libre toutefois qui ne courait pas encore le guilledou et ne faisait pas de galipètes, pardon, de galimatias comme d'aucuns plus « modernistes »), continua quelque temps par une prose à lui, belle s'il en fut, claire, celle-là, vivante et sursautante, calme aussi quand il faut. Il m'exposait tout cela dans de longues promenades autour de la Butte, et plus tard, aux cafés du quartier Trudaine et du quartier Latin… puis il ne fit plus rien que de voyager terriblement et de mourir très jeune.

TEXTE 15 • Stéphane Mallarmé, « Rimbaud », *Quelques médaillons et portraits en pied* (1896)

Estimez son plus magique effet produit par opposition d'un monde antérieur au Parnasse, même au Romantisme, ou très classique, avec le désordre somptueux d'une passion on ne saurait dire rien que spirituellement exotique. Éclat, lui, d'un météore, allumé sans motif autre que sa présence, issu seul et s'éteignant. Tout, certes, aurait existé, depuis, sans ce passant considérable, comme aucune circonstance littéraire vraiment n'y prépara : le cas personnel demeure, avec force.

1. Pourquoi peut-on dire, d'après ces deux jugements, que la réception de l'œuvre de Rimbaud par ses contemporains fut mitigée ? Montrez notamment que l'attribution d'une modernité radicale lui est refusée.

2. Qu'est-ce qui, dans le portrait que les deux poètes dressent de Rimbaud, retient cependant l'attention au point de le rendre unique ?

TEXTE 16 • René Char, « La Fontaine narrative », *Fureur et mystère* (1962)

Dans la section « La Fontaine narrative » du recueil *Fureur et mystère*, le poète René Char rend un hommage vibrant à l'adolescent révolté que fut Rimbaud… qu'il fut et qu'il reste puisque son exil, son silence sont une source d'espérance pour tous ceux qui, comme lui, demeurent insoumis.

Tu as bien fait de partir, Arthur Rimbaud ! Tes dix-huit ans réfractaires à l'amitié, à la malveillance, à la sottise des poètes de Paris ainsi qu'au ronronnement d'abeille stérile de ta famille ardennaise un peu folle, tu as bien fait de les éparpiller aux vents du large, de les jeter sous le couteau de leur précoce guillotine. Tu as eu raison d'abandonner le boulevard des paresseux, les estaminets des pisse-lyres, pour l'enfer des bêtes, pour le commerce des rusés et le bonjour des simples.

Cet élan absurde du corps et de l'âme, ce boulet de canon qui atteint sa cible en la faisant éclater, oui, c'est bien là la vie d'un homme ! On ne peut pas, au sortir de l'enfance, indéfiniment étrangler son prochain. Si les volcans changent peu de place, leur lave parcourt le grand vide du monde et lui apporte des vertus qui chantent dans ses plaies.

Tu as bien fait de partir, Arthur Rimbaud ! Nous sommes quelques-uns à croire sans preuve le bonheur possible avec toi.

1. Quel éloge le poète René Char adresse-t-il à Rimbaud ?

2. Analysez le système énonciatif de ce poème en prose. En quoi rend-il le geste de Rimbaud exemplaire ?

TEXTE 17 • Pierre Michon, *Rimbaud le fils* (1991)

Autre « tombeau » offert à Rimbaud, l'évocation, par le romancier Pierre Michon, du parcours intérieur du poète. Le texte dit sobrement la vie brisée de ce « fils » dont l'exaltation devait se heurter à « la réalité rugueuse à étreindre » (« Adieu », p. 165, l. 25-26).

On dit que Vitalie Rimbaud, née Cuif, fille de la campagne et femme mauvaise, souffrante et mauvaise, donna le jour à Arthur Rimbaud. On ne sait pas si d'abord elle maudit et souffrit ensuite, ou si elle maudit d'avoir à souffrir et dans cette malédiction persista ; ou si anathème et souffrance liés comme les doigts de sa main en son esprit se chevauchaient, s'échangeaient, se relançaient, de sorte qu'entre ses doigts noirs que leur contact irritait elle broyait sa vie, son fils, ses vivants et ses morts. Mais on sait que le mari de cette femme qui était le père de ce fils devint tout vif un fantôme, dans le purgatoire de garnisons lointaines où il ne fut qu'un nom, quand le fils avait six ans. On débat si ce père léger qui était capitaine, futilement annotait des grammaires et lisait l'arabe, abandonna à bon droit cette créature d'ombre qui dans son ombre voulait l'emporter, ou si elle ne devint telle que par l'ombre dans quoi ce départ la jeta ; on n'en sait rien. On dit que cet enfant, avec d'un côté de son pupitre ce fantôme et de l'autre cette créature d'imprécation et de désastre, fut idéalement scolaire et eut pour le jeu ancien des vers une vive attirance : peut-être que dans le vieux *tempo* sommaire à douze pieds il entendait le clairon fantôme de garnisons lointaines, et les patenôtres aussi de la créature de désastre, qui pour scander sa souffrance mauvaise avait trouvé Dieu comme son fils pour le même effet trouva les vers ; et dans cette scansion il maria le clairon et les patenôtres, idéalement. Les vers sont une vieille marieuse. Il paraît donc qu'il en composa dès l'âge le plus tendre un grand nombre, ceux-ci latins, ceux-là français ; dans ces vers, qu'on peut vérifier, le miracle n'eut pas lieu : ils sont de la main d'un enfant bien doué de la province, dont la colère n'a pas trouvé encore son rythme propre et comme consubstantiel, ce rythme juste grâce à quoi elle s'échange en charité sans s'émousser d'un poil, colère et charité mêlées dans un même mouvement s'enlevant d'un seul jet et retombant de tout leur poids, ou s'envolant mais restant là mêlées, pesantes, infirmes, comme une fusée d'artificier qui vous pète dans les mains mais impeccablement gicle, tout cela qui plus tard devait endosser le nom d'Arthur Rimbaud.

1. À quel genre ce texte appartient-il ? Justifiez votre réponse.

2. En quoi peut-on dire que le désastre de l'enfance a été un élément fondateur de la création poétique rimbaldienne ?

TEXTE 18 • Jacques Rivière, *Rimbaud, dossier 1905-1925* (1977)

Dans sa correspondance avec Alain-Fournier, Jacques Rivière, le directeur de la *Nouvelle Revue française* souligne l'étrangeté du texte rimbaldien. Celle-ci découlerait de la déroutante simplicité de sa syntaxe, simplicité qui, portée à l'excès, nous accule au vide et à l'absence.

Et comment Rimbaud songerait-il à s'adresser à nous alors qu'il ne sait pas ce qu'il dit ? On croirait par instants qu'il raconte n'importe quoi. Ses mots défilent devant nous dans une espèce de hasard ; on ne reconnaît nulle part cette intention bien méditée, ce choix logique, cette conduite de la pensée, qui paraissent dans tous les ouvrages de l'esprit, même dans les plus médiocres. À cet égard la *Saison en enfer* peut, à première vue, être considérée comme un insignifiant et insupportable bavardage : les phrases y semblent naître les unes à côté des autres suivant les prétextes les plus fortuits, selon le caprice le plus vain. – La vérité est non pas que Rimbaud ne sait ce qu'il dit, mais qu'il ne sait ce que c'est qu'il dit. L'incohérence de son langage n'est que le reflet de l'ignorance où il est de quelle est l'espèce de chose dont il parle. Il lui est impossible de préparer pour nous ce qu'il va dire, parce qu'il ne le tient pas à l'avance, parce qu'il ne l'apprend qu'au moment où il le profère. Ses paroles naissent trop près de son esprit pour qu'il puisse les entendre avant de les avoir prononcées. Il assiste à ce qu'il exprime ; il le voit apparaître devant lui, mais pas plus que nous il ne reconnaît d'où cela vient, ni ce que c'est.

1. Reformulez la thèse du critique Jacques Rivière sur l'étrangeté du texte rimbaldien.

TEXTE 19 • Lionel Ray, *Arthur Rimbaud* (2001)

Le poète contemporain Lionel Ray complète l'analyse de Jacques Rivière mais insiste davantage sur la cohérence des buts poursuivis par l'auteur. Les *Illuminations* sont aveuglantes et leur sens opaque parce qu'elles nous confrontent à la vérité, dans toute sa visibilité, là où, par désaccoutumance de l'essentiel, nous attendons un sens caché. Le lecteur serait lui-même responsable de son incompréhension…

L'opacité du texte ne provient pas du fait qu'un écran serait placé entre ce noyau et nous, un visage lisible, lui, et qui en cacherait un autre qui serait le vrai. Nous sommes au contraire mis au contact de l'essentiel, requis par lui et par un besoin d'élucidation qui ne saurait pourtant être jamais totalement satisfait (les rimbaldiens empilent gloses sur gloses, détruisent l'une par l'autre, affolés par leur propre manie interprétative). L'opacité vient de l'exclusion de l'accessoire, des relais de pensée, des articulations, de tout le transitionnel ; mis en présence directe de l'essentiel, branché sur lui, il impose à tel point la violence de ses évidences qu'il nous semble énigmatique. L'ellipse, trop éclairante, est aveuglante. La *Saison* impliquait une certaine étendue, un espace de temps mesurable. L'*Illumination* se caractérise par son aspect ponctuel, localisé. La *saison* était passage, *l'illumination* affirme non une dynamique mais une éblouissante et brève fixité (quand bien même elle serait animée de tensions internes). La *saison* supposait un début, une transformation (une métamorphose) et un aboutissement (on la regarde au passé, elle était une étape, on peut jouir d'un résultat : « cela s'est *passé*, je sais aujourd'hui saluer la beauté »). L'*illumination* affirme le *maintenant*, ici (« il y a » est le présentatif le plus pertinent), elle place sous une vive lumière, en simultanéité, tous les aspects d'un spectacle.

1. Comment Lionel Ray, dans son analyse de la poétique rimbaldienne, exploite-t-il la polysémie du terme « illuminations » ?

2. Sur quelle particularité de l'écriture poétique avons-nous l'attention attirée dans le texte de Lionel Ray ?

3. Quels sont les principaux procédés stylistiques relevés par Lionel Ray dans les *Illuminations* ? Citez quelques poèmes de votre connaissance susceptibles d'en illustrer le fonctionnement.

4. Êtes-vous d'accord avec la vision que ces deux critiques donnent de l'œuvre rimbaldienne ? Justifiez votre réponse en vous appuyant sur les poèmes d'*Une saison en enfer* et des *Illuminations*, ainsi que sur l'éclairage fourni par Lionel Ray sur la question de l'opacité des *Illuminations*.

SUJETS

INVENTION ET ARGUMENTATION

Sujet 1

Dans *Le Temps des assassins*, Henry Miller revient sur les raisons « qui ont poussé toute la littérature depuis Rimbaud à dénaturer » ce dernier. Et il répond : « c'est parce qu'il rendit la poésie trop dangereuse ».

Vous rédigerez, sous forme d'article de journal ou de lettre, l'acte d'accusation d'un détracteur du poète ou la réponse possible que lui adresserait Rimbaud.

■ Indications pour traiter le sujet
Vous pourriez par exemple faire alléguer au premier le caractère subversif ou l'illisibilité réputée de ses poèmes, tandis que Rimbaud se défendrait en justifiant la vocation sociale et libertaire de son œuvre, et en explicitant sa méthode poétique.

Sujet 2

Imaginez un dialogue entre vous, partisan de la modernité poétique, et l'un de vos camarades, épris de tradition lyrique, romantique ou autre.

■ Indications pour traiter le sujet
En épousant l'énergie protestataire et le ton prophétique des *Lettres dites du voyant*, vous essaierez de définir votre nouvelle méthode poétique et pour cela dispenserez une leçon d'histoire littéraire jusqu'à aujourd'hui. De son côté, votre camarade justifiera ses goûts en matière de poésie et veillera lui aussi à vous convaincre ou à vous persuader de leur bien-fondé.

Sujet 3

Rédigez, en vous inspirant des procédés d'écriture des *Illuminations*, un court poème en prose où vous décrirez un paysage urbain transfiguré, donnant l'impression vous aussi de « fix[er] des vertiges » (« Alchimie du verbe », p. 152, l. 20).

■ Indications pour traiter le sujet
Vous aurez par exemple recours à l'ellipse, à l'asyndète, à l'accumulation d'indicateurs spatio-temporels flous, aux métaphores théâtrales, à la coexistence d'un lexique concret et mystique, au mélange des règnes animal, végétal et minéral, à la comparaison aux domaines pictural, architectural et musical, à l'hermétisme et l'étrangeté, notamment dans la chute du poème. Toute forme d'intertextualité – biblique, rimbaldienne – est la bienvenue. Vous soignerez enfin la présentation graphique du poème.

Sujet 4 : analyse d'image (p. 266)

1. À quels poèmes des *Illuminations* ce tableau de James Ensor pourrait-il faire écho ? Justifiez votre réponse.

Sujet 5 : analyse d'image (p. 267)

1. En quoi cette photographie de Rimbaud symbolise-t-elle le parcours iconoclaste du poète ?

2. Recherchez le célèbre portrait de Rimbaud peint par Fantin-Latour ou encore la photographie de ses dix-sept ans prise par Étienne Carjat. En quoi illustrent-ils bien ce visage intermédiaire, entre l'enfance et la maturité, « d'ange en exil » ?

COMMENTAIRES

Sujet 6

TEXTE 20 • « Oraison du soir », *Poésies*

Je vis assis, tel qu'un ange…

> PAGE 74

Après avoir répondu aux questions suivantes, vous rédigerez un commentaire de ce texte, en expliquant notamment comment Rimbaud, par le mélange des tonalités, du classicisme et de la modernité, exprime son déchirement entre la tentation du renoncement et son espoir d'échapper à la médiocrité.

1. Commentez l'emploi des images excrémentielles dans le poème. Que suggère notamment l'aveu initial (« Je vis assis », v. 1) sur l'état moral du poète ?

2. Montrez comment l'isotopie du bas et du haut, du liquide et de la brûlure, de la physiologie et de la spiritualité sert l'entreprise de dérision du poète. Expliquez alors le sens du titre « Oraison du soir ».

3. Ce sonnet a-t-il uniquement une tonalité sarcastique ? Justifiez votre réponse en vous référant au classicisme très strict de sa composition, au lexique du malaise et de « l'épanchement » spirituel ainsi qu'à l'intimité induite par l'énonciation à la première personne.

Sujet 7

TEXTE 21 • « Bannières de mai», *Poésies*

Aux branches claires des tilleuls…

> PAGE 117

Après avoir répondu aux questions suivantes, vous rédigerez un commentaire de ce texte, en expliquant notamment comment Rimbaud exprime son malaise intérieur et la jouissance trouble du néant, à travers une forme versifiée épurée.

James Ensor (1860-1949), *L'Intrigue* (1890),
huile sur toile, 0,90 x 1,50 m (Anvers, Kgl, Museum voor Schone Kunsten).
ph © Akg-Images.

Arthur Rimbaud (1854-1891), photographie prise par lui-même
au Harar, en Éthiopie (1883), Charleville-Mézières,
Musée Rimbaud. ph © Sipa Press.

1. En quoi le titre, la première strophe et la forme même du poème, qui appartient au cycle des « Fêtes de la patience », font-ils référence à une célébration ? Qu'a-t-elle d'inattendu ?

2. Quelle différence le poète établit-il entre « mourir beaucoup » (v. 15-16) et « mourir à peu près » (v. 18) ? À quelle façon de mourir sa préférence va-t-elle ? Montrez comment l'irrégularité de la versification va de pair avec la tonalité plaintive et mortifère de cette « chanson spirituelle » (v. 3).

3. Que dénonce-t-il dans l'existence humaine ? Quelles aspirations la « faim » et de la « soif » (v. 21) métaphorisent-elles ?

4. Par quels procédés l'auteur exprime-t-il son complet abandon à la nature ? Vous observerez notamment l'expression des marques de volonté dans le poème.

Sujet 8

TEXTE 22 • « L'Éclair », *Une saison en enfer*

Le travail humain !...

> PAGE 162

Après avoir répondu aux question suivantes, vous rédigerez le commentaire de ce texte, en expliquant notamment comment Rimbaud, dans une confession au rythme haché, mi-rageur, mi-résigné, fustige les certitudes scientifiques du monde contemporain.

1. Quelle est selon vous la signification de ce titre énigmatique, « L'Éclair » ?

2. Comment l'ironie de Rimbaud se manifeste-t-elle à l'égard du monde moderne ? Observez notamment l'effet produit par la réécriture des textes bibliques.

3. Quel portrait le poète dresse-t-il de lui-même ? Montrez que l'auteur se définit par le bilan qu'il dresse de son passé mais aussi par le regard – que vous préciserez – qu'il porte sur sa situation actuelle et sur son avenir.

4. À qui l'auteur s'adresse-t-il dans ce poème ? En quoi ce dialogue peut-il justifier la forme heurtée de cette prose poétique ?

Sujet 9

TEXTE 23 • « Aube », *Illuminations*

J'ai embrassé l'aube d'été…

> PAGE 192

Après avoir répondu aux questions suivantes, vous rédigerez un commentaire de ce texte, en expliquant notamment comment Rimbaud évoque l'heure indicible qu'est l'aube, à la fois éveil des sens et poussée créatrice.

1. En quoi la composition de ce poème est-elle originale ? Quels effets de sens peut-on en tirer ?

Vous analyserez d'une part l'ouverture et la fermeture du poème, dont l'écriture est particulièrement soignée, d'autre part sa structure narrative (est-elle linéaire, cyclique ?).

2. Qui est le narrateur de ce poème ? Par quels procédés l'auteur entretient-il une confusion entre ce dernier et les autres personnages de l'histoire ? Quel est l'effet créé ? Vous relèverez en premier lieu le mélange des éléments réalistes et merveilleux qui abolissent les représentations habituelles du lecteur puis vous montrerez le lien que le poète tisse entre l'enfance, l'aube et la création poétique à travers leur pouvoir commun d'avènement, de révélation et de transfiguration du monde.

3. Dans quelle mesure peut-on dire que Rimbaud n'occulte pas néanmoins la fragilité de l'entreprise poétique qu'il décrit ?

DISSERTATIONS

Sujet 10

Henry Miller, dans son essai sur Rimbaud, définit le langage poétique comme un « moyen de matérialiser l'indicible mystère ». Il poursuit :

> Dès que les symboles deviennent traduisibles, ils perdent toute valeur et toute efficacité. Ce qui est constamment amplifié et compliqué par l'explication – le monde du concept – se trouve en même temps comprimé et raccourci par l'usage de la sténographie des symboles. Nous ne pouvons jamais rien expliquer que par énigmes. C'est par ce registre intérieur que l'homme sans langage,

> pour ainsi dire, communique avec le poète. Le symbolisme de Rimbaud a été conçu dans le sang et l'angoisse. C'était d'abord une protestation et un moyen d'enrayer l'ennuyeux processus de connaissance qui risque de tarir la source de l'esprit [1].

Ce jugement vous paraît-il pouvoir s'appliquer à l'œuvre de Rimbaud ? En prenant appui sur des poèmes de l'œuvre rimbaldienne, vous vous interrogerez sur ce qui caractérise, selon vous, le langage poétique.

Indications pour traiter le sujet

L'idée selon laquelle le langage poétique serait abscons et hermétique est un topos tenace qui a souvent desservi l'appréciation du genre. Il convient donc de s'interroger plus objectivement sur ce qui fait la spécificité du langage poétique. Quel usage est-il fait des mots et de leurs ressources ? Quelle est la part d'inspiration, de travail et de réécriture dans la création littéraire ? Quels sont les effets de « l'indicible mystère » auquel fait allusion Henry Miller ? La difficulté apparente d'une œuvre est parfois liée à sa richesse polysémique ou au défi, bénéfique, lancé aux capacités interprétatives du lecteur.

Sujet 11

Parlant du poète, Rimbaud dit de lui, dans la fameuse lettre à Paul Demeny :

> Il arrive à l'inconnu, et quand, affolé, il finirait par perdre l'intelligence de ses visions, il les a vues ! Qu'il crève dans son bondissement par les choses inouïes et innommables : viendront d'autres horribles travailleurs ; ils commenceront par les horizons où l'autre s'est affaissé !

Quelle fonction primordiale Rimbaud assigne-t-il au poète ? En quoi renouvelle-t-elle l'idée de tradition en littérature ?
Après avoir répondu aux deux questions ci-dessus, vous analyserez les diverses fonctions qui ont été attribuées à la poésie et vous vous demanderez si la notion d'utilité en art a toujours prévalu.

Indications pour traiter le sujet

Le poète voyant, pour Rimbaud comme pour Hugo et les romantiques, a une mission sociale mais la notion de l'engagement en littérature n'a pas toujours été perçue comme légitime, comme en témoigne la théorie parnassienne de « l'art pour l'art ». Le sujet nécessite dans un premier temps une approche des différents aspects, idéologiques et esthétiques, que revêt la poésie engagée. Dans un deuxième temps, il conviendra d'examiner la validité d'un art désintéressé et dépourvu de tout didactisme moral, afin, en dernier lieu, de définir de façon plus nuancée le rôle et la place qu'occupe la poésie dans notre société.

---

1. Henry Miller, *Le Temps des assasins*, © rééd. Denoël, trad. F.-J. Temple, 2000.

LISTE DES POÈMES

LES CAHIERS DE DOUAI

POÉSIES (1870-1871)

LETTRES DITES DU VOYANT

POÉSIES (1872)

UNE SAISON EN ENFER

ILLUMINATIONS

BIBLIOGRAPHIE

Œuvres de Rimbaud

Œuvres complètes, Pierre Brunel (dir.), Livre de poche, coll. « La Pochothèque », 1999.

Œuvres complètes, Correspondance, Louis Forestier (dir.), Laffont, coll. « Bouquins », 2004.

Poésies, Une saison en enfer, Illuminations, éd. Louis Forestier, préface de René Char, Gallimard, coll. « Folio classique », 1999.

Œuvres, éd. Jean-Luc Steinmetz, Flammarion/GF, 3 vol., 1989.

Études sur le contexte littéraire

BERTRAND Jean-Pierre, DURAND Pascal, *Les Poètes de la modernité. De Baudelaire à Apollinaire*, Seuil, coll. « Essais », 2006.

Études sur Rimbaud et son œuvre

BONNEFOY Yves, *Rimbaud par lui-même*, Seuil, coll. « Écrivains de toujours », 1961, rééd. 2004.

BORER Alain, *Rimbaud en Abyssinie*, Seuil, coll. « Fiction & Cie », 1984, rééd. Seuil, coll. « Points », 2004.

BORER Alain, *Rimbaud, l'heure de la fuite*, Gallimard, coll. « Découverte », 1991.

BRUNEL Pierre, *Rimbaud ou l'Éclatant Désastre*, Champ Vallon, 1978.

BRUNEL Pierre, *Rimbaud*, Le Livre de Poche, 2002.

BRUNEL Pierre, *Éclats de la violence. Pour une étude comparatiste des* Illuminations, José Corti, 2004.

COMBE Dominique, Poésies, Une saison en enfer, Illuminations *d'Arthur Rimbaud*, Gallimard, coll. « Folio-thèque », 2004.

FONDANE Benjamin, *Rimbaud le voyou*, préface de Michel Carassou, Éditions Complexe, 1990.

LEFRERE Jean-Jacques, *Arthur Rimbaud*, Fayard, coll. « Biographies », 2001.

MACE Marielle, *Arthur Rimbaud. Poésies diverses*, Larousse, coll. « Petits Classiques », 2004.

MICHON Pierre, *Rimbaud le fils*, Gallimard, 1991.

MILLER Henry, *Le Temps des assassins*, rééd. Denoël, trad. Frédéric-Jacques Temple, 2000.

MURAT Michel, *L'Art de Rimbaud, étude sur le vers et le poème en prose*, José Corti, 2002.

MURPHY Steve, *Rimbaud ou la ménagerie impériale*, CNRS- Presses Universitaires de Lyon, 1991.

MURPHY Steve, *Stratégies de Rimbaud*, Champion, 2004.

RAY Lionel, *Arthur Rimbaud*, Seghers, coll. « Poètes d'aujourd'hui », 2001.

RICHARD Jean-Pierre, « Rimbaud ou la poésie du devenir », dans *Poésie et profondeur*, Seuil, coll. « Pierres vives », 1955.

RIVIERE Jacques, *Rimbaud, dossier 1905-1925*, Gallimard, 1977.

Livres illustrés, photographies

JEANCOLAS Claude, *Passion Rimbaud, l'album d'une vie*, Textuel, 1998.

LEFRERE Jean-Jacques, *Face à Rimbaud*, Phébus, 2006.

Revues exclusivement consacrées à Rimbaud

Rimbaud vivant, revue de la société des Amis de Rimbaud, depuis 1873.

Parade sauvage, revue d'études rimbaldiennes, depuis 1984.

Collection Classiques & Cie

6 Abbé Prévost
Manon Lescaut

41 Balzac
Le Chef-d'œuvre inconnu
Sarrasine

47 Balzac
Le Colonel Chabert

53 Balzac
La Femme de trente ans

11 Balzac
Histoire des Treize
(Ferragus - La Duchesse de Langeais - La Fille aux yeux d'or)

3 Balzac
La Peau de chagrin

34 Balzac
Le Père Goriot

42 Barbey d'Aurevilly
Les Diaboliques

20 Baudelaire
Les Fleurs du mal

61 Baudelaire
Le Spleen de Paris

55 Beaumarchais
Le Barbier de Séville

15 Beaumarchais
Le Mariage de Figaro

59 Chateaubriand
René

51 Corneille
Le Cid

2 Corneille
L'Illusion comique

38 Diderot
Jacques le Fataliste

62 Flaubert
L'Éducation sentimentale

17 Flaubert
Madame Bovary

44 Flaubert
Trois Contes

4 Hugo
Le Dernier Jour d'un condamné

60 Hugo
Hernani

21 Hugo
Ruy Blas

8 Jarry
Ubu roi

36 La Bruyère
Les Caractères
(De la ville - De la cour
Des grands - Du souverain
ou de la république)

5 Laclos
Les Liaisons dangereuses

14 Lafayette (Mme de)
La Princesse de Clèves

50 Marivaux
La Double Inconstance

46 Marivaux
L'Île des Esclaves

12 Marivaux
Le Jeu de l'amour et du hasard

30 Maupassant
Bel-Ami

52 Maupassant
Le Horla et autres nouvelles fantastiques

18 Maupassant
Nouvelles

27 Maupassant
Pierre et Jean

40 Maupassant
Une vie

48 Mérimée
Carmen - Les Âmes du purgatoire

1 Molière
Dom Juan

19 Molière
L'École des femmes

25 Molière
Le Misanthrope

9 Molière
Le Tartuffe

45 Montesquieu
Lettres persanes

10 Musset
Lorenzaccio

54 Musset
On ne badine pas avec l'amour

58 Perrault
Contes en vers et en prose

57 Proust
Un amour de Swann

35 **La poésie**
française au XIXe siècle

26 Rabelais
Pantagruel - Gargantua

31 Racine
Andromaque

22 Racine
Bérénice

23 Racine
Britannicus

7 Racine
Phèdre

64 Rimbaud
Poésies
(Poésies - Une saison en enfer
Illuminations)

37 Rostand
Cyrano de Bergerac

16 Rousseau
Les Confessions

32 Stendhal
Le Rouge et le Noir

39 Verne
Le Château des Carpathes

13 Voltaire
Candide

24 Voltaire
L'Ingénu

56 Voltaire
Micromégas et autres contes

33 Voltaire
Zadig

63 Zola
Au Bonheur des Dames

10 Zola
L'Assommoir

49 Zola
La Curée

28 Zola
Germinal

43 Zola
Thérèse Raquin

Achevé d'imprimer en Italie par L.E.G.O. S.p.A.
Dépôt légal n° 95906-6/09 - Avril 2014